Berlin mit Kind 2022

Alles, was ihr mit Kindern in Berlin und Umland unternehmen könnt. Natur erleben, aktiv sein, Schönes entdecken – unsere 1.000 Tipps und Ideen für jedes Alter, Wetter und Interesse.

berlinmitkind.de

Unter Pandemiebedingungen sind vielerorts Anmeldungen oder Zeitfensterbuchungen notwendig, bitte infomiert euch aktuell über die jeweils geltenden Regelungen.

11. komplett aktualisierte Neuausgabe
November 2021
Covergestaltung: Claudia Steigleder

6 / Berlins historische Mitte

Inhalt

Berlin für alle Gelegenheiten

38 / Filmstadt Berlin

81 / FELD Theater

Geburtstag feiern

97 / StadtNatur Berlin

53 Kultur erleben

95 Die besten Orte für aktive Familien

121 / Strandbad Wannsee

Ausflüge

Shopping-Vielfalt

174 / Monkind

Editorial

Liebe Leute mit Kindern,

schön, dass ihr unseren Familien-Guide in den Händen haltet! Bunt, kreativ, vielseitig wie Berlin soll er euch das ganze Jahr als Inspirationsquelle für viele wundervolle Erlebnisse mit euren Kinder dienen. Egal, ob ihr mit Kleinkindern, Teens oder mit Familienbesuch Berlin erkundet, bei Sonnenschein oder Dauerregen – es gibt immer wieder Neues zu entdecken. Wir sind dankbar für das bunte kreative Programm, das die Kulturschaffenden und viele Initiativen für Kinder auf die Beine stellen, dankbar dafür, dass wir in einer der grünsten Metropolen leben und freuen uns, wenn 2022 alles wieder so richtig erblühen kann! Viel Spaß bei Berlin mit Kind!

Anja Ihlenfeld und Claudia Steigleder, Herausgeberinnen

Auf den Spuren der Geschichte

Mittelalterliche Handelsstadt

Unter Europas Metropolen zählt Berlin zu den Youngstern, im Gegensatz zu Paris, Rom oder Athen schauen wir erst auf knapp 800 Jahre Geschichte.

Historische Stadtführung

Speziell für Kinder mit Interesse am Mittelalter führt Ritter Johann in historischer Atmosphäre durch Berlin anno 1448. Mehr Infos zu den Bärentouren und anderen Stadtführungen für Kinder ab Seite 93

Die Stadt entwickelte sich im Hochmittelalter Ende des 12. Jahrhunderts aus den beiden Kaufmannssiedlungen Berlin und Cölln, die sich auf beiden Seiten der Spree gegenüberlagen. Auch wenn Archäolog:innen bereits älter datierte Bauteile gefunden haben, gilt als offizielles Stadtgründungsdatum der durch eine Urkunde bezeugte 28. Oktober 1237. Der Name Berlin entstammt dem Slawischen und bedeutet sinngemäß „Ort in einem sumpfigen Gelände". Um 1400 lebten dann etwa 8.500 Bewohner:innen in der Doppelstadt, die zwar über drei Rathäuser, Kirchen und Klöster verfügte, anders als Spandau und Köpenick aber nicht über eine Burg.

Die Zitadelle Spandau mit dem ältesten erhaltenen Bauwerk auf heutigem Berliner Boden, dem Juliusturm, ist ein lohnenswertes Ausflugsziel für geschichtsinteressierte Kinder. Gebaut wurde der Turm zu Beginn des 13. Jahrhunderts, die Burg in

Molkenmarkt

Am ältesten Markt Berlins werden seit 2019 bei archäologischen Ausgrabungen die Schichten von 800 Jahren Stadtgeschichte abgetragen. Das Grabungsfeld kann jeden Freitag bei Führungen besichtigt werden. Mehr Infos: molkenmarkt.berlin.de

ihren jetzigen Ausmaßen von 1560 bis 1594 errichtet. Wer die 153 Stufen zur obersten Ebene des Juliusturms ersteigt, kann bei gutem Wetter nicht nur die Festungsanlage und die Havel gut in den Blick nehmen, sondern sogar bis zum Fernsehturm schauen.

In unmittelbarer Nähe des Fernsehturms lassen sich die verschiedenen Epochen der Berliner Geschichte auf engstem Raum nachvollziehen. Ein spannendes städtebauliches Projekt kann man in einem der ältesten Bereiche der Stadt beobachten. Die große Schneise, die durch Kriegszerstörungen und Bau der Gruner Straße hinter dem Roten Rathaus geschlagen wurde, weicht einer Rekonstruktion des historischen Molkenmarkts. Bei Führungen durch das Grabungsfeld können die archäologischen Ausgrabungen besichtigt werden. Bereits zu DDR-Zeiten, im Vorfeld des 750. Stadtjubiläums, wurde von 1981 bis 1987 das Nikolaiviertel als ältestes Wohnviertel Berlins rekonstruiert. Die aus Feldsteinen gemauerten Untergeschosse des Doppelturms der Nikolaikirche gelten als die ältesten erhaltenen Räume Berlins.

Ein Stück weiter, wo 1443 der Grundstein zum späteren Stadtschloss gelegt wurde, das lange das Stadtbild bestimmte, bevor es in der DDR dem Palast der Republik weichen musste, hat im Sommer 2021 das Humboldt Forum seine Portale in den wiedererbauten historischen Schlossfassaden geöffnet. Den Spuren der wechselhaften Geschichte des Ortes kann man vom Keller bis an die Fassaden folgen.

Zitadelle Spandau

Echtes Burgfeeling, toller Ausblick vom Juliusturm, Ausstellungen zu Burg- und Stadtgeschichte, Konzerte, Theater und der Fledermauskeller: Die Renaissancefestung ist ein spannendes Ausflugsziel für Familien. Mehr Infos: Seite 93

Stadtmuseum Berlin

Die Stiftung Stadtmuseum widmet sich in fünf Museen und der Ausstellung „BERLIN GLOBAL“ im Humboldt Forum der Stadtgeschichte und veranstaltet dazu schon für die Jüngsten ein umfangreiches Programm. Mehr Infos: Ephraim-Palais, Seite 61, Märkisches Museum, Seite 68, Museumsdorf Düppel, Seite 71, Nikolaikirche, Seite 71, stadtmuseum.de

Fürstliches Leben lässt sich im Schloss Charlottenburg bestaunen, wo man auch prunkvolle Kindergeburtstage feiern kann.

Hohe Zeit der Hohenzollern

Friedrich Wilhelm aus dem Haus Hohenzollern war seit 1640 Kurfürst von Brandenburg und Herzog in Preußen und legte im Westfälischen Frieden 1648 den Grundstein für den Aufstieg Brandenburgs. Seine tolerante Religionspolitik mit der Aufnahme von etwa 20.000 in Frankreich verfolgten Hugenotten im Edikt von Potsdam 1685 sorgte für einen wirtschaftlichen und kulturellen Aufschwung.

Spuren der einflussreichen Minderheit finden sich bis heute, vor allem am schönsten Platz der Stadt, dem Gendarmenmarkt mit dem Französischen Dom. Dort hat nach mehrjähriger Sanierung Ende Oktober 2021 das Hugenottenmuseum wiedereröffnet und auch die Aussichtsplattform mit fantastischem Ausblick kann wieder bestiegen werden.

Preußische Schlösser und Gärten

Die Schlösser in Berlin und Brandenburg zeugen von den preußischen Glanzzeiten. Prachtvolle Bauten, Gartenanlagen und Einblicke in das fürstliche Leben locken ebenso wie spezielle Kinder- und Familienführungen, -rallyes und -workshops vor allem ins Schloss Charlottenburg, auf die Pfaueninsel oder nach Potsdam zu Schloss und Park Sanssouci. Mehr Infos: Schloss Charlottenburg, Seite 91, Pfaueninsel, Seite 99, Schloss und Park Sanssouci, Seite 91.

Unter seinem Sohn Friedrich I., der ihm 1688 nachfolgte und sich 1701 zum König von Preußen krönte, erfuhr der Schlossbereich wie die Stadt eine repräsentative bauliche Aufwertung. Sein Nachfolger Friedrich Wilhelm I. förderte vor allem den Bau von Kirchen, Stadtpalais und Bürgerhäusern und legte Exerzierplätze an. Im Laufe des 18. Jahrhunderts überrundete Berlin alle deutschen Städte außer der Kaiserstadt Wien an Einwohner:innenzahl und räumlicher Ausdehnung.

Friedrich der Große lebte zwar in Potsdam, trieb aber den weiteren Ausbau Berlins voran und gründete staatliche Manufakturen wie die Königliche Porzellan-Manufaktur Berlin, in der heute noch produziert wird und Kinder an tollen Workshops teilnehmen können. Nach einer zweijährigen französischen Besatzungszeit (1806–1808) entwickelte sich Berlin im Laufe des 19. Jahrhunderts zu einer der bevölkerungsreichsten Metropolen Europas und einem industriellen und wissenschaftlichen Zentrum. 1871 wurde Berlin Reichshauptstadt des Deutschen Kaiserreiches. Ausführlich, gut verständlich und spannend für Kinder und Familien informiert die Stiftung Stadtmuseum über die Geschichte der Stadt, vor allem die Dauerausstellung „BerlinZEIT" im Märkischen Museum ist ein super Tipp für historisch Interessierte aller Altersstufen.

Humboldt Forum

Seit Sommer 2021 finden Familien an diesem neuen Kulturort in Berlins historischer Mitte ein vielseitiges Angebot an Ausstellungen, Veranstaltungen und Verweilmöglichkeiten vor. Zugleich wird die wechselhafte Geschichte der Stadt und des Ortes im wiedererbauten Stadtschloss eindrücklich vermittelt. Mehr Infos: Seite 65

Gendarmenmarkt

Über die Geschichte des Ortes informiert das Hugenottenmuseum im Französischen Dom, von dessen Plattform aus man einen tollen Ausblick auf den schönsten Platz der Stadt hat. Interessant sind auch die Führungen durchs Konzerthaus. Mehr Infos: Gendarmenmarkt, Seite 91, Konzerthaus, Seite 83

Geteilte Stadt

Inzwischen ist Berlin schon länger wiedervereint als die Mauer gestanden hat und doch hat die Teilung Spuren hinterlassen, die heute noch spürbar und nachspürbar sind. Kinder von heute können kaum noch begreifen, dass Menschen hier eine Grenze quer durch die Stadt gezogen und eine Mauer mit Schießbefehl gebaut haben. Sie am realen Ort zu besuchen, ist für Familien mit Geschichtsinteresse eigentlich unabdingbar.

Bekannt sind die Bilder der East Side Gallery, auch verschiedene Museen wie das Mauermuseum am Checkpoint Charlie in der Friedrichstraße widmen sich der Mauergeschichte. Noch eindrücklicher aber ist ein Besuch an der Mauergedenkstätte. Der zentrale Erinnerungsort an die deutsche Teilung am historischen Ort in der Bernauer Straße erstreckt sich auf 1,4 Kilometern Länge über den ehemaligen Grenzstreifen. Dort befindet sich auch das letzte Stück der Berliner Mauer, das in seiner

Gedenkstätte Berliner Mauer

Am historischen Ort lässt sich auf dem frei zugänglichen Außengelände ein Stück original erhaltener Grenzstreifen erkunden. Das Dokumentationszentrum informiert über die Hintergründe und veranstaltet Führungen, auch speziell für Kinder. Mehr Infos: Seite 62

TimeRide

Auf eine virtuelle Zeitreise durch die geteilte Stadt kann man mit TimeRide gehen. Mehr Infos: Seite 75

Deutsches Spionagemuseum
Berlin galt lange als Hauptstadt der Spion:innen. Das Museum zeigt, wie diese arbeiten. Mehr Infos: Seite 58

Tränenpalast
Bei freiem Eintritt lässt sich in der einstigen DDR-Ausreisehalle erfahren, wie verletzend die deutsche Teilung war. Mehr Infos: Seite 75

Tiefenstaffelung erhalten geblieben ist und einen Eindruck vom Aufbau der Grenzanlagen zum Ende der 1980er-Jahre vermittelt. Schon die Außenausstellung ist unbedingt sehenswert, aber man sollte sich auch Zeit für das Dokumentationszentrum nehmen.

Ein weiterer Tipp für Familien, die an der Geschichte der Teilung der Stadt interessiert sind, ist ein Besuch im Tränenpalast, der ehemaligen Ausreisehalle der DDR. Im Mittelpunkt der Ausstellung „Ort der deutschen Teilung“ stehen die persönlichen Geschichten von Menschen, die sie am eigenen Leib erlebt haben.

Ebenfalls kaum noch vorstellbar und wie aus Filmen entsprungen, wirken die Agent:innengeschichten aus dem Kalten Krieg, Kinder und Jugendliche gehen diesen gerne im Deutschen Spionagemuseum auf den Grund.

Vom Feld auf den Tisch

Bio, regional, saisonal – Öko-Kisten und Lieferdienste aus dem Umland sind eine gute Idee für Familien, die sich nachhaltig und gesund ernähren möchten.

Die Nachfrage nach Bio-Abokisten steigt nicht nur in Berlin seit Jahren und hat in der Pandemiezeit nochmal einen deutlichen Aufschwung erfahren, auch bundesweit konnten Anbieter:innen 2021 phasenweise keine Neukund:innen mehr annehmen. Die Vorteile liegen schließlich auf der Hand: Direkt von den regionalen Erzeuger:innen nach Hause geliefert kommt so regelmäßig frische Biokost auf den Familientisch. Dazu verpackungsarm und oft sogar günstiger als im Bioladen oder vergleichbare Bioware auf dem Wochenmarkt. Wir haben uns umgehört, welche Vor- und vielleicht Nachteile so ein Abo haben kann, und welche Modelle es für Berliner Familien gibt. Soviel vorweg: In Berlin gibt es ein vielfältiges Angebot, da sollte für jede:n das Passende dabei sein. Es ist auch eine

PlantAge

Um in den Genuss von PlantAge-Obst und -Gemüse zu kommen, wird man Genossenschaftsmitglied und unterstützt so ein tolles Projekt! *Müllroser Chaussee 76 C, 15236 Frankfurt/Oder, plantage.farm*

Typfrage: Möchte man möglichst flexibel sein, genau bestimmen, was in der Kiste geliefert wird oder möchte man sich auch mal von Zutaten überraschen lassen, die man vielleicht noch nie verwendet hat? Möchtet ihr nur Gemüse und Obst oder ein breites Sortiment an Bioprodukten bestellen? Gibt es bestimmte Ernährungslagen, die berücksichtigt werden sollen? Einige der Biokisten-Lieferdienste bieten spezielle Schonkost- oder Mutter und Kind-Kisten an, die besonders für Schwangere und stillende Mütter geeignet sind.

Um herauszufinden, welcher Service einem am besten gefällt, kann man sich erstmal durchtesten, die meisten bieten Schnupperkisten oder die Möglichkeit, einmalig zu bestellen. Generell gilt, dass auch die Mehrzahl der Abomodelle ziemlich viel Flexibilität erlauben – man kann pausieren, umbestellen oder zu einem anderen Lieferrhythmus wechseln. Einzig die Liefertage und -zeiten sind nicht so flexibel, aber die Familien mit Abo, die wir gesprochen haben, lassen sich die Kisten bei Abwesenheit einfach vor die Wohnungstür stellen oder es gibt Nachbar:innen, die sie entgegennehmen.

Der größte Nachteil, von dem uns berichtet wurde, ist zugleich der größte Vorteil: Hat man sich für ein festes Abo der

Ökodorf Brodowin

Nicht nur Abokiste, sondern ein wöchentlicher Biolieferdienst mit umfangreichem Sortiment aus dem Barnimer Ökodorf, das zudem ein echt schönes Ausflugsziel ist. *Weißensee 1, 16230 Chorin OT Brodowin, brodowin.de*

Wer seine Kiste im Ökodorf Brodowin bestellt, kann sich vor Ort selbst ein Bild davon machen, woher die Lebensmittel stammen.

Frischer und nachhaltiger geht es kaum: Äpfel, Eier und mehr direkt von regionalen Biohöfen beziehen.

Abokiste Apfeltraum

Ihr könnt gezielt bestellen, was ihr aus dem Apfeltraum-Sortiment geliefert bekommen möchtet oder euch wöchentlich oder alle zwei Wochen vom Inhalt einer der Abokisten überraschen lassen. *abokiste-apfeltraum.de*

saisonalen, regionalen Gemüse entschieden, sieht man sich manches Mal vor die Herausforderung gestellt, daraus dann auch etwas zu machen und neue Rezepte auszuprobieren. Was eine echte Bereicherung für den Familienspeiseplan bedeuten kann. Und einen Wissenszuwachs über saisonale Erntezeiten und die Diversität der Obst- und Gemüsesorten. So schickt PlantAge zu jeder Gemüsekiste einen Gemüsebrief mit passenden Rezepten und Tipps zu Verwertung und Lagerung, die nach und nach zu einem Gemüsebuch heranwachsen, in dem man Infos und Rezepte nachschlagen kann. Die Genossenschaft in Frankfurt/Oder ist ein spannendes Projekt für alle, die sich für eine solidarische Landwirtschaft, nachhaltige Agrarwende sowie vegane Ernährung interessieren und gerne Teil einer solidarischen Gemeinschaft werden möchten. Auch toll: Über den PlantAge-Shop könnt ihr ebenfalls Kisten mit Zitrusfrüchten, Granatäpfeln, Oliven und Olivenöl von biozyklisch-vegan wirtschaftenden Landwirt:innen aus ganz Europa bestellen.

Wer Kindern darüber hinaus vermitteln möchte, woher unser Essen eigentlich stammt, kann dem Ökodorf Brodowin einen Besuch abstatten. In den Sommermonaten finden dort regelmäßig Betriebsführungen statt, bei denen man Einblicke in den ökologischen Landbau bekommt. Aber auch sonst locken die schöne Umgebung mit dem nicht weit entfernten Kloster Chorin, dem Hofladen und die Möglichkeit, dort Picknick-Fahrräder auszuleihen, zum Familienausflug, an dem man sich dann beim nächsten Auspacken der Biokiste gerne zurückerinnert.

Märkische Kiste

Die Märkische Kiste gibt es als Gemüse-, Obst- oder auch als Käsekiste. Befüllt werden sie von Biohöfen rund um Berlin und kommen auf Bestellung oder als Abo wöchentlich zu euch nach Hause. *maerkischekiste.de*

Landkorb

Der Lieferservice vom Lindenhof hat mehr als 6.000, darunter ca. 600 regionale, Bioprodukte im Sortiment, die per Lastenrad in den meisten Teilen Berlins und ab 2022 auch in Potsdam ausgeliefert werden. *landkorb.de*

Gutes Klima für Kinder

Von Veggieburgern bis Vertical Farming – in Berlin gibt es viel Vergnügliches und manch Visionäres für eine klimagerechtere Stadt. Ein paar Tipps, wie wir alle dazu beitragen können.

Schützt die Natur vor der Haustür

Wir haben das Riesenglück, in einer der grünsten Metropolen mit abwechslungsreichen Parks, Gärten und Naturlandschaften zu leben. Zahlreiche Events, naturpädagogische Angebote und Möglichkeiten, sich am Schutz unserer direkten Umwelt zu beteiligen, verzeichnet der Umweltkalender der Stiftung Naturschutz, die auch den jährlichen Langen Tag der Stadtnatur veranstaltet. *umweltkalender.de; 11./12.06.2022, langertagderstadtnatur.de*

Genießt grüne Oasen und gute Ideen

Im Garten der Malzfabrik ist eine wahre innerstädtische Oase entstanden, in der man gerne verweilt. Darüber hinaus versammeln sich auf dem alten Fabrikgelände innovative Macher:innen wie das Ackerdemia-Team, das nachhaltige Bildungsprogramme initiiert, die ECF Farm, die dort Fischzucht mit Gemüseanbau vereint oder den Schaugarten des IP Garten-Teams, die den weltweit ersten Online-Garten anbieten. Ebenfalls einen Besuch wert ist der EUREF-Campus am alten Gasometer, wo der Frage nachgegangen wird, wie eine klimafreundliche Stadt funktionieren kann. Die großen Berliner Ver- und Entsorger:innen, die sich auf dem EUREF-Campus im InfraLab Berlin zusammengeschlossen haben, haben die Bildungsplattform „KlimaMacher“ ins Leben gerufen und veranstalten kostenfreie Führungen für Schulgruppen über den EUREF-Campus. *ackerdemia.de; ecf-farm.de; ipgarten.de; Bessemerstr. 2-14, 12103 Berlin-Schöneberg, malzfabrik.com; EUREF-Campus 3, 10829 Berlin-Schöneberg, euref.de, klimamacher.berlin*

Tauscht, trödelt, teilt

In der Gemeinschaft sind wir stärker – und brauchen weniger Neuanschaffungen! Vieles lässt sich tauschen, teilen oder gebraucht erwerben. Vernetzt euch und lernt

„Hier wächst Begeisterung." Unter diesem Motto veranstaltet Ackerdemia seine nachhaltigen Bildungsprogramme für Kinder.

eure Nachbarschaft besser kennen. Im Kulturlabor Trial & Error findet ihr verschiedene Sharing Economy-Projekte wie den Tauschladen. *hofflohmaerkte.de; nebenan.de; Kulturlabor Trial & Error, Braunschweiger Str. 80, 12055 Berlin-Neukölln, trial-error.org*

Begrünt euch

Nicht nur bei Starkregen wird klar – die Stadt gehört entsiegelt! Jeder Hinterhof mit Wiesenflächen und begrünten Wänden statt tristem Beton ist zudem ein Gewinn für tierische wie menschliche Stadtbewohner:innen. Gute Tipps und Beratung bekommt ihr bei der Grünen Liga. An Eigentümer:innen richtet sich das Förderprogramm „GründachPLUS", das die Begrünung von Gebäudedächern und Fassaden bezuschusst. *Grüne Liga Berlin, Prenzlauer Allee 8, 10405 Berlin-Prenzlauer Berg, gruene-liga-berlin.de; IBB Business Team GründachPLUS, ibb-busines-team.de/gruendachplus*

Checkt euren Energieverbrauch

Manchmal hat man zu Hause stromfressende Geräte wie defekte Kühlschränke, ohne es zu ahnen. Die Verbraucherzentrale bietet kostenlose Hausbesuche und Beratungen zu Strom- und Energieverbrauch an. Dort könnt ihr euch ebenfalls kostenfrei ein Strom-Messgerät ausleihen, um den konkreten Verbrauch einzelner Geräte zu checken. *T: 0800-809802400, verbraucherzentrale-berlin.de*

Säen, Pflegen, Ernten in der Gemeinschaft sind wertvolle Naturerfahrungen für Stadtkinder!

Gemeinschaftsgärten ab Seite 104

Trinkt Wasser

Nachhaltiger als jeder noch so fair produzierte Drink, immer ohne Einkaufsstress und Geschleppe verfügbar, kommt das gesündeste, bestkontrollierte Getränk aus dem Wasserhahn. Das gesamte öffentliche Trinkwassernetz von Berlin ist frei von Bleirohren. Falls ihr euch Sorgen macht, dass dies in eurer Wohnung nicht der Fall ist, könnt ihr das Wasser testen lassen. Für Haushalte mit Schwangeren oder Säuglingen übernehmen die Wasserbetriebe einmalig die Kosten einer Blei-Analyse. *Wasserkontor, Bötzowstr. 29, 10407 Berlin-Prenzlauer Berg, wasserkontor.de, Berliner Wasserbetriebe, bwb.de*

Rettet Lebensmittel

Zahlreiche Berliner Projekte von „Too Good To Go" über foodsharing bis zu „RESTLOS GLÜCKLICH" engagieren sich gegen Lebensmittelverschwendung. 2021 ist der „Deli by SPRK" neu hinzugekommen. In dem Ladenlokal im Akazienkiez werden Produkte der SPRK. manufactory zum Verkauf und täglich wechselnde Gerichte zum Mitnehmen angeboten, die aus überschüssigen Lebensmitteln hergestellt werden. *Akazienstr. 3A, 10823 Berlin-Schöneberg, sprk.global/deli; toogoodtogo.de; foodsharing.de; restlos-gluecklich.berlin*

Esst weniger Fleisch und Fisch

Weniger Fleisch zu essen, ist eine der wirksamsten Maßnahmen, den eigenen CO_2-Fußabdruck zu verringern. Nirgendwo fällt das

leichter als in Berlin, der Hauptstadt der veganen Vorreiter:innen, hier kann man vielerorts köstlich fleischfrei einkaufen und essen gehen. Gleich drei Veganz-Märkte bieten ein breites Sortiment veganer Artikel. Wie der Verzehr von Fisch zu klimaschädlichen Strukturen beiträgt, zeigt der vieldiskutierte Dokumentarfilm „Seaspiracy". *berlin-vegan.de, seaspiracy.org; Veganz-Märkte: Warschauer Str. 33, 10243 Berlin-Friedrichshain, Marheinekeplatz 15, 10961 Berlin-Kreuzberg, Schivelbeiner Str. 34, 10439 Berlin-Prenzlauer Berg, veganz.de*

Kauft plastik- und verpackungsfrei

Doppelt nachhaltig – nicht nur, dass man dazu beiträgt, Verpackungsmüll zu reduzieren, man kann auch die Mengen nach dem tatsächlichen Bedarf abfüllen, wenn man in einem der Berliner verpackungsfreien Läden einkauft.

Das Original unter Berlins verpackungsfreien Läden: Original Unverpackt.

Kinder wachsen schnell – Kleidung zweiter Hand zu kaufen und verkaufen schont Ressourcen.

Secondhand-Läden ab Seite 186

Original Unverpackt, Wiener Str. 16, 10999 Berlin-Kreuzberg, original-unverpackt.de; Der Sache wegen, Lychener Str. 47, 10437 Berlin-Prenzlauer Berg, der-sache-wegen.de; Erbsenzählerei – Gutes unverpackt, Kolonnenstr. 48/49, 10829 Berlin-Schöneberg, erbsenzaehlerei-berlin.de; FAIR unverpackt, Düsseldorfer Str. 12, Berlin-Charlottenburg, fair-unverpackt.de; Herbie unverpackt, Elbestr. 19, 12045 Berlin-Neukölln, herbie-unverpackt.de; unverpackt berlin, Bölschestr. 120, 12587 Berlin-Köpenick, unverpackt-berlin.com

Beschützt die Bienen

Bienen sind unverzichtbar für die Biodiversität. Immer mehr Freizeit-Imker:innen tragen mit

ihren Bienenvölkern dazu bei, der Gefährdung der Wild- und Honigbienen entgegenzuwirken. Und wir alle können uns daran beteiligen: Tipps und Infos zum Imkern und bienenfreundlichen Gärtnern findet ihr bei „Berlin summt“ oder „Stadtbienen“, Probeimkern und Imker:innen-kurse im Bienengarten. *berlin-summt.de; stadtbienen.org; Ruhwaldweg 6, 14050 Berlin-Charlottenburg, bienengarten-berlin.de*

Kümmert euch um die Bäume

Unsere Stadtbäume sind auf fürsorgliche Menschen angewiesen, vor allem in Trockenperioden. Auf „Gieß den Kiez“ sind knapp 94 Prozent der rund 430.000 Berliner Straßenbäume verzeichnet. Auf dem Portal könnt ihr euch über den Baumbestand in eurer Umgebung und den jeweiligen Wasserbedarf informieren, einzelne Bäume adoptieren und euer Gießen vermerken. Auch öffentliche Wasserpumpen in eurer Nähe sind auf der Karte zu finden. *giessdenkiez.de*

Tretet in die Pedalen

In punkto Ausbau und Sicherheit des Radnetzes kann in Berlin bitte noch einiges passieren, nichtsdestotrotz geht es für viele Berliner:innen am liebsten per perdales zu Kita oder Schule, zum Job oder Einkaufen. Wenn ihr mal mehr transportieren möchtet, gibt es die grandiose Möglichkeit, kostenlos Lastenräder an vielen Standorten bei fLotte Berlin auszuleihen. *fLotte – Freie Lastenräder für Berlin, flotteberlin.de*

Aktive Mamas, glückliche Babys

Bodyshaping und Babytreff, modernes Beckenbodentraining und neue Begegnungen, Beziehungsstress und bewusste Entscheidungen – ein Gespräch mit Glücksmama-Gründerin Kristina Basiner.

GLÜCKSMAMA Studio

Von Anfang an ein Ort zum Wohlfühlen – in Kristinas Studio können Mamas sich vor und nach der Geburt fit halten, austauschen und später ihre Kinder zu Spiel-, Musik- oder Tanzkursen begleiten.

Döringstr. 2,
10245 Berlin-Friedrichshain,
gluecksmama.de

Hier fühlt man sich sofort willkommen und gut aufgehoben – köstlicher Waffelgeruch und fröhliches Stimmengewirr empfangen uns in den hellen, schön gestalteten Räumen des Glücksmama-Studios. Gerade geht ein Kindertanzkurs zu Ende, nahezu gleich viele Mütter wie Väter stehen zum Abholen bereit und da kommt uns auch schon Kristina entgegen.

2010 gründete sie Glücksmama, zunächst als Kursangebot, mit dem sie sich an verschiedenen Orten in der ganzen Stadt einmietete. Zu diesem Zeitpunkt war sie selbst noch kinderlos, aber so frustriert von der Fremdbestimmung in ihrer Arbeit als Schauspielerin, dass es nur einen kleinen Impuls brauchte, um sich mit Schwangerschafts- und Mama-Baby-Kursen selbständig zu machen. Ihr Sport- und Schauspielstudium hatte sie schon als Fitnesstrainerin und Babysitterin finanziert und dann ging es, wie sie sagt, „Knall auf Fall – im Dezember habe ich gegründet, im Mai die ersten Kurse gegeben." 2014 wurde sie

Kurse wie bei Glücksmama helfen, körperlich und mental Stabilität in der neuen Rolle zu finden.

selbst zum ersten Mal Mutter und obwohl sie sich schon vorher viel mit der Situation und den Bedürfnissen Schwangerer und von Frauen, die gerade geboren haben, auseinandergesetzt hatte, kann sie sich seitdem noch viel besser einfühlen.

„Wenn du dann selbst ein Kind hast, 24/7, das ist doch nochmal was ganz anderes."

Sie schätzt die Atmosphäre unter den Frauen in den Kursen, die sich alle in dieser besonderen Lebenssituation befinden. Mutter zu werden verändere schließlich weit mehr als den Körper, besonders, wenn man schon viele Jahre ein selbstbestimmtes Leben geführt hat. Das Durchschnittsalter bei der Geburt des ersten Kindes lag 2020 in Berlin bei 31 Jahren und so beobachtet auch Kristina, dass etlichen Frauen die Umstellung auf das Leben mit Baby nicht ganz so leicht fällt. Umso wichtiger sei der Austausch mit anderen und sich selbst etwas Gutes zu tun. Die meisten Frauen in Kristinas Kursen haben sich bewusst gegen Yoga entschieden, sie möchten beim Sport richtig schwitzen.

Doch viele sind unsicher, was sie während und nach der Schwangerschaft machen dürfen, sollen, wollen. In sich selbst reinzuhören, rät Kristina, der Körper gäbe eigentlich ganz klare Signale. Bei manchen Sportarten sei es sicher sinnvoll, damit in der Schwangerschaft aufzuhören, beispielsweise bei Ballsportarten, wo das Risiko, dass der Bauch getroffen wird, hoch ist. Aber rein vom körperlichen Leistungsvermögen müsste es bei einer normal verlaufenden Schwangerschaft nicht sein.

„Man muss sich nicht in Watte packen."

Wenn der Bauch dann hart wird oder zieht, sei das ein Zeichen, dass es zuviel wird. Kristina erlebt, dass sich manche Frauen, vor allem nach der Geburt, viel zu sehr unter Druck setzen. Ihr ist ein Anliegen, ihnen das Gefühl zu vermitteln, dass es einfach seine Zeit braucht. Immerhin hat man gerade einen kleinen Menschen auf die Welt gebracht, eine unglaubliche Leistung! Die Mär vom perfekten After-Baby-Body setze Frauen unter Stress. Die körperlichen Veränderungen haben Kristina selbst überrascht, sie erzählt in den Kursen offen von ihren eigenen Erfahrungen. Ihr passierte es noch etliche Monate nach der Geburt ihres Kindes, dass beim Baden oder Schwimmen Wasser in die geweitete Vagina eingesogen wurde, das dann Stunden später schwallartig wieder herauskam.

„Ich wusste vorher nicht, dass sowas passieren kann. Das hat mir niemand erzählt."

Je transparenter wir alle über vermeintliche Tabus reden, desto besser vorbereitet sind und vor allem weniger alleine fühlen sich Frauen, wenn nicht alles so easy-peasy läuft, wenn der eigene Körper oder die eigene Gefühlswelt nicht so mitspielt, wie einem Happy-Family-Bilder in Medien und Social Media vermitteln. Auch darum sind Orte wie Glücksmama wichtig, um in den ehrlichen Austausch zu kommen. Kristina erzählt von einer Mama, die sich aufgrund des Studionamens beinahe nicht angemeldet hätte, da sie sich alles andere als

Auch Kristina kennt das Gefühl, wenn sich Tage alleine mit Baby zu Hause wie Kaugummi ziehen.

Helle Räume, hübsch gestaltet, heitere Stimmung – das Glücksmama Studio sorgt für gute Laune.

glücklich in ihrer neuen Lebenssituation mit Baby fühlte. Im Kurs aber traf sie dann auf eine andere Frau in ähnlicher Gefühlslage, was ihr half, sich damit auseinanderzusetzen.

„Stille Erwartungen sind Gift für die Beziehung."

Kristina beobachtet, dass sich aus den Kursen Freundschaften, oft langjährige, entwickeln. Was auch wichtig sei, da es in vielen Beziehungen im ersten Jahr nach der Geburt durchaus krisele. Auch da gelte es, offen zu reden, mit den neuen Freundinnen in vergleichbarer Lebenslage, aber vor allem auch mit den jeweiligen Partner:innen. Einfach nur zu erwarten, der oder die andere müsse doch sehen, was los ist, was man brauche, sich wünsche, funktioniere nur in den seltensten Fällen. Doch die Ausnahmesituation mit Baby birgt auch Chancen, sich und seine Bedürfnisse besser kennenzulernen und zu artikulieren. Apropos sich selbst besser kennenlernen – ein Thema liegt Kristina besonders am Herzen:

„Ich kann nur jeder Frau empfehlen, begleitend zur Rückbildung eine Beckenboden-Physiotherapie zu machen."

In Frankreich sei es schon lange Rückbildungs-Standard, dass speziell ausgebildete Physiotherapeut:innen den Beckenboden tasten, im Ultraschall ansehen, wie er sich verhält und gezielt ein individuelles Training erarbeiten. Dieses Angebot möchte Kristina 2022 auch bei Glücksmama etablieren.

Kristina macht es viel Freude, Müttern den Rücken und den Beckenboden zu stärken.

Mit Baby unter Leute kommen

Wenn die Kleinsten den Tag bestimmen, ist es umso wichtiger, Orte zu haben, wo man sich austauschen, arbeiten, abhängen kann.

Coworking

Einen guten Betreuungsplatz für Unter-Zweijährige zu bekommen, ist kein leichtes Unterfangen. Wer aber nicht so lange mit dem beruflichen Wiedereinstieg warten möchte oder kann und nicht in Präsenz am Arbeitsplatz sein muss, findet vielleicht für sich die passende Lösung an einem der Berliner Coworking-Orte, die sich auf arbeitende Kleinkindeltern eingestellt haben.

Work'n'Kid

Work-Child-Balance – so lautet das Konzept, das Gründerin Anne ins Leben gerufen hat, um Eltern in verschiedenen Lebensphasen und Arbeitsmodellen zu unterstützen. Hier kann Arbeit und Familienleben flexibel vereint werden. Es gibt verschiedene Modelle, sich tageweise oder dauerhaft einzumieten, mit oder ohne Kinderbetreuung. *Schreinerstr. 58, 10247 Berlin-Friedrichshain, worknkid.de*

juggleHUB

Ob für die Weiterbildung während der Elternzeit oder als Übergangslösung bis zum Kitaplatz – bei juggleHub können Eltern in ruhiger Atmosphäre arbeiten, sich vernetzen und austauschen, während sie ihre Kinder zuverlässig betreut wissen. *Christburger Str. 23, 10405 Berlin-Prenzlauer Berg, jugglehub.de*

Coworking Toddler

An zwei Standorten wird bei Coworking Toddler Kinderbetreuung neu gedacht und Vereinbarkeit gelebt. Während Eltern im professionellen Umfeld konzentriert arbeiten, werden Babys und Kleinkinder in der angrenzenden Kita liebevoll betreut. Zum Mittagessen kommen alle im Gemeinschaftsbereich zusammen. *Greifenhagener Str. 48, 10437 Berlin-Prenzlauer Berg, Maybachufer 37, 12047 Berlin-Neukölln, coworkingtoddler.com*

Spielcafés

Mit Freund:innen frühstücken oder Kaffee trinken gehen, in Ruhe gemütlich quatschen – darauf muss man mit kleinen Kindern nicht verzichten. Spielcafés, in denen die Minis nicht nur willkommen sind, sondern von eigens für sie eingerichteten Spielbereichen erwartet werden, sind dafür die beste Wahl. Alle Spielcafés findet ihr auf: *berlinmitkind.de*

Raum Schwalbe

Mitten im Winskiez können Familien brasilianische Gastfreundschaft erleben, köstliche Speisen genießen und schöne Gespräche führen. Zudem lässt sich hier auch herrlich Kindergeburtstag feiern. *Winsstr. 9, 10405 Berlin-Prenzlauer Berg, raumschwalbe.de*

Rubens Ort für Familien

Das schöne Café in Friedenau bringt Menschen aller Altersklassen zusammen. Hier können alle zusammen köstlichen Kuchen, Snacks und Getränke genießen oder im angeschlossenen Familienzentrum spannende Kurse belegen. *Rubensstr. 84, 12157 Berlin-Schöneberg, familiencaferubens.de*

Café Kreuzzwerg

Ob auf der gemütlichen Terrasse oder im liebevoll eingerichteten Innenbereich – hier nehmen Eltern entspannt Platz, während die jungen Besucher:innen frei und sorglos spielen. Regelmäßig finden auch verschiedene Kurse statt. *Hornstr. 23, 10963 Berlin-Kreuzberg,*

Wohlfühlorte

Es tut gut, aus den eigenen vier Wänden rauszukommen, erst recht, wenn der Ort so schön gestaltet ist wie im Glücksmama Studio oder bei Work'n'Kid (Bild rechts).

Treffpunkte zum Spielen, Sporteln, Schlemmen – tut, was euch gut tut!

Familienzentren

Berlinweit werden seit Mai 2021 inzwischen 53 Familienzentren durch die Senatsverwaltung gefördert, um Bildungs- und Betreuungsangebote für Kinder sowie Treffpunktmöglichkeiten in Form von Eltern-Kind-Cafes oder Familienclubs anbieten zu können. Alle Standorte findet ihr unter: *berliner-familienzentren.de*

Familienzentrum Adalbertstraße

Ob Familiencafé, Eltern-Baby-Treff, Babymassage oder Kinderturnen – das Kreuzberger Familienzentrum bietet Eltern mit kleinen Kindern ein vielseitiges Angebot an Kursen und Veranstaltungen sowie verschiedene Beratungsangebote. *Adalbertstr. 23B, 10997 Berlin-Kreuzberg, familienzentrum-adalbertstrasse.de*

Familienzentrum Weißensee

Gemeinsam musizieren, sich im Café austauschen oder im Atelier kreativ werden – in der offenen Begegnungsstätte können Familien zudem ein vielseitiges Beratungs- und Kursangebot wahrnehmen. *Mahlerstr. 4, 13088 Berlin-Weißensee, familienzentrum-weissensee.de*

Familienzentrum Menschenskinder

Das umfangreiche Kurs- und Beratungsangebot des Familienzentrums mit Nachbarschaftsgarten unweit des Strausberger Platzes bietet Familien Raum, um ins Gespräch zu kommen, sich auszutauschen und eigene Erfahrungen teilen zu können. *Fürstenwalder Str. 30, 10243 Berlin, menschenskinder-berlin.eu*

Filmstadt Berlin

Angelehnt an ihre Rolle als „Dorli" in „Ku'damm 59" haben sich Alma und Smilla chic gemacht und mit einer ganzen Kindertruppe die Schauplätze der Fernsehserie erkundet.

Aniela, links
Kleid: Atelier Parsmei
Strumpfhose: Collegien
Schuhe: Salt Water Sandals

Smilla, mitte
Kleid: Bebe Organic
Socken: Collegien
Schuhe: Yound Soles

Lukas, rechts
Pullover und Hose: Paade Mode
Schuhe: Eli1957

Stofftiere: alle von Senger Naturwelt

TARGET
BROWNIE SIX-20

Wenn Kinder zum Film möchten

Alma und Smilla wurden zufällig entdeckt, ihr erster Dreh war gleich „Ku'damm 59". Wir haben mit ihrer Mutter Nicolle über den Weg von Kindern in die Filmwelt gesprochen.

Wie sind Alma und Smilla zur Schauspielerei gekommen?
Es war ganz unspektakulär und mehr oder weniger ein Zufall. Mein Mann war mit den Mädels in einer Autowerkstatt bei uns im Kiez und der Werkstattmeister meinte, er hätte auch Zwillingsnichten, die Werbung machen und das wäre doch vielleicht auch etwas für Alma und Smilla.

Ich hatte im Vorfeld tatsächlich schon mal darüber nachgedacht, mich nach einer Kindermodelagentur umzuschauen, denn die beiden hatten immer riesigen Spaß, wenn sie fotografiert wurden. In Berlin gibt es ja einige Kindermodelagenturen und so bin ich auch ziemlich schnell fündig geworden. Die Mädels waren beim Sedcard-Shooting und am Tag darauf kam die Mail mit der Castingeinladung für „Ku'damm 59". Die Aufregung war riesig, aber das Casting lief super und so hat alles angefangen.

Bild, links
Alma
Kleid: Eirene

Bild, rechts
Smilla, links
Blazer, Shirt und Rock
Alma, rechts
Blazer und Rock: Ledum
Shirt: Paade Mode
Haarschmuck: Bebe Organic

Bild, oben
Momo
Weste und Kleid: Ledum
Socken: Collegien
Schuhe: Eli1957

Bild, rechts
Aniela, links
Shirt und Kleid: Ledum
Socken: Collegien
Schuhe: Eli1957
Noah, rechts
Hemd und Hose: Paade Mode
Socken: Collegien
Schuhe: Salt Water Sandels

Worauf sollte man achten, wenn die eigenen Kinder gerne zum Film möchten?
Ich denke, dass zunächst ein Gespräch mit dem Kind ganz wichtig ist, damit es weiß, was das Schauspiel alles mit sich bringt. Sowohl Kinder als auch Eltern sollten sich aber bewusst sein, dass die Schauspielerei ein sehr zeit- und arbeitsintensives Hobby ist. Außerdem ist eine gute Agentur das A und O.

Die Schauspielagenturen laden die Kinder zum Casting ein, für das eine oder mehrere Spielszenen vorbereitet werden. Mittlerweile wird auch oft auf E-Castings zurückgegriffen. Das heißt, man nimmt die Szene(n) zu Hause auf und schickt sie der Agentur. Für die Aufnahmen reicht ein Mobiltelefon aus. Man muss sich also keinesfalls für die technische Ausrüstung in Unkosten stürzen. Der nächste Schritt wäre dann ein persönliches Treffen. Wenn auf beiden Seiten alles passt, gibt es einen Agenturvertrag. Die Agenturen bekommen eine Provision bei jeder Buchung. Allerdings würde ich die Finger von Agenturen lassen, die einen festen Jahresbeitrag aufrufen, der unabhängig von den Buchungen erhoben wird.

Es ist wichtig, keine zu hohen Erwartungen zu haben. Hier sollten die Eltern nah am Kind sein und schauen, wie es damit umgeht. Es gibt Kinder wie unsere, die stecken diese vermeintlichen Misserfolge ganz easy weg und nehmen sich Absagen nicht so sehr zu Herzen. Schwierig wird es, wenn der Leidensdruck zu groß wird. Dann sollte man sich gemeinsam mit dem Kind überlegen, ob es das wert ist, weiterzumachen. Am Ende soll es ja Spaß bringen und nicht frustrieren.

Bild, links
Momo
Haarband, Kleid und Socken: Paade Mode
Schuhe: Eli1957

Bild, oben
Lukas, links
Pullover und Hose: Paade Mode
Noah, rechts
Hemd und Weste: Paade Mode

Hatten Alma und Smilla Schauspielunterricht?
Schauspielunterricht hatten sie nicht. Bei vielen Projekten gibt es aber einen Kindercoach, quasi das Bindeglied zwischen Regisseur:in und dem Kind. Bei den etwas größeren Rollen hatten Alma und Smilla sechs bis sieben Coachings im Vorfeld. Der Coach ist auch immer mit am Set und ganz nah bei den Kindern. Wenn die Regie Wünsche oder Korrekturen hat, die das Kind betreffen, läuft das immer über den Kindercoach. Das gibt beiden Seiten eine gewisse Sicherheit. Das Kind kennt den Coach und hat durch die Zusammenarbeit eine Vertrauensbasis aufgebaut und die Regie kann mit einem erwachsenen Kindercoach Klartext reden und muss keine Rücksicht auf die zerbrechliche Gefühlswelt eines Kindes nehmen.

Wie läuft es ab, wenn die beiden drehen?
Es ist jedes Mal aufs Neue eine Herausforderung – für die ganze Familie. Sobald eine Zusage kommt, geht's auch schon los mit der Organisationsplanung. Der erste Schritt sind immer die Unterschriften von Schule, Arzt, Jugendamt und Eltern. Diese benötigt die Produktion, um die Drehgenehmigungen für die Kinder zu beantragen.

Ich begleite die Kinder immer zum Set und kann mir momentan auch nicht vorstellen, dass ich sie mal alleine fahren lasse. Dafür sind sie einfach noch zu jung. Ein typischer Drehtag sieht dann beispielsweise so aus, dass Smilla und ich morgens zum Set geholt werden. Kinder dürfen in ihrem Alter fünf Stunden am Set sein und drei Stunden vor der Kamera stehen. Das Nadelöhr sind aber meist die fünf Stunden Setzeit. Als die Mädels noch in der Kita waren, ging es mit den Drehs noch etwas unkomplizierter. Mit dem Eintritt in die Schule ist dazugekommen, dass sie die Aufgaben für die Tage, an denen sie drehen, zu Hause erledigen müssen. Das hat bis jetzt immer hervorragend geklappt. Meist arbeiten sie sogar vor, damit sie an den Drehtagen den Kopf frei haben. Glücklicherweise waren ihre Klassenlehrerinnen bislang dem Thema gegenüber positiv eingestellt und unterstützen die Mädchen. Das ist nicht selbstverständlich.

Was waren die schönsten Erlebnisse?
Es gibt ganz, ganz viele kleine Dinge, die die Mädels toll fanden – zum Beispiel die leckeren Schokopfannkuchen, die bei den Ku'damm-

Lukas
Hemd: Paade Mode
Hose: Atelier Parsmei

Drehs immer extra für sie zum Mittag gemacht wurden. Neue Freundschaften, spannende Begegnungen mit vielen tollen Schauspieler:innen, Regisseur:innen und ganz vielen herzlichen und aufmerksamen Menschen aus den vielen anderen Bereichen wie Coaching, Kostüm, Maske, Ton, Licht, Catering und noch ganz viele andere – besonders viel Spaß hatten sie immer mit den Fahrer:innen.

Auf der „Lindenberg – mach dein Ding"-Premiere haben wir dann auch Udo persönlich kennengelernt und er ist genauso wie ihn das große Publikum kennt – wunderbar nahbar und in seiner bezaubernden Abgefahrenheit doch irgendwie herrlich normal und so einzigartig lässig. Durch diese Bekanntschaft kam es letzlich auch zu der Begegnung mit Detlev Buck, woraus sich ein Blitzauftritt der Mädels im „Tatort" ergab. Abschließend würde ich noch ein wunderbares Projekt erwähnen, welches Ende 2022 in die Kinos kommt. Wir dürfen leider noch nichts über den Film verraten, aber die Mädels hatten einen Riesenspaß.
Sie spielen zwei unterschiedliche Figuren (keine Zwillinge, nur Schwestern) und haben zudem noch zwei jüngere Halbschwestern und die Vier haben zusammen ordentlich gerockt.

Was haben sie in der Zeit alles gelernt?
Faktisch wissen sie mittlerweile, wie der Hase beim Film läuft. Sie wissen, dass jede Szene mehrere Takes pro Einstellung benötigt, dass es fast immer mindestens einen Umbau gibt, um den Gegenschuss zu bekommen, sie wissen, wo die kleinen Mikros am besten angebracht werden, damit man diese im Film später nicht sieht. Da Alma und Smilla eher zurückhaltend bis schüchtern waren und vom Typ her immer noch sind, hat sie die Schauspielerei selbstbewusster gemacht.

Bei jedem Casting, jedem Dreh treffen sie viele neue Leute, stellen sich vor, beantworten Fragen, stellen selbst Fragen und geben ein Stück ihres Seins und ihrer Seele preis, wenn sie eine Szene spielen. Jedes Mal ist da Aufregung, Spannung und sicher auch ein bisschen Angst dabei. Sie überwinden all das, liefern ab und das zahlt auf ihr inneres Selbstsicherheitskonto ein.

Von links nach rechts

Smilla
Bluse und Kleid: Bebe Organic
Socken: Collegien
Schuhe: Eli1957

Aniela
Haarschmuck: Milledeux
Bluse und Kleid: Atelier Parsmei
Socken: Collegien
Schuhe: Eli1957

Lukas
Shirt, Weste und Hose:
Bebe Organic
Schuhe: Eli1957

Noah
Hemd und Hose: Atelier Parsmei
Socken: Collegien
Schuhe: Salt Water Sandals

Alma
alles von: Bebe Organic
Socken: Collegien
Schuhe: Young Soles

Momo
Bluse und Kleid: Bebe Organic
Socken: Paade Mode
Schuhe: Salt Water Sandals

Damit es allen schmeckt

Eva-Maria Hilker

Die EssPress-Herausgeberin war Erzieherin, bevor sie sich nach dem Philosophie- und Sinologie-Studium der Gastroszene zuwandte. Sie verfolgt mit ihrem Team seit vielen Jahren die Entwicklung der Esskultur weltweit und beobachtet die Berliner Restaurantszene. *esspress.eu*

Was rät die Gastro-Expertin, wenn man Berlins Restaurantszene mit Kindern erkunden möchte?

Welchen Stellenwert hat Kinderfreundlichkeit in der Gastronomie?
Es ist eine Selbstverständlichkeit, dass Eltern mit ihren Kindern essen gehen. Ich kenne kaum ein Restaurant, das keinen Kinderstuhl parat hat. Wenn Eltern, Freund:innen, Verwandte vorhaben, mit Kindern ein Restaurant zu besuchen, würde ich das auch im Vorfeld bei der Reservierung anmelden. Das kann bei der Tischwahl, bei der Bereitstellung von Spielsachen, Malzeug etc. hilfreich sein.

Gibt es da einen Wandel in den letzten Jahren?
Allerdings. Vor zehn Jahren wollte bei einer diesbezüglichen Recherche in Berlin kein Restaurant als kinderfreundlich erklärt werden. Obwohl es eine Spielecke besaß und tatsächlich mit Kindern gut klar kam. Es seien zu viele Gruppen mit Kindern gekommen, so einmal die Aussage. Die andere: Leute ohne Kinder würden das Restaurant meiden.

Woran erkennt man kinderfreundliche Restaurants?
Ob man ihn braucht oder nicht – der Kinderstuhl ist ein eindeutiges Erkennungszeichen. Kindergerichte auf der Speisekarte sind es definitiv nicht. Denn es reduziert deren Essverhalten auf die leider immer noch gängigen Klischees, auf Pommes, Spaghetti, Pizza, Kartoffelbrei.

Hieu

10 Jahre

Wo gehst du gerne essen?

Ich gehe nicht so gerne essen, da sind immer so viele Leute.

Was isst du am liebsten?

Ich mag eigentlich alles. Und ich probiere gerne neue Gerichte. Am liebsten mag ich italienische Nudeln und Chinapfanne.

Hast du schon mal selbst etwas gekocht?

Ja, ich kann Chinapfanne selber machen. Öl, Reis, Eier in die Pfanne, fertig. Und ich hab' schonmal eine Suppe in der Schule gekocht.

Was sollte man beim Essengehen mit Kindern beachten?
Eltern kennen ihre Kinder gut und wissen, was man ihnen zumuten kann, wie lange sie durchhalten, was sie langweilt. Bevor das jüngste Familienmitglied nicht sitzen kann, sollte man sich auf kurze Besuche, wenn das Wetter mitspielt, im Freien einstellen. Wenn das Kind alleine sitzen kann, wenn es in der Lage ist, sich zu artikulieren, dann kann man Kinder als ernstzunehmende Tischnachbar:innen wahrnehmen und behandeln. Wenn das Kind Zuwendung beim Essen benötigt – dann sollten sich Eltern abwechseln. Alle halbe Stunde ist der andere dran, da kommt jede:r zum Zuge.

Welche Verhaltensweisen werden als störend empfunden?
Ob es nun Erwachsene oder Kinder sind – schlechte oder gar keine Umgangsformen sind ein No-Go! Laissez faire – gerne in den eigenen vier Wänden. Aber in einem Raum mit mehreren Menschen, die sich bewusst entschieden haben, Genuss, Gespräche und Gemeinsamkeit zu zelebrieren, auf die sollte man Rücksicht nehmen!

Was sind die positiven Aspekte des gemeinsamen Essengehens?
Ich wüsste keine negativen. Wenn die jüngsten Mitglieder der Familie genauso behandelt werden wie alle anderen, mit

Alma

7 Jahre

Wo gehst du gerne essen?

Bei „Maison Blanche" in Kreuzberg, da gibt es sehr leckere Pizza und andere Sachen. Und die sind da nett zu Kindern.

Was isst du am liebsten?

Pizza und Spinatnudeln. Gnocchi und Tortellini mag ich überhaupt nicht. Das Komischste, was ich mal gegessen habe, waren Senfeier.

Hast du schon mal selbst etwas gekocht?

Ich kann Pfannkuchenteig selber machen.

Rücksicht auf den Altersunterschied, dann ist das ein besonderes Ereignis, fast sogar etwas Feierliches. Kinder sind begeistert, wenn sie sich ihr Gericht aussuchen dürfen. Kommunikation ist wichtig. Man sollte erzählen, wie das, was man auf dem Teller hat, schmeckt, an was man sich erinnert fühlt, wann man so etwas Ähnliches schon mal gegessen hat.

Ich hatte mal mit einem Mädchen an einem Nebentisch, so um die fünf Jahre alt, eine kurze Unterhaltung über ihre Pizza, warum sie die und keine andere mag, und welche Angewohnheiten ihre Mutter so pflegt. Herrlich! Eltern und Kinder besitzen oder lernen im Restaurant eine Sensibilität, sei es im Umgang miteinander, sie spüren was gesellschaftsfähig ist, was zur Privatsphäre gehört und machen eventuell nette Bekanntschaften.

Was sind die spannendsten Gerichte für Kinder?
Für mich sind alle Gerichte, die mit Professionalität, mit Kreativität, mit Liebe zum Produkt zubereitet werden, für Kinder spannend. Ob das ein Erbsenpüree mit Himbeeren und Haselnüssen ist wie im 12 Seasons oder die Jiaozi, also chinesische Teigtaschen, in der Peking Ente. Aber es muss der Spaß, der Genuss im Vordergrund stehen. Ein Versuch kann auch

Lore

5 Jahre

Wo gehst du gerne essen?

Beim Italiener, da waren die Kellner nett und haben mir Malsachen gegeben. Wir durften nicht rumlaufen, aber das war nicht schlimm.

Was isst du am liebsten?

Hühnerfrikassee. Hackfleisch mag ich gar nicht. Ich probiere aber gerne neue Sachen – gerade habe ich zum ersten Mal Feigen gegessen.

Hast du schon mal selbst etwas gekocht?

Mit Mama ein Ei gebraten. Und ich hab' mal Kekse mit bunten Streuseln gemacht.

scheitern, nach dem ersten Bissen ist manchmal klar: Das geht nicht gut. Dann ist Toleranz gefragt. Scharfe Gerichte und grünes Gemüse, so meine Erfahrung, sind für Kinder nicht lustig.

Kann man mit Kindern auch Sternerestaurants besuchen?
Man kann, sollte aber auf jeden Fall bei der Reservierung – wenn möglich telefonisch – klären, wann und was geht, wie alt die Kinder sind, was das Restaurant auch ihnen zu bieten hat.

Ab welchem Alter ist es sinnvoll, Kinder mit gehobener Küche und gegebenenfalls vornehmeren Essmanieren vertraut zu machen?
Mit Serviette, mit Messer und Gabel zu essen, das kann ein Kind dann lernen, wenn die Eltern die nötige Geduld aufbringen können. Wie gesagt, sobald ein Kind selbstständig sitzen kann, kann es auch einen Löffel halten – aber auch gerne immer wieder fallen lassen.

Wer als Familie das gemeinsame tägliche Essen zu schätzen weiß, sei es mittags oder abends, wird mit der Zeit ganz selbstverständlich Essmanieren praktizieren, auch in den Kitas wird das geübt. Vornehme Essmanieren gibt es in dem Sinne nicht. Ich scheitere bis heute an Krustentieren, die ich gerne esse, aber kaum aus der Schale bekomme mit den ganzen Utensilien.

KULTUR

CH Charlottenburg
FR Friedrichshain
HE Hellersdorf
HO Hohenschönhausen
KÖ Köpenick
KR Kreuzberg
LI Lichtenberg
MA Marzahn
MI Mitte
NK Neukölln
PA Pankow
PB Prenzlauer Berg
RE Reinickendorf
SB Schöneberg
SP Spandau
ST Steglitz
TE Tempelhof
TI Tiergarten
TR Treptow
WE Wedding
WI Wilmersdorf
WS Weißensee
ZE Zehlendorf

Museen und Ausstellungshäuser

Akademie der Künste

Das kulturelle Vermittlungsprogramm „KUNSTWELTEN" der Akademie der Künste bringt Kindern und Jugendlichen die Arbeit der Akademie und die dort aufgegriffenen Themen in Führungen, Lesungen, Filmvorführungen, Gesprächen, Werkstätten und künstlerischen Aktionen näher. Auch in den Buchläden und dem Café der Akademie kann man seine Zeit gut verbringen. *Pariser Platz 4, 10117 Berlin-MI, T: 200571000, Hanseatenweg 10, 10557 Berlin-TI, T: 200572000, adk.de*

Alice – Museum für Kinder

Das Kindermuseum im FEZ-Berlin widmet sich in der noch bis 2022 laufenden Ausstellung „Escape to Freedom – ein kooperatives Echtzeitabenteuer" dem großen Thema „Freiheit". Dabei verwandelt sich das Museum in ein großes, erlebbares Spiel mit fünf interaktiven Räumen nach dem Prinzip eines Escape Games: Was passiert, wenn ich immer den Erwartungen der anderen folge? Macht mich der Chip im Gehirn wirklich glücklich und frei? Habe ich in der Rolle als Journalist:in den Mut, der Wahrheit auf die Spur zu kommen? Gemeinsam muss man als Team genau hinsehen, um die Rätsel in der vorgegebenen Zeit zu lösen. Geeignet ist das Abenteuer für Kinder ab zehn Jahren. *Straße zum FEZ 2, 12459 Berlin-KÖ, T: 530710, fez-berlin.de*

Alte Bäckerei

Im Museum für Kindheit in Pankow können Besucher:innen in der Ausstellung „Vom Korn zum Brot" alles über das Bäckereihandwerk erlernen. Das frische Brot kann man in der historischen Backstube erwerben und natürlich darf man hier auch dem:der Bäckermeister:in über die Schulter schauen, wenn das duftende Brot aus dem Brustfeuerungsofen geholt wird. Im alten Wohnhaus, das Besucher:innen besichtigen können, sieht es übrigens noch aus wie um 1900. Auch abseits des Museumsbesuchs ist es ein Supertipp, hier vorbeizuschauen, wenn dienstags, mittwochs und freitags am Nachmittag das frische Brot zum Verkauf steht, das unglaublich lecker ist. *Wollankstr. 130, 13187 Berlin-PA, T: 4864669, alte-baeckerei-pankow.de*

Alte Nationalgalerie

Ob Porträts, verwunschene Landschaften oder ungewöhnliche Tiere, in der Alten Nationalgalerie erfährt man so einiges über das Leben und die Träume der Menschen im 19. Jahrhundert. Mit allen Sinnen erkunden Familien im Rahmen von Veranstaltungen oder auf eigene Faust Werke der Alten Nationalgalerie und stellen Bezüge zur heutigen Lebenswelt her. Das gesamte Veranstaltungsprogramm findet ihr auf der Website. Wie für alle Häuser der Staatlichen Museen gilt: Freier Eintritt für Kinder und Jugendliche bis 18 Jahre, unter Pandemie-Bedingungen ist eine Online-Buchung erforderlich. *Bodestr. 1-3, auf der Museumsinsel, 10178 Berlin-MI, T: 266424242, smb.museum*

Altes Museum

Griechische Götter, etruskische Gräber und römische Kaiser – die Welt der Antike bietet viel Stoff für spannende Geschichten. Wer ist wer in der griechischen Götter- und Heldenwelt? Welche Aufgaben hatten Götter wie Zeus und Co? Wie war das eigentlich mit Cäsar und Kleopatra? Wie kleidete man sich? Worauf schrieb man? Mit welchem Spielzeug spielten damals Kinder? Gab es damals auch schon Comics? Kinder und Familien erkunden das Alte Museum und werden in Workshops selbst künstlerisch aktiv. Das gesamte Veranstaltungsprogramm findet ihr auf der Website. Wie für alle Häuser der Staatlichen Museen gilt: Freier Eintritt für Kinder und Jugendliche bis 18 Jahre, unter Pandemie-Bedingungen ist eine Online-Buchung erforderlich. *Am Lustgarten, Museumsinsel, 10178 Berlin-MI, T: 266424242, smb.museum*

Anne Frank Zentrum

Menschen aus aller Welt kennen Anne Frank. Sie ist eines der bekanntesten Opfer des Holocaust und berührt noch heute mit ihren handgeschriebenen Tagebüchern. Die Ausstellung „Alles über Anne" schafft einen sensiblen Lernort für alle ab zehn Jahren, an dem man sich mit der Geschichte des Nationalsozialismus auseinandersetzen und mit unserer heutigen Lebenswelt in Zusammenhang setzen kann. Der Gegenwartsbezug ist charakteristisch für das Ausstellungskonzept, das biografisch, interaktiv und inklusiv angelegt ist. Auch das Umfeld in Mitte wird einbezogen: Den Stadtrundgang „Auf den Spuren jüdischen Lebens" kann man als reale und digitale Version für Gruppen bis zu 15 Personen buchen. *Rosenthaler Str. 39, 10178 Berlin-MI, T: 288865600, annefrank.de*

TIPP/NEU ANOHA Kinderwelt des Jüdischen Museums Berlin

Direkt gegenüber vom Jüdischen Museum, auf der anderen Seite der Lindenstraße konnte das ANOHA im Juni 2021 endlich eröffnen und hat sich sofort zu einem unserer Lieblingsorte entwickelt! Die Kinderwelt des Jüdischen Museums wurde liebevoll, einfallsreich und originell rund

GEBURTSTAG FEIERN

Schöne neue Warenwelt

Werkbundarchiv – Museum der Dinge

Ab 8 Jahren, bis 15 Kinder, 95-120 Euro

Oranienstr. 25, 10999 Berlin-KR, werkbundarchiv.de, Seite 75

Das Museum der Dinge versammelt genau das – Dinge eben! Mehr als 40.000 Alltags- und Gebrauchsgegenstände des 20. und 21. Jahrhunderts wie Creme-Dosen, Kaffeelöffel, Haartrockner und mehr kann man in der Dauerausstellung bestaunen, die sich mit moderner Produktionskultur auseinandersetzt. Keine Waren ohne Werbung, und um genau die geht es auch beim Geburtstagsprogramm. Ein Rundgang durch das Museum zeigt, wie sich Logos und Markendarstellungen im Laufe der Zeit ändern und was Farbe und Material der Verpackung in uns auslösen. Mit selbstgestalteten Stempeln kann dann eine eigene Verpackung für ein neues Produkt gestaltet werden. Wer sich erhellende Geburtstagsmomente wünscht, kann außerdem einen eigenen Lichtkasten mit persönlichem Logo und Werbeslogan gestalten. Das Zusammendenken von Funktionalität, Form und Design stehen dabei im Mittelpunkt.

Berchtesgadener Land
Echt. Gut.
DIE INNEREN WERTE ZÄHLEN
Vollmilch
Berchtesgadener Land
Frische BIO ALPENMILCH länger haltbar
3,5%
Naturland Fair
HERGESTELLT IM BERCHTESGADENER LAND
Milch aus der Alpenregion
Das Papier der Verpackung stammt aus nachhaltig bewirtschafteten Wäldern und die Kunststoffbeschichtung ist aus Zuckerrohr.
Kleine Familienbetriebe mit durchschnittlich 27 Kühen sind Eigentümer der Molkerei.
Fairer Milchpreis für unsere Landwirte - seit 15 Jahren auf Platz 1. *
Verpackung zu rund 90% aus nachwachsenden Rohstoffen
WIR GARANTIEREN EINEN FAIREN MILCHPREIS für unsere Landwirte
Naturland Fair
* Quelle: top agrar 03/2021
www.bio-alpenmilch.de

um die Geschichte der Arche Noah gestaltet. Und das nicht nur sprichwörtlich – im Zentrum des Kindermuseums steht tatsächlich eine hölzerne Arche, die wie alle Exponate beklettert und bespielt werden darf. Zahlreiche Spielstationen und die fantastischen Tierfiguren machen den Aufenthalt hier zu einem großen Spaß für Kinder zwischen drei und zehn Jahren. *Fromet-und-Moses-Mendelssohn-Platz 1, 10969 Berlin-KR, T: 25993300, jmberlin.de/anoha*

TIPP Berlinische Galerie

Eine der Berliner Kulturinstitutionen, die sich besonders um die inklusive Vermittlung künstlerischer Inhalte an Kinder und Jugendliche verdient machen. Unweit des Checkpoint Charlie ist das Landesmuseum für Moderne Kunst, Fotografie und Architektur zu finden, das nicht nur mit gelungenen Ausstellungen, sondern auch mit seinem vielfältigen Kinder- und Familienprogramm zu den Ausstellungen überzeugt. Der Aktionsraum „207 m²" steht für Workshops mit Materialien zum Experimentieren, Bauen oder Basteln bereit. In der Dauerausstellung kann man stets die „Kunst in Berlin 1880-1980" und damit auch Stadt- und Kulturgeschichte entdecken. Die Sonderausstellungen widmen sich unter anderem der in Berlin lebenden schwedischen Künstlerin Nina Canell (April-August 2022), Modebildern (Februar-Mai 2022) oder der ostdeutschen Fotografin Sibylle Bergemann (Juni-Oktober 2022). *Alte Jakobstr. 124-128, 10969 Berlin-KR, T: 78902600, berlinischegalerie.de*

Bildung, Vermittlung, Besucherdienste der Staatlichen Museen zu Berlin

Zusammen mit Geschwistern, Eltern und Großeltern – in den Staatlichen Museen zu Berlin gibt es viel zu entdecken. Der Eintritt in die 15 Museen mit 4,7 Millionen Objekten aus den Bereichen Kunst, Kultur, Archäologie und Ethnologie ist für Kinder und Jugendliche bis 18 Jahre frei. In Ausstellungsgesprächen, Workshops und Ferienprogrammen, für die ein Kostenbeitrag erhoben wird, erkunden Kinder und ihre erwachsenen Begleitungen die Museen und Ausstellungen. Die gegenwärtigen Bedingungen werden in neuen Formaten und Angeboten kreativ umgesetzt. Der Newsletter für Kinder und Familien informiert regelmäßig über die Angebote und kann kostenfrei abonniert werden. *T: 266424242, smb.museum*

Bode-Museum

Wie entstehen Skulpturen? Welche Funktionen haben Sockel? Was ist ein Mosaik? Wie kommen die vielen Münzen ins Museum? Welche Geschichten verbergen sich hinter den Skulpturen und Objekten? Im Bode-Museum erforschen Kinder und Familien die Skulpturensammlung, das Münzkabinett, Werke byzantinischer Kunst sowie Gemälde der Nationalgalerie. Sie lernen künstlerische Ausdrucksformen oder Techniken der Bildhauerei kennen. Das gesamte Veranstaltungsprogramm findet ihr auf der Website. Wie für alle Häuser der Staatlichen Museen gilt: Freier Eintritt für Kinder und Jugendliche bis 18 Jahre, unter Pandemie-Bedingungen ist eine Online-Buchung erforderlich. *Am Kupfergraben, 10178 Berlin-MI, T: 266424242, smb.museum*

Bröhan-Museum

Gegenüber vom Schloss Charlottenburg ist das Bröhan-Museum zu finden. Auf 1.000 Quadratmetern wird eine einzigartige Sammlung zu Jugendstil, Art Deco und der Kunst der Berliner Secession präsentiert. Jeden dritten Sonntag im Monat können Kinder gemeinsam mit ihren Eltern kostenfrei einen Einstieg in die Welt der Kunst erleben. Detektivische Aufgaben, Rätsel und ein abwechslungsreiches Programm mit gestalterischem Teil sorgen für einen gelungenen Familiensonntag. 2021 wäre Karl H. Bröhan 100 Jahre alt geworden, die Jubiläumsausstellung „Bröhan total" läuft bis Mitte Januar 2022. *Schloßstr. 1A, 14059 Berlin-CH, T: 32690600, broehan-museum.de*

TIPP Brücke-Museum

Das Brücke-Museum besitzt eine der umfangreichsten Sammlungen zur expressionistischen Künstler:innengruppe „Brücke" weltweit und widmet regelmäßig Workshops, Ferienkurse und Familientage der Vermittlung der künstlerischen Inhalte. Kleine Besucher:innen können sich kostenlos die „Brücke-Box" an der Kasse ausleihen, die die Kunstbetrachtung und kreative Verarbeitung mit Materialien und Werkzeug unterstützen. Spannend ist der neue „Waldraum" des Architektur-, Design- und Kunstkollektivs „CobstructLab" im Museumsgarten, zu dem es ein umfangreiches Begleitprogramm geben soll. Auch das benachbarte Kunsthaus Dahlem ist nicht nur aufgrund seines Cafés einen Besuch wert, dort gibt es ebenfalls museumspädagogische Angebote für Kinder. *Kunsthaus Dahlem: Käuzchensteig 8, 14195 Berlin-ZE, T: 82227258, kunsthaus-dahlem.de; Brücke-Museum: Bussardsteig 9, 14195 Berlin-ZE, T: 83900860, bruecke-museum.de*

TIPP C/O Berlin

Das Ausstellungshaus im Amerikahaus zeigt in wechselnden Ausstellungen Werke renommierter Fotokünstler:innen und lädt Heranwachsende und Erwachsene ein, mehr über Fotografie, Film, Design und visuelle Medien zu lernen. In den Workshops des umfangreichen Education-

Programms können sich Jugendliche und Kinder ab acht Jahren nicht nur Wissen aneignen, sondern auch ihre eigenen kreativen Fähigkeiten entdecken. *Hardenbergstr. 22-24, 10623 Berlin-CH, T: 284441662, co-berlin.org*

TIPP Computerspielemuseum

Ganz in der Nähe des U-Bahnhofs Weberwiese kann man auf eine Zeitreise durch 60 Jahre Gaming-Geschichte gehen. Vom legendären Pong-Automaten über den Riesenjoystick bis hin zum Tamagotchi – mehr als 300 Exponate laden zum Entdecken, Bewundern und Bestaunen ein. Der Besuch wird für Kinder ab sechs Jahren empfohlen, allerdings dürfen sie die Ausstellung erst ab 14 Jahren ohne erwachsene Begleitung erkunden. Bis Mai 2022 läuft noch die Sonderschau „Die Digitale Küche", die sich mit Essen in Videospielen in allen Facetten beschäftigt. Darüber hinaus bietet das Museum Online-Workshops an, in denen Kinder und Jugendliche selbst an kleinen Spielen basteln können. *Karl-Marx-Allee 93a, 10243 Berlin-FR, T: 60988577, computerspielemuseum.de*

Das Klingende Museum Berlin

In diesem Museum gibt es Musik zum Anfassen, Ausprobieren und Erleben. Während die Ausstellung Kindern einen einfachen und direkten Zugang zu professionellen Orchesterinstrumenten ermöglicht, begeistern die Familienkonzerte Eltern und Kinder. Empfehlenswert sind die Open Workshops am Wochenende für Familien mit Kindern ab drei Jahren. 2022 feiert das Museum sein 20-jähriges Jubiläum mit einem Musikfest. Apropos Feiern – die Kindergeburtstagsangebote sind vielfältig und wirklich super. Man kann nicht nur im Museum feiern, sondern auch das Klingende Mobil mit seinen Musikinstrumenten zur Party kommen lassen. *Behmstr. 13, 13357 Berlin-WE, T: 36466223, klingendes-museum.de*

DDR Museum

Wer wissen möchte, wie sich das Alltagsleben in der DDR angefühlt hat, kommt in das an der Spree gelegene Museum. Mehr als 45 Themenbereiche warten mit authentischen Originalen und interaktiven Installationen auf große und kleine Besucher:innen, um ihnen auf spielerische Art und Weise ohne viel Vorwissen Geschichte zu vermitteln. Kinder unter sechs Jahren haben freien Eintritt. *Karl-Liebknecht-Str. 1, 10178 Berlin-MI, ddr-museum.de*

Deutsche Kinemathek

Schwarz-Weiß- und Stummfilme geraten zunehmend in Vergessenheit. Im Museum für Film und Fernsehen am Potsdamer Platz kann die ganze Familie in die Geschichte der bewegten Bilder von ihren Anfängen bis in die Gegenwart eintauchen. Während der Führungen und Workshops können Kinder ab acht Jahren alles über das bunte Medium Film lernen und sogar ihren eigenen Trickfilm produzieren. Das ist inzwischen auch möglich, ohne das Museum betreten zu müssen. Die Kinemathek baut ihre digitalen Angebote aus – man kann sie inzwischen auch online besuchen und in den Archiven stöbern. *Potsdamer Str. 2, 10785 Berlin-TI, T: 3009030, deutsche-kinemathek.de*

Deutsches Historisches Museum

Das Zeughaus und die Dauerausstellung zur deutschen Geschichte bleiben voraussichtlich bis Ende 2025 geschlossen. Zu den wechselnden Ausstellungen im Pei-Bau gibt es weiterhin ein Begleitprogramm für Kinder und Familien. Der Eintritt ist kostenfrei für alle unter 18 Jahren. *Unter den Linden 2, 10117 Berlin-MI, T: 203040, dhm.de*

Deutsches Spionagemuseum

Nach dem Ende des Zweiten Weltkriegs entwickelte sich Berlin im Kalten Krieg zur unumstrittenen Hauptstadt der Spione, zahlreiche Filme handeln davon. Wer die skurrilen und raffinierten Methoden der Geheimdienstarbeit entdecken möchte, kommt in das Deutsche Spionagemuseum am Leipziger Platz. In der interaktiven Ausstellung erfahren mutige Hobbydetektiv:innen alles über spektakuläre Geheimoperationen und berühmte Agent:innen. Kinder können an vielen Mitmach-Stationen ihre Fähigkeiten als Spion:in erproben. *Leipziger Platz 9, 10117 Berlin-MI, T: 398200451, deutsches-spionagemuseum.de*

TIPP/NEU Deutsches Technikmuseum Berlin

Technikmuseum mag vielleicht erstmal öde klingen, aber weit gefehlt! Am Gleisdreieck erwartet euch eines der für Kinder spannendsten Museen! Wie sah der erste Computer aus? Wie ermöglichten sich die Menschen den Traum vom Fliegen? Ein umfangreiches Vermittlungsangebot leitet Kinder und Familien durch die Dauer- und Sonderausstellungen mit Exponaten von winzig klein bis riesig groß und so durch die Technikgeschichte. Neu seit Sommer 2021 ist das „kids.digilab.berlin", ein Ort für frühkindliche Digitale Bildung, wo in zwei großen Räumen Workshops für Kitagruppen, Pädagog:innen und an den Wochenenden für Familien angeboten werden. Bei einem Spaziergang durch den Museumspark kann man kennenlernen, wie der Wind in Vergangenheit und Zukunft als Energiequelle genutzt wird. Unmöglich, alles an einem Tag zu erkunden, es lohnt sich, dieses Museum immer wieder zu besuchen! *Trebbiner Str. 9, 10963 Berlin-KR, T: 902540, technikmuseum.berlin*

Mit Enkelkindern unterwegs

—

Lieblings-Aktivitäten mit Großeltern

1

Überblick gewinnen

Mit Familienbesuch machen die Touri-Klassiker immer wieder Spaß – vom Berliner Wahrzeichen aus hat man die ganze Stadt im Blick. Im Drehrestaurant Sphere wird es jedenfalls nie langweilig! *Fernsehturm, Seite 90*

2

Durch den Park gondeln

Ab nach Marzahn: Prachtvolle Gartenkunst, saubere Spielplätze und das Highlight: Mit der Seilbahn fahren und den Wolkenhain besteigen. Und Mutige sausen noch die Sommerrodelbahn herunter. *Gärten der Welt mit Seilbahn und Sommerrodelbahn, Seite 96*

3

Der Politik aufs Dach steigen

Vorausgesetzt, politische Themen führen nicht zum Familienstreit, lohnt sich ein Besuch von Regierungsviertel und Reichstag – die Kuppel zu besteigen und im Dachgarten-Restaurant zu speisen, ist ein ganz besonderes Erlebnis für die ganze Familie. *Käfer DACHGARTEN-RESTAURANT im Deutschen Bundestag, Platz der Republik 1, 11011 Berlin-TI, feinkost-kaefer.de, Bundestag, Seite 90*

4

Berlins Neubau besichtigen

Während der Pandemie ist tatsächlich eine der berüchtigsten Berliner Baustellen fertiggestellt worden und will natürlich besichtigt werden. Lohnt aber wirklich! *Humboldt Forum, Seite 65*

5

Durch die City West bummeln

Den Ku'damm lang schlendern, Abstecher ins KaDeWe, die Tiere im Zoo besuchen und durch die Concept Story Mall Bikini Berlin stöbern und dann dort einkehren. Unser Lieblingsrestaurant: das Neni Berlin! *KaDeWe, Seite 171, Zoo Berlin, Seite 113, BIKINI Berlin, Budapester Str. 38-50, 10787 Berlin-CH, bikiniberlin.de, neniberlin.de*

TIPP DER REDAKTION

Zukunft denken

—

Tipp von Anja mit Victor (12)

Mit einem wissbegierigen Kind wie meinem jüngsten Sohn, der hinterfragt, wie wir heute leben und sich Gedanken um die Zukunft macht, ist man im Haus der Zukünfte absolut richtig! Bei freiem Eintritt kann man hier Spannendes und Visionäres entdecken, erforschen und diskutieren. *FUTURIUM, Seite 62*

NEU Disgusting Food Museum

Klingt erstmal merkwürdig, aber das neue Museum der gemeinnützigen Gesellschaft für Wissensvermittlung stellt den Ekel als grundlegende menschliche Emotion in seinen Mittelpunkt. Universell ist Ekel aber nicht. Was für den einen Menschen köstlich ist, kann für den anderen abstoßend sein. Präsentiert werden über 90 außergewöhnliche Food-Exponate aus der ganzen Welt wie Bullenpenis, gegrillter Hund, Kuhblut oder die schwedische Fischspeise Surströmming. An der Tasting Bar kann man kleine Ekel-Kostproben erhalten und im Museumsshop Klassiker der Insektenküche wie Heuschrecken kaufen. *Schützenstr. 70, 10117 Berlin-MI, T: 23887745, disgustingfoodmuseum.berlin*

Ephraim-Palais

Das Museum Ephraim-Palais öffnet im Frühjahr 2022 wieder mit einer neuen Sonderausstellung. In dem historischen Bürgerhaus kann man in den wechselnden Sonderausstellungen die Geschichte und Kultur der Hauptstadt erleben. Im Museumslabor werden spannende Workshops und Mitmach-Aktionen für die ganze Familie angeboten. Hier sind bereits die Allerjüngsten willkommen. Ein Blick hinein lohnt sich aber auch schon wegen des imposanten Treppenhauses. *Poststr. 16, 10178 Berlin-MI, T: 24002162, stadtmuseum.de*

extavium

In dem wissenschaftlichen Mitmachmuseum in Potsdam gibt es für jede:n ab drei Jahren Spannendes zu entdecken, denn hier kann sogar der Satz des Pythagoras angefasst werden. Ob Mathematik, Physik, Biologie, Ökologie, Chemie oder Informatik – das Motto „Wissenschaft begreifen" wird hier wörtlich genommen. Zusätzlich zum Ausstellungsbesuch der Ausstellung mit mehr als 80 interaktiven Exponaten kann in 30-minütigen Kursen unter Anleitung fachkundiger Mitarbeiter:innen zu wechselnden Themen experimentiert werden. Die abgegrenzte Wichtelwelt ist auf die Bedürfnisse der ganz Kleinen ab sechs Monaten abgestimmt. *Am Kanal 57, 14467 Potsdam, T: 0331-60127959, extavium.de*

Filmmuseum Potsdam

In der Potsdamer Innenstadt ist das älteste Filmmuseum Deutschlands zu finden. 2021 hat das Museum im Marstall in Potsdams historischer Innenstadt sein vierzigjähriges Bestehen gefeiert. Noch bis Juni 2022 lässt die Jubiläumsausstellung im Foyer vier Jahrzehnte Film(museums)geschichte Revue passieren. Aber auch abseits dessen können junge Cineast:innen dort spannende Kinderfilme genießen oder durch die Dauerausstellung „Traumfabrik

– 100 Jahre Film in Babelsberg“ schlendern und sich am Museumsquiz erproben. *Breite Str. 1A, 14467 Potsdam, T: 0331-2718112, filmmuseum-potsdam.de*

TIPP Freilichtmuseum Domäne Dahlem

Direkt am U-Bahnhof Dahlem Dorf befindet sich dieses Museum für Landwirtschaft und Ernährung und lädt mit seinem weitläufigen Freigelände immer zu einem Familienausflug mit Bauernhof-Feeling mitten in der Stadt ein. Neben herumlaufenden Nutztieren wie Hühnern, die man auch füttern darf, geht es hier um die Frage „Woher kommt mein Essen?“. Die interaktive Erlebnisausstellung „Vom Acker bis zum Teller“ im Culinarium widmet sich der Kulturgeschichte der Ernährung von 1850 bis heute. Ein Besuch zu den jahreszeitlichen Festen und Märkten lohnt besonders! *Königin-Luise-Str. 49, 14195 Berlin-ZE, T: 6663000, domaene-dahlem.de*

TIPP FUTURIUM

Roboter-Menschen, begrünte Hochhäuser, gemeinschaftliche Ökonomie – im Haus der Zukünfte dreht sich alles um die Frage, wie wir zukünftig leben wollen. Das Futurium Lab ist ein Ort zum Ausprobieren: In kreativen Workshops können sich Jung und Alt spielerisch mit Zukunftstechnologien beschäftigen und an neuen Erfindungen tüfteln. Bausätze, Experimente und Mitmachstationen stehen bereit. Wer immer schon wissen wollte, wie ein 3D-Drucker oder ein Lasercutter funktioniert, sollte in der Werkstatt des Futurium Labs vorbeischauen. An Wochenenden finden Führungen und Workshops für Familien statt. Von April bis Oktober ist der Skywalk auf dem Dach geöffnet, der spektakuläre Ausblicke über die Stadt bietet. *Alexanderufer 2, 10117 Berlin-MI, T: 40818970, futurium.de*

Gedenkstätte Berliner Mauer

Zwischen Mitte und Wedding liegt am ehemaligen Grenzstreifen der zentrale Erinnerungsort an die deutsche Teilung. Hier bieten am Originalschauplatz Tafeln Hintergrundwissen und das Dokumentationszentrum eine umfangreiche multi-mediale Ausstellung zur Mauer-Geschichte. Man kann das Gelände auf 1,4 Kilometern entlang der einstigen Grenze an der Bernauer Straße auf eigene Faust erkunden oder an einer der interessanten Führungen teilnehmen. *Bernauer Str. 111, 13355 Berlin-MI, T: 213085166, berliner-mauer-gedenkstaette.de*

Gemäldegalerie

Dürer, Rembrandt, Rubens und ich – in der Gemäldegalerie kommen Kunstfans und Geschichtenliebhaber:innen auf ihre Kosten: Ob starke Held:innen oder schöne Königskinder, ob schillernde Libellen oder unscheinbare Fliegen – hinter jedem von den sogenannten Alten Meistern gemalten Wesen verbirgt sich eine spannende Geschichte. In Workshops und Ferienprogrammen erkundet ihr Gemälde und erprobt künstlerische Techniken. Die Themen wechseln. Mehrfach kommen lohnt sich! Das gesamte Veranstaltungsprogramm findet ihr auf der Website. Wie für alle Häuser der Staatlichen Museen gilt: Freier Eintritt für Kinder und Jugendliche bis 18 Jahre, unter Pandemie-Bedingungen ist eine Online-Buchung erforderlich. *Matthäikirchplatz, Kulturforum Potsdamer Platz, 10785 Berlin-TI, T: 266424242, smb.museum*

Georg-Kolbe-Museum

Nach seinem Tod hat der Bildhauer Georg Kolbe verfügt, dass sein Atelier der Öffentlichkeit zugänglich gemacht werden soll. Seitdem kann man in dem Museum und seinem idyllischen Garten Werke des Künstlers und seiner Kolleg:innen begutachten. Jeden ersten Sonntag im Monat finden in Kooperation mit Jugend im Museum tolle kreative Familiensonntage statt. Den Museumsbesuch kann man im frisch sanierten Café Benjamine noch gemütlich ausklingen lassen. *Sensburger Allee 25, 14055 Berlin-CH, T: 3042144, georg-kolbe-museum.de*

Gropius-Bau

Zwischen Potsdamer Platz und Anhalter Bahnhof befindet sich eines der bedeutendsten Ausstellungshäuser Europas, das stets mit innovativen Ausstellungen begeistert und so immer wieder neue Erfahrungsräume öffnet. JuGroBa steht für Junger Gropius Bau und widmet sich der Aufgabe, Jugendlichen mehr Zugang zu verschaffen. Ein super Tipp ist auch das Beba, das neue Restaurant im Gropius Bau von Cynthia Barcomi, Shani Leiderman und Infarm. Testet es aus! *Niederkirchnerstr. 7, 10963 Berlin-KR, T: 254860, gropiusbau.de*

Hamburger Bahnhof

Das alles kann Kunst sein? Zeitgenössische Kunst fasziniert und irritiert – Kinder wie Erwachsene. In gemeinsamen Streifzügen mit Mitarbeiter:innen der Bildung und Vermittlung diskutieren Kinder und ihre erwachsenen Begleitungen, ob man Kunst verstehen muss, ob Kunst schön sein muss, wann Kunst Kunst ist und was die Kinder selbst daran interessiert. Ein Ausstellungsbegleitheft leitet Kinder zum eigenständigen Erkunden ausgewählter Werke an. Das gesamte Veranstaltungsprogramm findet ihr auf der Website. Wie für alle Häuser der Staatlichen Museen gilt: Freier Eintritt für Kinder und Jugendliche bis 18 Jahre, unter Pandemie-Bedingungen ist eine Online-Buchung erforderlich. *Invalidenstr. 50/51, 10557 Berlin-MI, T: 266424242, smb.museum*

TIPP Haus am Waldsee

Seit seiner Gründung 1946 bietet das Haus am Waldsee eine Plattform für zeitgenössische Kunst. Kinder werden hier immer mitgedacht: Neue Ausstellungen werden mit eigenen Kindervernissagen begrüßt, Familiensamstage (jeden ersten und dritten Samstagnachmittag im Monat) Ferienakademien, interaktive Führungen und Workshops bringen Kindern die Themen der jeweiligen Ausstellungen von Bildender Kunst über Architektur und Design bis zu Mode näher. Auch für kreative Kindergeburtstage ist das Haus mit seinem idyllischen Skulpturengarten ein wundervoller Ort. Der Ausflug lässt sich prima mit einem Abstecher in den Grunewald verbinden. *Argentinische Allee 30, 14163 Berlin-ZE, T: 8018935, hausamwaldsee.de*

Von wegen langweilig – Geburtstag im Museum

Jugend im Museum e.V.

Für Kinder ab 8 Jahren, bis 9 Kinder, ca. 160 Euro

jugend-im-museum.de,
Seite 65

Einen wahren Schatz an Kultur und Geschichte kann die vielfältige Museumslandschaft Berlins ihr eigen nennen. Diesen mit Kindern zu erkunden hat sich der Verein Jugend im Museum zur Aufgabe gemacht. Neben regelmäßigen Angeboten und kreativen Ferienprogrammen ist man hier auch in Sachen Kindergeburtstag an der richtigen Adresse. Ob Hieroglyphen entschlüsseln im Ägyptischen Museum, Geld fälschen im Bode-Museum oder Monster jagen in der Berlinischen Galerie – ein fantastischer Tag mit Freund:innen ist garantiert.

Haus Bastian – Zentrum für kulturelle Bildung

Hier werden Familien und Kinder am Wochenende kreativ. In seiner zentralen Lage bietet das Haus einen idealen Startpunkt, um in die Sammlungen der Museumsinsel auszuschwärmen und diese zu erkunden. Mit vielfältigen Materialien und Techniken finden Kinder und erwachsene Begleiter:innen eigene künstlerische Ausdruckformen ihrer Entdeckungen. Das gesamte Veranstaltungsprogramm findet ihr auf der Website. Unter Pandemie-Bedingungen ist eine Online-Buchung erforderlich. *Am Kupfergraben 10, 10117 Berlin-MI, T: 266424242, smb.museum*

TIPP/NEU Humboldt Forum

Seit Sommer 2021 haben nach und nach die verschiedenen Ausstellungsbereiche in dem Museumsneubau hinter historischen Fassaden eröffnet. Überall im Humboldt Forum finden drinnen und draußen diverse Angebote für Familien und Kinder verschiedenster Altersstufen statt. Als einer der ersten Bereiche neben der stadtgeschichtlichen Ausstellung „BERLIN GLOBAL“ wurde die Kinderausstellung „Nimm Platz!“ aufgemacht, die noch bis Ende März 2022 läuft und wahrlich den Besuch lohnt. Seit September 2021 zeigen das Ethnologische Museum und das Museum für Asiatische Kunst im Westflügel ihre berühmten Sammlungen, deren Geschichte im Rahmen öffentlicher Führungen und Workshops kritisch beleuchtet wird. Genau dies soll das Forum sein: Ein Ort des Diskurses, an dem sich möglichst viele Stimmen beteiligen. Abgesehen davon ist es ein imposanter neuer Stadtort, für dessen Erkundung man weit mehr als einen Besuch braucht. *Schloßplatz 1, 10178 Berlin-MI, T: 2659500, humboldtforum.org*

TIPP Illuseum Berlin

Hier täuschen amüsante und verblüffende Ausstellungsstücke die Sinne der Besucher:innen und führen sie hinters Licht. So schrumpfen Eltern im Ames-Raum, während unterhaltsame Holzspielzeuge die Köpfe zum Qualmen bringen, obwohl sie so einfach aussehen. Kinder können selbst Teil der optischen Täuschungen werden und lernen dabei auf eine interaktive Weise, wie leicht sich das Gehirn austricksen lässt und wie oft Dinge ganz anders sind, als sie auf den ersten Blick scheinen. Auch Kindergeburtstage können hier zelebriert werden, was auch noch für Teenager ein cooles Vergnügen ist. Karl-Liebknecht-Str. 9, 10178 Berlin-MI, T: 25784117, illuseum-berlin.de

Jagdschloss Grunewald

Direkt am Ufer des Grunewaldsees steht Berlins ältester Schlossbau, den Mitte des 16. Jahrhunderts der Kurfürst Joachim II. von Brandenburg errichten ließ. Während er sich dort damals nach der Jagd ausruhte, kann man heute Berlins größte Cranach-Sammlung und eine Herrschergalerie mit faszinierenden Einblicken in die Entwicklung der Porträtkunst von Renaissance bis Romantik bestaunen. Ein Besuch lohnt auch immer, wenn das Galli Theater Berlin hier Märchen für Kinder aufführt. *Hüttenweg 100, 14193 Berlin-ZE, T: 8133597, spsg.de*

James-Simon-Galerie

Das Eingangsportal zur Museumsinsel. Neben Tickets und Informationen zu allen Häusern finden Besucher:innen der Museumsinsel hier ein Café, einen Museumsshop, ein Auditorium und einen Raum für Sonderausstellungen. Das Gebäude dient zudem als alleiniger Zugang zum Pergamonmuseum und über die unterirdische Archäologische Promenade als einer von zwei Zugängen zum Neuen Museum. Café und Restaurant mit Außenterrasse sind auch außerhalb der Öffnungszeiten zugänglich. *Am Kupfergraben 10, 10117 Berlin-MI, T: 266424242, smb.museum*

Jüdisches Museum Berlin

Die Dauerausstellung repräsentiert die Geschichte des jüdischen Lebens in Deutschland von ihren Anfängen bis in die unmittelbare Gegenwart interaktiv und facettenreich. Audioguides und Führungen für Schulklassen und Jugendliche vermitteln eindrucksvoll die Inhalte und Vielfalt der jüdischen Kultur. *Lindenstr. 9-14, 10969 Berlin-KR, T: 25993300, jmberlin.de*

TIPP Jugend im Museum

Der Verein, der sich seit mehr als 40 Jahren darum kümmert, Kindern und Jugendlichen mit Freude den reichen Kulturschatz der Berliner Museen- und Ausstellungslandschaft zu vermitteln, betreut auch das Atelier Bunter Jakob in der Berlinischen Galerie. Dort können Kinder kostenlos teilnehmen. Ansonsten bespielt JiM eine Vielzahl von Kulturorten mit seinen tollen Workshops und Ferienkursen. *T: 50590771, jugend-im-museum.de*

Jugend Museum im Schöneberg Museum

Der interkulturelle Erlebnisort ermöglicht Besucher:innen zwischen zehn und 18 Jahren sowie Familien einen interessengeleiteten Zugang zu Berlins Geschichte und den Menschen, die hier leben. So können in der Ausstellung „Wunderkammern – Wunderkisten“ 27 große Kisten erkundet werden, die kostbare, wundersame als auch alltägliche Dinge in sich bergen. Familiensonntage laden zu kreativen Nachmittagen in die Kreativwerkstatt und die Ausstellungen ein. *Hauptstr. 40-42, 10827 Berlin-SB, T: 902776163, museen-tempelhof-schoeneberg.de*

Kinderbuchmuseum im Havelland

Im Juli 2020 wurde das Kinderbuchmuseum von Schloss Kleßen eröffnet. 75 Kilometer von Berlin entfernt, lädt es ebenso wie das benachbarte Spielzeugmuseum Besucher:innen ab fünf Jahren zum Eintauchen in die Kinderwelt vergangener Zeiten ein. Zu sehen sind eindrucksvolle Beispiele aus der Anfangszeit des Bilderbuchs und zauberhaft illustrierte Jugendstil-Exemplare. Auch ABC-Bücher und Fibeln aus rund 200 Jahren gehören zum Bestand. Die Sonderausstellung „Unterwegs im Anderswo. Über Märchen und Märchenbücher" läuft bis Mai 2022. Ab dann wird es auch einmal monatlich für Kinder und ihre Begleitung Bücher-Nachmittage mit Vorlesen, Spielen und Papierarbeiten geben. *Schulweg 2, 14728 Kleßen-Görne, T: 033235-1536, kinderbuchmuseum-havelland.de*

TIPP KinderKünsteZentrum

Ein wenig versteckt hinter dem Stadtbad Neukölln findet man Kunst von Kindern für Kinder. In Workshops arbeiten Kitas mit Künstler:innen zusammen und präsentieren anschließend ihre Werke in großartigen Mitmach-Ausstellungen. Zu diesen finden dann Familien-Sonntage und diverse Aktionen für Kinder statt. Das schöne Gebäude mit dem idyllischen Garten ist auch Spielort von Familienkonzerten für Kinder ab zwei Jahren. *Ganghofer Str. 3, 12043 Berlin-NK, T: 89390730, kinder-kuenste-zentrum.de*

NEU Kindermuseum unterm Dach

Das Kindermuseum konnte aufgrund der Pandemie später als geplant erst 2021 eröffnen. In der Alten Mälzerei erwartet euch nun die Erlebnis-Mitmach-Ausstellung „Iss dich schlau". Kinder können dort zu „Essperten" werden und einiges über gesunde Ernährung, Nachhaltigkeit und Lebensmittelproduktion lernen. Jedes Wochenende finden dort kostenlose Aktionen für Kinder zwischen sechs und zwölf Jahren statt. *Steinstr. 41, 12307 Berlin-TE, T: 902776163, kindermuseum-unterm-dach.berlin*

TIPP KLAX Kinderkunstgalerie und KLAX Kreativwerkstatt

Hier werden die immense Schöpfungskräfte von Kindern gewürdigt und ihre vielfältigen Werke ausgestellt. Neben den Ausstellungen führt das KLAX-Team ein einzigartiges Archiv an Kinderkunst. Jedes Jahr können Kinder und Jugendliche im Rahmen der Mitmach-Aktion „Zeigt her eure Bilder" ihre Kunstwerke einreichen. Allen Nachwuchskünstler:innen steht auch die benachbarte KLAX-Kreativwerkstatt offen. *Schönhauser Allee 58A, 10437 Berlin-PB, T: 34745346, klax.de; Schönhauser Allee 59, 10437 Berlin-PB, T: 64494422, kreativwerkstatt.de*

KÖRPERWELTEN im Menschen Museum

Eine Reise unter die Haut: In dem Museum am Fuße des Fernsehturms gehen Neugierige ab sechs Jahren auf eine Reise durch die Komplexität des menschlichen Körpers. Warum brechen Knochen? Und was passiert, wenn wir tief Luft holen? Bei Kindergeburtstagen bekommen neugierige Junior-Doktor:innen ab acht Jahren die Chance, bei speziellen Themenführungen mit Medizinstudierenden die Fähigkeiten und Zusammenhänge unseres Körpers kennenzulernen. Als Höhepunkt gibt es einen interaktiven Workshop zum Thema „Sinnesparcours", „Du bist, was du isst" oder „Die Haut – in der ich wohne". *Panoramastr. 1A, 10178 Berlin-MI, koerperwelten.de*

Kunstgewerbemuseum

Warum gibt es in diesem Museum neben Schätzen auch ganz alltägliche Objekte wie beispielsweise Plastikstühle? Was ist Design? Ist Mode Kunst? Auf Streifzügen durch das Museum erkunden Kinder und ihre erwachsenen Begleitungen außergewöhnliche und alltägliche Objekte und hinterfragen deren Funktionalität, Schönheit oder Zweckmäßigkeit. Das gesamte Veranstaltungsprogramm findet ihr auf der Website. Wie für alle Häuser der Staatlichen Museen gilt: Freier Eintritt für Kinder und Jugendliche bis 18 Jahre, unter Pandemie-Bedingungen ist eine Online-Buchung erforderlich. *Matthäikirchplatz, Kulturforum Potsdamer Platz, 10785 Berlin-TI, T: 266424242, smb.museum*

TIPP Labyrinth Kindermuseum

In dem alten Fabrikgebäude an der Osloer Straße ist das Kindermuseum zu finden, in dem bis 2023 die Erlebnisausstellung „Natürlich heute! Mitmachen für morgen" Kinder ab drei Jahren einlädt. In einer Entdeckungsreise durch sechs kreative Landschaften können Kinder auf spielerische Weise Umweltschutz und Nachhaltigkeit mit ihrem Alltag verknüpfen. Kleine Geburtstagskinder dürfen hier eine Wilde-Welt-Party oder einen Papieraten-Party feiern, enthalten ist in jedem Fall die Erkundung der Ausstellung, viel Wissensgewinn und Spaß rund um Umweltschutz und Nachhaltigkeit. *Osloer Str. 12, 13359 Berlin-WE, T: 800931150, labyrinth-kindermuseum.de*

TIPP MACHmit! Museum für Kinder

Der Name ist seit bald 30 Jahren Programm, denn hier kann alles angefasst und ausprobiert werden, was die kleinen Besucher:innen ab drei Jahren in die Hände bekommen. Das unbestrittene Highlight in dem ehemaligen Kirchengebäude ist das sieben Meter hohe Kletterregal, mit dem inzwischen ganze Generationen aufgewachsen sind. „Spielen ist Leben" lautet das Motto des Kinder-

Der richtige Ton

—

Lieblings-Musikschulen für Kinder

1

Lullula Music

In den stilvoll eingerichteten Räumlichkeiten unweit des Savignyplatzes finden Kurse auf Englisch und Deutsch statt: Musik, Gesang und Bewegung für Babys und Kinder unter fünf Jahren sowie eine besondere Form der ganzheitlichen Geburtsvorbereitung und Rückbildung. *Goethestr. 84, 10623 Berlin-CH, lullula-music.com*

2

Musikschule Black + White

Hier kommen Kinder schon im Bauch mit Musik in Kontakt: Von „Singen in der Schwangerschaft" über musikalische Früherziehung bis zum Unterricht am Instrument der Wahl von Bratsche bis Schlagzeug begleitet die Musikschule den musikalischen Werdegang ihrer Schützlinge. *Tauroggener Str. 6, 10589 Berlin-CH, T: 3495332, musikunterricht-charlottenburg.com*

3

moa musikschule

Kein Mensch ist unmusikalisch, davon ist das moa-Team überzeugt und bietet Kurse zum Musik erleben und machen für alle von Baby bis Senior:in an. *Rathenower Str. 43, 10559 Berlin-MI, T: 39883752, moamusikschule.de*

4

Tomatenklang

Dass die sympathische Musikschule inzwischen an acht Standorten allen ab zwei Jahren die weite Welt der Musik nahebringt, hat seine Gründe: Zugewandte Lehrer:innen, die in schöner Atmosphäre mit Sachverstand und Leidenschaft unterrichten. *sieben Standorte in Prenzlauer Berg und Pankow: T: 44042005; Kreuzberg: Falckensteinstr. 29, 10997 Berlin-KR, T: 69006506, tomatenklang.de*

5

Klangbaum Musikschule

Freude am Musikmachen und -erfinden steht bei Klangbaum im Vordergrund. Von „Klangschäfchen" ab zwei Jahren, „Musikfröschen" ab fünf Jahren und Unterricht in allen Instrumentengruppen bis zu gar nicht trockenen Musiktheoriekursen – hier wird mit viel Spaß Wissen und Können weitergegeben. *Finowstr. 37, 10247 Berlin-FR; Kuglerstr. 9, 10439 Berlin-PB, T: 20238882, klangbaum.de*

museums, das seit seiner Gründung 1992 bestrebt ist, außerschulische nonkonforme Selbstbildungsprozesse voranzutreiben. So sind das Mitmachprogramm und die interaktiven Sonderausstellungen immer Garanten für eine gute Zeit mit Kindern, die zugleich Bewegungshunger und Wissensdurst stillt. Die Ausstellung „Bücher sind Lebensmittel" ist noch bis zum Anfang Juni 2022 zu sehen, dazu werden monatlich wechselnde MACHmit!-Aktionen angeboten. *Senefelderstr. 5, 10437 Berlin-PB, T: 74778200, machmitmuseum.de*

TIPP Märkisches Museum

Berlin ist voller Geschichte und Geschichten, die im Märkischen Museum zusammengetragen wurden. Dabei erzählt die Dauerausstellung „BerlinZEIT", wie Berlin von der Eiszeit bis zum Mauerfall entstand. Begleitet wird sie durch den unterhaltsamen Audio-Guide. In den dazugehörigen [Probe]Räumen können Besucher:innen selbst zu Kurator:innen werden und ihre eigenen Miniaturausstellungen in einer Box gestalten. *Am Köllnischen Park 5, 10179 Berlin-MI, T: 24002162, stadtmuseum.de*

TIPP Max Liebermann Villa und Garten

Inspiriert vom Garten seines Sommerhauses am Wannsee schuf Max Liebermann mehr als 200 Gemälde und eine Vielzahl an Pastellen und Grafiken. Eine Auswahl der Gartengemälde kann man in der Dauerausstellung entdecken. Die traumhafte Lage macht das Künstlerhaus zu einem schönen Familienausflugsziel. *Colomierstr. 3, 14109 Berlin-ZE, T: 80585900, liebermann-villa.de*

Monsterkabinett

Das Monsterkabinett entführt in einen sinnlich erfahrbaren Kunstraum der besonderen Art: Alle Besucher:innen ab sechs Jahren erwartet ein „Gesamtkunstwerk" der Berliner Künstler:innengruppe Dead Chickens, das der Technik Leben einhaucht. Kinetische, pneumatische und digital gesteuerte Objektkunst werden mit theatralen Mitteln und Musikkompositionen in Szene gesetzt. Kunstbegeisterte, Freund:innen der Erfinder:innenkunst, Berlin-Interessierte wie auch Manga- und Anime-Fans kommen hier voll auf ihre Kosten – bei den Führungen kann man in den charmant monströsen Berliner Underground abtauchen. *Rosenthaler Str. 39, 2. Hinterhof, 10178 Berlin-MI, monsterkabinett.de*

TIPP Museum Barberini Potsdam

Ausgehend von den Werken der Sammlung des Stifters und Mäzens Hasso Plattner präsentiert das Museum wechselnde Ausstellungen mit Themen, die von den Alten Meistern bis zu zeitgenössischer Kunst reichen. Wenn die Pandemielage es zulässt, gibt es Führungen für Familien, Workshops für Kinder und Angebote für Eltern mit Babys. *Humboldtstr. 5/6, Alter Markt, 14467 Potsdam, T: 0331-236014499, museum-barberini.com*

Museum Berggruen

Wer ist die Frau mit den grünen Fingernägeln? Wer hat sie gemalt? Warum hat die Frau mit dem gelben Pullover eine so komische Nase? Im Museum Berggruen erkunden Kinder und Familien Werke von Pablo Picasso & Co, deren ungewöhnliche Farben, verrutschte Perspektiven, fehlende Augen und eckige Ohren. Das gesamte Veranstaltungsprogramm findet ihr auf der Website. Wie für alle Häuser der Staatlichen Museen gilt: Freier Eintritt für Kinder und Jugendliche bis 18 Jahre, unter Pandemie-Bedingungen ist eine Online-Buchung erforderlich. *Schloßstr. 1, 14059 Berlin-CH, T: 266424242, smb.museum*

Museum Charlottenburg-Wilmersdorf in der Villa Oppenheim

Die Gründerzeitvilla an der Charlottenburger Schloßstraße ist heute Sitz des Museums für die hiesige Stadtgeschichte, welches auch eine beachtliche Kunstsammlung beherbergt. Regelmäßig stehen Rallyes, Workshops oder Stadtspaziergänge für Kinder und Familien auf dem Programm. *Schloßstr. 55, 14059 Berlin-CH, T: 902924106, villa-oppenheim-berlin.de*

Museum Europäischer Kulturen

Was hat die Mode des letzten Jahrhunderts mit mir zu tun? Was kann man von den ausgestellten Objekten über frühere Migrationsbewegungen in Europa erfahren? Kinder und Familien sind eingeladen die Alltagskultur und Lebenswelten in Europa vom 18. Jahrhundert bis heute zu erkunden. Die Ausstellungen und Angebote stellen dabei stets einen Bezug der historischen Sammlung zu aktuellen Themen her. Das gesamte Veranstaltungsprogramm findet ihr auf der Website. Wie für alle Häuser der Staatlichen Museen gilt: Freier Eintritt für Kinder und Jugendliche bis 18 Jahre, unter Pandemie-Bedingungen ist eine Online-Buchung erforderlich. *Arnimalle 25, 14195 Berlin-ZE, T: 266424242, smb.museum*

museum FLUXUS+

Der Name der in den 1960er-Jahren entstandenen Kunstrichtung Fluxus bezeichnet einen fließenden Übergang von Kunst und Leben. Ihre Vertreter:innen setzten sich für ein neues Kunstverständnis sowie für Demokratie und Menschenrechte ein. Das Potsdamer Museum präsentiert eine Vielfalt ihrer Werke und möchte auch in seinen Familienprogrammen das Verständnis für zeitgenössische Kunst erweitern. *Schiffbauergasse 4F, 14467 Potsdam, T: 0331-60108930, fluxus-plus.de*

TIPP Museum für Kommunikation

Einer der Kulturorte Berlins, der immer wieder gerne empfohlen wird – für Schlechtwetter-, Ferien- oder Geburtstage. Denn in diesem Museum wird es verstanden, die Geschichte, Gegenwart und Zukunft der Kommunikation spannend und kreativ zu vermitteln. Vom Faustkeil bis zum Smartphone, vom Briefkasten bis zur Mailbox werden alle Meilensteine beleuchtet. An Familiensonntagen dürfen rätselhafte Codes entschlüsselt und unsichtbare Briefe geschrieben werden. Die Dauerausstellung ist ebenso sehenswert wie die neuen Sonderausstellungen „Back to Future. Technikvisionen zwischen Fiktion und Realität" (03.12.2021-23.08.2022) und „#neuland: Ich, wir und die Digitalisierung" (28.01.2-05.06.2022). *Leipziger Str. 16, 10117 Berlin-MI, T: 202940, mfk-berlin.de*

TIPP Museum für Naturkunde

Es zählt bei Kindern und Familien zu den beliebtesten Museen der Stadt – und das völlig zu Recht, bietet es doch vielseitige Formate wie Kindersonntage, Ferienprogramme und Führungen zu den unterschiedlichsten Themen von Artenschutz bis Mineralien. Highlights sind natürlich der Dinosauriersaal und die Wand der biologischen Vielfalt mit mehr als 3.000 verschiedenen Tierarten und Mineralien. Richtig tolle Erlebnisse bieten auch Taschenlampenführungen und – besonders begehrt, daher lange im Voraus zu planen – Kindergeburtstagsfeiern im Museum. Es gibt große Planungen für die Zukunft des Museums als Teil eines neuen Wissenschaftscampus und gute News: 2022 kehrt das berühmte Dinosaurierskelett Tristan zurück! *Invalidenstr. 43, 10115 Berlin-MI, T: 8891408591, museumfuernaturkunde.berlin*

Museum in der Kulturbrauerei

Die Dauerausstellung zur Alltagskultur in der DDR kann kostenfrei besucht werden. Kindern lernen, womit in der Deutschen Demokratischen Republik gespielt und Freizeit verbracht wurde. Familien gehen auf Spurensuche durch die Historie der DDR und erkunden zusammen, wie der Alltag für die Menschen aussah. Neu ist der Kiezspaziergang „Geschichte(n) für Groß und Klein" für Familien durch den Prenzlauer Berg. *Knaackstr. 97, 10435 Berlin-PB, T: 467777911, hdg.de*

TIPP DER REDAKTION

Noahs Arche

—

Tipp von Nina mit Emely (10)

Ein neues Highlight in Berlin ist für meine Tochter und mich die ANOHA Kinderwelt des Jüdischen Museums. Wir staunen, mit wieviel Fantasie die Tiere aus Alltagsgegenständen und recycelten Materialien erbaut worden sind. Unser Lieblingstier ist das riesige Faultier! ANOHA Kinderwelt, Seite 54

Museum Nikolaikirche

Seit fast 800 Jahren ziert die Nikolaikirche das Berliner Stadtbild. Wer hierher kommt und die Stufen in das aus Feldstein gemauerte Untergeschoss des Doppelturms hinab steigt, der entdeckt die wohl ältesten Räume Berlins. Die im Museum beherbergte Dauerausstellung gibt Einblicke in die Geschichte des Bauwerks sowie die des benachbarten Nikolaiviertels. *Nikolaikirchplatz, 10178 Berlin-MI, T: 24002161, stadtmuseum.de*

TIPP Museumsdorf Düppel

In dem saisonal geöffneten Freiluftmuseum dreht sich alles um das Leben im Mittelalter. Von Ostern bis Ende Oktober gehen große und kleine Besucher:innen auf eine wahre Zeitreise und entdecken mittelalterliche Lebensweisen sowie spannende Handwerkstechniken. An Wochenenden und in den Ferien locken tolle Mitmach-Aktionen. Zwei neue Themeninseln beleuchten die Lebenswelt der Bienen und das umfassende Thema der Biodiversität. *Clauertstr. 11, 14163 Berlin-ZE, T: 8026671, dueppel.de*

Musikinstrumenten-Museum

Mittlerweile kann das Museum des Staatlichen Instituts für Musikforschung rund 3.600 Instrumente der europäischen Kunstmusik vom 16. bis zum 21. Jahrhundert zu seinem Besitz zählen. Dabei beherbergt das Museum in seinem virtuellen Kuriositätenkabinett Seltsames wie das Wurstfagott oder das Nähtischklavier. Regelmäßig finden öffentliche Führungen durch die Schausammlung mit Klangbeispielen oder Kinderworkshops etwa zur Vielfalt der Orgel statt. *Tiergartenstr. 1, Eingang: Ben-Gurion-Str., 10785 Berlin-TI, T: 25481178, simpk.de*

TIPP Naturkundemuseum Potsdam

Das Naturkundemuseum in Berlins Nachbarstadt ist ein toller Tipp für kleine und große Naturfreund:innen und Forscher:innen. Mit wunderschönen, lebensnahen Präparaten weckt es Interesse und vermittelt Wissenswertes über die Vielfalt der heimischen Arten. Im neu gestalteten Ausstellungsbereich werdet ihr zu Zeug:innen der spektakulären Balz der Großtrappen oder beobachtet im Unterholz den Brutplatz eines Kranichpaars. In der Erlebnisausstellung „Mensch Biene!" dreht sich indessen alles um das Leben der Bienenvölker. *Breite Str. 13, 14467 Potsdam, T: 0331-2896707, naturkundemuseum-potsdam.de*

NEU Neue Nationalgalerie

Im August 2021 nach sechsjähriger Sanierungszeit wiedereröffnet, könnt ihr Mies van der Rohes Architekturikone und die dort ausgestellte Kunst besuchen. Neben aktuellen Sonderausstellungen lockt die neue Sammlungspräsentation mit über 250 Werken hochrangiger Künstler:innen aus der Zeit von 1900 bis 1945. Ob in Veranstaltungen oder auf eigene Faust mit dem Ausstellungsbegleiter für Familien – vermesst das Gebäude, untersucht die Kunstwerke und macht die Neue Nationalgalerie zu eurer Bühne! Das gesamte Veranstaltungsprogramm findet ihr auf der Website. Wie für alle Häuser der Staatlichen Museen gilt: Freier Eintritt für Kinder und Jugendliche bis 18 Jahre, unter Pandemie-Bedingungen ist eine Online-Buchung erforderlich. *Potsdamer Str. 50, Kulturforum Potsdamer Platz, 10785 Berlin-TI, T: 266424242, smb.museum*

Neues Museum

Hatte Nofretete Kinder? Wie liest man Hieroglyphen? Wie präpariert man Mumien? Welche Geschichte steckt hinter dem „Elch am Hansaplatz" oder dem „Neandertaler von Le Moustier"? Kinder und Familien entdecken das facettenreiche Neue Museum. Die Themen der Veranstaltungen wechseln. Mehrfachkommen lohnt sich! Das gesamte Veranstaltungsprogramm findet ihr auf der Website. Wie für alle Häuser der Staatlichen Museen gilt: Freier Eintritt für Kinder und Jugendliche bis 18 Jahre, unter Pandemie-Bedingungen ist eine Online-Buchung erforderlich. *Bodestr. 1-3, 10178 Berlin-MI, T: 266424242, smb.museum*

Oderbruch Museum Altranft

Das Umland hat eine Menge zu bieten – Naturlandschaften und einige kulturelle Highlights wie dieses Kleinod im Oderbruch. Kinder kommen hier auf ihre Kosten, denn das ganze Museum ist zum Anfassen konzipiert. So wie die riesige Murmelbahn, welche die Wasserläufe in der Kulturlandschaft darstellt. In der Museumswerkstatt im Schloss können sich Kinder und Jugendliche bei Workshops ausprobieren und der Talk Walk führt durch das einstige Fischerdorf und lässt einen an verschiedenen Hörstationen die Kulturlandschaft Oderbruch mit ihrem einmaligen Wassersystem, ihren Menschen und Kulturorten entdecken. *Am Anger 27, 16259 Bad Freienwalde OT Altranft, T: 03344-333911, oderbruchmuseum.de*

PalaisPopulaire

Das Vermittlungsangebot der Kunsthalle widmet sich der Kunst, Musik und Literatur, wobei die Förderung der Kreativität groß geschrieben wird. Jeden ersten Sonntag im Monat stehen hier Kinder ab sechs Jahren im Mittelpunkt: Mal gibt es beim SundayPopulaire Kunst, Musik oder eine Kinderbuchlesung. Parallel dazu können Eltern an kostenlosen Überblicksführungen teilnehmen. *Unter den Linden 5, 10117 Berlin-MI, T: 2020930, db-palaispopulaire.com*

Pergamonmuseum

Tempel, Tore und Paläste – Kinder und Familien erkunden am Wochenende gemeinsam das Pergamonmuseum. Mal stehen die großen antiken Bauwerke im Mittelpunkt, mal wird der Blick auf Tierdarstellungen oder orientalische Muster gelenkt, mal geht es auf Entdeckungsreise in den Orient oder nach Mesopotamien. Die Themen wechseln. Mehrfach kommen lohnt sich! Das gesamte Veranstaltungsprogramm findet ihr auf der Website. Wie für alle Häuser der Staatlichen Museen gilt: Freier Eintritt für Kinder und Jugendliche bis 18 Jahre, unter Pandemie-Bedingungen ist eine Online-Buchung erforderlich. *Am Kupfergraben 5, Museumsinsel, 10117 Berlin-MI, T: 266424242, smb.museum*

Pergamonmuseum. Das Panorama

Das Studio des Künstlers Yadegar Asisi hat für das temporäre Ausstellungsprojekt das Panorama der antiken Stadt wieder auferleben lassen. Zudem werden etwa 80 der wichtigsten Werke der Antikensammlung gezeigt. Wie für alle Häuser der Staatlichen Museen gilt: Freier Eintritt für Kinder und Jugendliche bis 18 Jahre, unter Pandemie-Bedingungen ist eine Online-Buchung erforderlich. *Am Kupfergraben 2, 10117 Berlin-MI, T: 266424242, smb.museum*

Potsdam Museum

Das Stadtmuseum in Potsdams historischer Mitte präsentiert vielfältige Objekte. In der ständigen Ausstellung begeben sich Besucher:innen auf einen Spaziergang durch über 1.000 Jahre Potsdamer Geschichte und entdecken, wie sich die Stadt im Laufe der Zeit gewandelt hat. Für Kinder und Jugendliche gibt es ein abwechslungsreiches museumspädagogisches Angebot. *Am Alten Markt 9, 14467 Potsdam, T: 0331-2896868, potsdam-museum.de*

Puppentheater-Museum Berlin

Ein Anliegen des Museums ist es, über die Geschichte des Puppentheaters zu informieren, vergangene Spielformen aufzuzeigen und so Interesse zu wecken für das Puppen-und Figurentheater von heute. In jährlich wechselnden Ausstellungen werden immer neue Themen vermittelt. Spielerische Führungen sowie Puppentheateraufführungen, Märchenerzählungen, Lesungen und Workshops für Kinder ab drei Jahren und Erwachsene ergänzen das Programm. Das Workshop-Angebot wurde erweitert und bieten dem Alter und den individuellen Fähigkeiten angepasstes, gemeinsames kreatives Arbeiten. Gerne werden im Museum und dem kleinen dazugehörigen Café auch Kindergeburtstage gefeiert. *Karl-Marx-Str. 135, 12043 Berlin-NK, T: 98378131, puppentheater-museum.de*

Sammlung Scharf-Gerstenberg

Das Gebäude der Sammlung ist wie das gegenüberliegende Museum Berggruen ein klassizistischer Stüler-Bau und vervollständigt das Ensemble am Schloss Charlottenburg, das kunst- und geschichtsinteressierte Familien lockt. Lesende Esel, verrückte Kühe, tanzende Stiere – in der Sammlung Scharf-Gerstenberg steht die Welt Kopf! Was dachten sich die Künstler:innen dabei? Was denken Kinder darüber? Auf welche verrückten Ideen bringen die Werke Kinder? Das gesamte Veranstaltungsprogramm findet ihr auf der Website. Wie für alle Häuser der Staatlichen Museen gilt: Freier Eintritt für Kinder und Jugendliche bis 18 Jahre, unter Pandemie-Bedingungen ist eine Online-Buchung erforderlich. *Schloßstr. 70, 14059 Berlin-CH, T: 266424242, smb.museum*

TIPP Schloss Biesdorf

Schon von weitem ist das Kleinod der Berliner Denkmallandschaft dank seines achteckigen Turms zu erkennen. Wer hier die Pforten durchschreitet, bekommt bei freiem Eintritt die wechselnden Ausstellungen zur zeitgenössischen Kunst und des kulturellen Erbes sowie eine kleine Dauerausstellung zur Geschichte des Hauses zu sehen. Das Labor M bietet ein künstlerisches Vermittlungsprogramm für Kinder und Familien. Auch ein Rundgang durch den idyllischen Schlosspark sowie das Café Schloss Biesdorf sind empfehlenswert. *Alt-Biesdorf 55, 12683 Berlin-MA, T: 516567790, schlossbiesdorf.de*

Schloss Köpenick

Wie viele Personen wohnten hier? Wer hat das Schloss eingerichtet? Das teure Porzellan, das funkelnde Gold, die schweren Gardinen und exotischen Hölzer waren einst moderner Luxus. Wie wirkt Schloss Köpenick heute auf uns? Wie würde ein Schloss heute gebaut und eingerichtet werden? Das gesamte Veranstaltungsprogramm findet ihr auf der Website. Wie für alle Häuser der Staatlichen Museen gilt: Freier Eintritt für Kinder und Jugendliche bis 18 Jahre, unter Pandemie-Bedingungen ist eine Online-Buchung erforderlich. *Schlossinsel 1, 12557 Berlin-KÖ, T: 266424242, smb.museum*

TIPP Spielzeugmuseum im Havelland

Es lohnt sich immer, mal über den Berliner Tellerrand hinauszuschauen und sich vom Umland locken zu lassen. Wen es ins Havelland zieht, findet dort einen besonderen Ort vor, der für Ältere nostalgische Erinnerungen weckt und Kinder von heute fasziniert. Von Puppen bis Baukästen,

GEBURTSTAG FEIERN

Kunstvoll feiern

JuKS Pankow

Ab 5 Jahren, bis 8 Kinder, ca. 160 Euro

Neue Schönholzer Str. 10
13187 Berlin-PA, juks-pankow.de

Euer Nachwuchs bastelt, malt und baut für sein Leben gerne? Kreative Köpfe finden in der JuKS Pankow ein echtes El Dorado an Kunstkursen aller Art, deren Repertoire von Bildhauerei und Trickfilm-Kunst über Druckwerkstatt oder Comic-Zeichnen bis zur Holzwerkstatt reicht. Genauso fantasievoll und bunt wie in den Kursen geht es hier auch am Kindergeburtstag zu. Je nach Vorliebe und Alter entstehen selbstgemachte Stempel, unglaubliche Zaubermaschinen, funkelnder Schmuck samt passendem Kästchen oder wunderliche Jagdtrophäen. Auch ein Nachmittag in der Töpferwerkstatt ist möglich. Für welche der Varianten man sich auch entscheiden mag – am Ende gehen alle Kinder mit einem selbstgemachten Kunstwerk nach Hause, das noch lange an einen gelungenen Tag erinnert.

von der Eisenbahn bis zur Spielzeugnähmaschine – das Spielzeugmuseum zeigt Tausende von Spielzeugen, die aus den letzten 150 Jahren stammen. Das absolute Highlight für große und kleine Besucher:innen ist die Vorführung der großen Eisenbahnanlage. Nehmt euch Zeit mit, die kann man dort schnell vergessen beim Eintauchen in vergangene Kinderwelten. Und wenn ihr schon dort seid, schaut auch beim benachbarten Kinderbuchmuseum vorbei. *Schulweg 1, 14728 Kleßen, T: 033235-29311, spielzeugmuseum-havelland.de*

Stasimuseum

Das ehemalige Ministerium für Staatssicherheit der DDR in Lichtenberg beherbergt heute das von einem gemeinnützigen Verein betriebene Stasimuseum, in dem sich Geschichtsinteressierte auf drei Etagen über die Funktion und Arbeitsweise der Stasi in der SED-Diktatur und deren Auswirkungen auf die Gesellschaft informieren können. Herzstück der Ausstellung stellen die historischen Diensträume des damaligen Ministers Erich Mielkes dar, die seit 1990 weitestgehend im Originalzustand erhalten sind. *Ruschestr. 103, 10365 Berlin-LI, T: 5536854, stasimuseum.de*

The Wall Museum

Das Museum ist direkt an der Berliner Mauer im ehemaligen Wachturm Mühlenspeicher zu finden. Hier wird in 13 thematisch gestalteten Räumen mit originalen Ausstellungsstücken, multimedialen Präsentationen und Originalbeiträgen berühmter Persönlichkeiten die ereignisreiche Geschichte vom Bau der Berliner Mauer bis zu ihrem Fall im Jahr 1989 präsentiert. *Mühlenstr. 78, 10243 Berlin-FR, T: 94512900, thewallmuseum.com*

TimeRide

„Eine Stadt – zwei Welten": Mehr als 30 Jahre nach dem Mauerfall kann man hier auf Zeitreise in das geteilte Berlin der 1980er-Jahre gehen. Virtual-Reality-Technik erweckt Vergangenes zum Leben, sodass Besucher:innen die Geschichte hautnah miterleben können. An vier spannenden Stationen entdecken die Zeitreisenden ab sechs Jahren den berühmten Grenzübergang Checkpoint Charlie, werfen einen Blick durch die Mauer und erleben persönliche Geschichten von Zeitzeug:innen. *Zimmerstr. 91, 10117 Berlin-MI, T: 31011300, timeride.de*

Tränenpalast

Der Tränenpalast hat seinen Namen nicht von ungefähr. Zu Zeiten der Mauer gab es hier einen Grenzübergang. Ein Wiedersehen der Westverwandtschaft, die nach dem Ostbesuch ausreiste, war ungewiss und der Abschied tränenreich. Heute beherbergt der Palast die Dauerausstellung „Ort der Deutschen Teilung". Kinder ab acht Jahren können an einem spielerischen Rundgang teilnehmen und am Ende ein Westpaket öffnen. *Reichstagufer 17, 10117 Berlin-MI, T: 467777911, hdg.de*

TIPP Urban Art Kids

Die zeitgenössische Galerie für Kinderkunst im Herzen Charlottenburgs widmet sich jungen Besucher:innen und gibt den Heranwachsenden einen Ort, an dem sie ihre Kreativität ausleben und ihrer Fantasie freien Lauf lassen können. In wechselnden Ausstellungen werden die Werke von lokalen und internationalen Künstler:innen präsentiert. Verschiedene Workshops für Kinder ab vier Jahren beleuchten das Medium Kunst in all seinen Facetten. Wie man richtig kunstvolle Kindergeburtstage feiert, weiß das Künstler:innenteam natürlich auch. *Sesenheimer Str. 7, 10627 Berlin-CH, T: 0173-2034030, urbanartkids.com*

TIPP URBAN NATION

Diese Sammlung verlegt die Straße buchstäblich ins Gebäude. So zeichnet die interaktive Ausstellung im Museum für Urban Art die Entstehungsgeschichte einer Kunstströmung nach, die zu einer der erfolgreichsten der Gegenwart gehört. Doch nicht nur im Ausstellungshaus sind spannende Street Art-Werke zu erblicken, hier werden auch die Architektur und Oberflächen des Gebäudes zum Bildträger, sodass das Haus selbst zum Kunstwerk wird. Die Ausstellungen widmen sich aber nicht nur Street Art, die aktuelle Ausstellung „Martha Cooper: Taking Pictures" zeichnet noch bis Mai 2022 das Leben und fotografische Werk der weltberühmten Fotografin nach. Der Eintritt ins Museum und die Teilnahme an temporären Veranstaltungen ist für alle Besucher:innen kostenfrei, Spenden sind aber willkommen und unterstützen die wertvolle Arbeit der URBAN NATION-Projekte. *Bülowstr. 97, 10783 Berlin-SB, T: 32295989, urban-nation.com*

TIPP Werkbundarchiv – Museum der Dinge

Rund 40.000 Dinge gibt es hier an der Oranienstraße mitten in Kreuzberg zu entdecken. Darunter kleine, große, leichte, schwere, unsinnige, aber auch nützliche sowie alte Dinge. Jeden Sonntag könnt ihr an einer der kostenfreien öffentlichen Führungen durch die Dauer- und Sonderausstellungen teilnehmen. Feinsinnig sind die Workshops für Kinder, die sich immer anderen Themen widmen. Und wer hier seinen Geburtstag feiern möchte, geht auf Sachensucher-Rallye und zelebriert mit Wundertüte und gedecktem Tisch seinen Ehrentag. *Oranienstr. 25, 10999 Berlin-KR, T: 92106311, museumderdinge.de*

Technik und Naturwissenschaften

TIPP Archenhold-Sternwarte

Die älteste und größte Volkssternwarte Deutschlands, die auch das längste bewegliche Fernrohr der Welt beherbergt, bringt kleinen Sternenliebhaber:innen den Himmel ein Stückchen näher. Astronomisches Grundwissen wird auf spielerische Art und Weise auch im himmelskundlichen Museum im Treptower Park vermittelt. *Alt-Treptow 1, 12435 Berlin-TR, T: 536063719, planetarium.berlin*

TIPP Besucherbergwerk F60

Wer nach Lichterfeld, knapp zwei Stunden von Berlin entfernt, fährt, trifft auf einen Giganten der Technik. Hier steht die alte Abraumförderbrücke F60, die mit 502 Metern Länge, 204 Metern Breite, 80 Metern Höhe und einem Gewicht von 10.000 Tonnen ein wahrer Koloss ist. Früher trug die riesige Maschine Braunkohle ab, heute können mutige Besucher:innen sie erklimmen und gleichzeitig etwas über die Geschichte und die Gegenwart des Braunkohleabbaus in der schönen Lausitz erfahren. Verschiedene Führungen vermitteln Hintergrundwissen. *Bergheider Str. 4, 03238 Lichterfeld, T: 03531-60800, f60.de*

NEU Good Lab

Ein neuer Ort, an dem Kinder und Jugendliche an einer nachhaltigeren Welt tüfteln können. Im Herbst 2021 hat das GoodLab der Jungen Tüftler im Aufbauhaus am Moritzplatz eröffnet. Der Mach- und Lernort macht digitale Technologien einer breiten Öffentlichkeit zugänglich, erlebbar und erlernbar gemacht. Dabei können die Besucher:innen der offenen Werkstatt ihre Ideen mit zeitgemäßen Technologien wie Lasercutting, 3D-Druck und Virtual Reality umsetzen. *Prinzenstr. 85C, 10969 Berlin-KR, T: 33941064, good-lab.org*

HABA Digitalwerkstatt

Es war schon vorher sichtbar, doch die Corona-Pandemie hat uns die Notwendigkeit und Vorteile der Digitalisierung klar vor Augen geführt. In der HABA Digitalwerkstatt werden Kinder zwischen sechs und zwölf Jahren auf anschauliche Art und Weise an einen kreativen und vor allem bewussten Umgang mit den digitalen Möglichkeiten herangeführt. Auch Eltern können hier noch einiges dazulernen. Klar, dass viele der unterhaltsam gestalteten Inhalte auch als Online-Kurse bereitstehen. *Linienstr. 121, 10115 Berlin-MI, T: 28874107, digitalwerkstatt.de*

Orbitall Raumfahrt im FEZ

Wer schon immer mal wie echte Astronaut:innen den Flug ins Universum wagen wollte, kommt ins Orbitall. Während in der futuristischen Schleuse Tipps für die Expedition gegeben werden, machen sich angehende Raumfahrer:innen in der Trainingshalle mit Drehsessel, Taumelscheibe und Rhönrad körperlich fit fürs All. Familien können an den Wochenenden gemeinsam auf Weltraummissionen gehen. *Straße zum FEZ 2, 12459 Berlin-KÖ, T: 530710, orbitall.fez-berlin.de*

Parkeisenbahn Wuhlheide

Bitte alle einsteigen! Einmal mit der Eisenbahn durch den Park Wuhlheide düsen und mit eigenen Augen sehen, wie so eine Dampflok eigentlich funktioniert – das können Kinder in Köpenick erleben. Zu Nikolaus, Weihnachten oder Ostern gibt es spannende Sonderfahrten, die nicht nur den Kleinen Spaß machen. Aktuell kann nur am Hauptbahnhof der Parkbahn zugestiegen werden. *An der Wuhlheide 189, 12459 Berlin-KÖ, T: 53892660, parkeisenbahn.de*

TIPP Science Center Spectrum

In dem zum Deutschen Technikmuseum gehörenden Experimentier-Museum für Kinder ab vier Jahren ist Anfassen ausdrücklich erwünscht. Über 150 interaktive Stationen in acht Themenbereichen laden auf vier Etagen dazu ein, spielerisch die Welt der Naturwissenschaft und Technik zu erkunden. „Spielen und Staunen", „Anschauen und Ausprobieren" sowie „Lachen und Lernen" stehen dabei im Mittelpunkt. *Möckernstr. 26, 10963 Berlin-KR, T: 90254284, technikmuseum.berlin*

Wilhelm-Foerster-Sternwarte mit Planetarium am Insulaner Berlin

Selbst Sterne mit dem Teleskop von der Sternwarte aus beobachten und sich von den Veranstaltungen im Planetarium unter dem Sternenhimmel verzaubern lassen – beides können Kinder ab drei Jahren am Insulaner-Hügel in Schöneberg durch die einzigartige Verbindung von Sternwarte und Großplanetarium. *Munsterdamm 90, 12169 Berlin-SB, T: 42184510, planetarium.berlin*

TIPP Zeiss Großplanetarium

Das Großplanetarium kann sich stolz Europas modernstes Wissenschaftstheater nennen. Hier faszinieren 360-Grad-Fulldome-Programme aus der Welt der Astronomie, Wissenschaft und Kultur. Kinder ab vier Jahren können sich der Welt der Planeten nähern und verschiedene spannende astronomische Programme erleben. *Prenzlauer Allee 80, 10405 Berlin-PB, T: 42184510, planetarium.berlin*

Kultur für kleines Geld

Umsonst am Nachmittag

Schüler:innen bis 18 Jahre können nachmittags ab 15:00 Uhr kostenlos im Deutschen Technikmuseum *(Seite 58)* und im Spectrum Science Center *(Seite 76)* die spannenden Ausstellungen erkunden. Kinder unter sechs Jahren haben immer freien Eintritt.

Offenes Atelier

Die Berlinische Galerie ist bekannt für ihr tolles Vermittlungsangebot zu ihren Kunstausstellungen, darüber hinaus können Kinder und Familien hier regelmäßig mittwochnachmittags kostenfrei im Atelier Bunter Jakob kreativ werden. *Seite 57*

Museum gratis für alle

Neu seit 2021: Am jeweils ersten Sonntag im Monat dürfen alle Besucher:innen kostenlos in die meisten Berliner Museen. *museumssonntag.berlin*
Immer gratis ist der Eintritt ins Museum in der Kulturbrauerei *(Seite 69)*, im Tränenpalast *(Seite 75)* und im Dokumentationszentrum Berliner Mauer *(Seite 62)*.

Oktober ist KinderKulturMonat!

Einen Monat lang wird in der ganzen Stadt ein buntes kostenloses Programm für Kinder geboten.
01.–31.10.2022, kinderkulturmonat.de

Wenn die ganze Stadt erklingt

Selten kann man sechs Euro so gut Jedes Jahr zum Sommeranfang spielen berlinweit Musiker:innen kostenlos Open Air für Groß und Klein auf. *Fête de la Musique, 21.06.2022, berlinweit, fetedelamusique.de*

Kinder kostenlos ins Museum

In den Staatlichen Museen zu Berlin wird allen unter 18 Jahren das ganze Jahr über freier Eintritt gewährt. Gleiches gilt fürs Deutsche Historische Museum *(Seite 58)* und die Museen der Stiftung Stadtmuseum wie dem Märkischen Museum *(Seite 68)*, der Nikolaikirche *(Seite 71)* oder dem Museumsdorf Düppel *(Seite 71)*.

Berliner FamilienPass und SuperFerienPass

Selten kann man sechs Euro so gut investieren – der FamilienPass des JugendKulturServices bietetunter dem Motto „Von Abenteuer bis Zeitreise" jeweils ein Jahr lang mehr als 500 Preisvorteile fürFamilien. Der SuperFerienPass verschafft für neun Euro Kindern und Jugendlichen tolle Rabatte und freien Eintritt in die Bäder der Berliner Bäder Betriebe während der Berliner Schulferien. Lohnt sich immer! *jugendkulturservice.de*

Lesefreuden für Kinder

Der Lesewelt e.V. veranstaltet kostenlose Vorlesestunden für Kinder ab vier Jahren. Sie finden regelmäßig in den öffentlichen Bibliotheken und seit der Pandemie auch online statt. *lesewelt-berlin.de*

Bühnen

Astrid-Lindgren-Bühne im FEZ-Berlin

So wie es ihre Namensgeberin gewollt hätte, wird das junge Publikum auf der Bühne mitten im FEZ-Berlin in eine fantasievolle Welt aus Abenteuer, Poesie und Musik entführt. Aufgeführt werden nicht nur eigene Stücke nach Astrid Lindgren, es kommen viele Künstler:innen aus dem Musik-, Tanz- und Puppentheater zu Gastspielen in die Wuhlheide. *Straße zum FEZ 2, 12459 Berlin-KÖ, T: 53071111, astrid-lindgren-buehne.fez-berlin.de*

TIPP ATZE Musiktheater

Das bekannte und beliebte Berliner Musiktheater für Kinder bringt Erstaunliches, Ergreifendes, Lustiges und Tiefgründiges, in jedem Fall Musikalisches für Kinder ab drei Jahren auf seine Bühnen. Kinderbuchklassiker werden ebenso ins Musiktheater übersetzt wie eigens entwickelte Geschichten mit Tiefgang und Unterhaltungswert. Auch in der Spielzeit 2021/22 darf man sich über einige neue Stücke wie „Das Neinhorn" oder „Rodrigo Raubein und Knirps, sein Knappe" auf dem Spielplan freuen. *Luxemburger Str. 20, 13353 Berlin-WE, T: 81799188, atzeberlin.de*

Berliner Philharmoniker

Bei den Berliner Philharmonikern sind alle willkommen, auch die Kleinsten. Wer eines der klangvollen Familien- oder Mitmachkonzerte besucht, erhält die Möglichkeit, ein Orchester live zu erleben und lässt sich für eine Stunde in musikalische Welten befördern. *Herbert-von-Karajan-Str. 1, 10785 Berlin-TI, T: 254880, berliner-philharmoniker.de*

CABUWAZI

Die bunten Zirkuszelte sind überall in der Stadt zu finden. Dort gibt es alles, was das kleine Artist:innenherz begehrt. Balancieren, Springen, Rollen, Laufen und Strecken gehören zu den artistischen Grundlagen und können in den Nachmittagskursen geübt werden. Regelmäßig finden Shows statt, die zur Teilnahme an den Kursen motivieren. *Wiener Str. 59h, 10999 Berlin-KR, T: 54469094, Columbiadamm 84, 10965 Berlin-TE, T: 959994890, Bouchéstr. 74, 12435 Berlin-TR, T: 60969563, Otto-Rosenberg-Str. 2, 12681 Berlin-MA, T: 32669750, Venusstr. 90, 12524 Berlin-KÖ, T: 22197660, cabuwazi.de*

Circus Schatzinsel

Im Zirkus am Spreeufer können Kinder ab sechs Jahren künstlerische Zirkusshows vom Training bis zur Premiere gestalten und kreatives Miteinander erleben. Am Trapez, auf dem Einrad oder mit den Jonglierbällen wird die Schwerkraft überwunden und Erfolge werden als Team in der Manege gefeiert. *May-Ayim-Ufer 4, 10997 Berlin-KR, T: 22502461, circus-schatzinsel.de*

Coq au Vin

Das Kindertheater holt den Zirkus ins Theater und das Theater in den Zirkus. Phantasievoll, spektakulär und garantiert lustig kredenzt es Kindergeschichten rund um den Zirkus und sorgt damit für generationsübergreifenden Theaterspaß. Die Inszenierungen sind an Spielorten wie dem Pfefferberg Theater oder im Saal des Kreuzberger Biergarten Jockel zu sehen. *T: 50183340, coqauvin.de*

NEU Das Weite Theater

Aufgrund von Sanierungsarbeiten musste das Theater die Parkaue verlassen und bringt sein weites Spektrum unterhaltsamer und anspruchsvoller Puppenschauspielinszenierungen nun im Cedio am Storkower Bogen auf die Bühne. Der Spielplan in der Spielzeit 2021/22 wird durch die neuen Stücke „Wo ist meine Schwester?“ (ab vier Jahren) und „Artus und die Frauen der Tafelrunde“ (ab 14 Jahren) bereichert. *Storkower Str. 207, 10369 Berlin-LI, T: 9917927, das-weite-theater.de*

TIPP Deutsche Oper Berlin

Im Herzen Charlottenburgs ist Berlins größtes Opernhaus zu finden, das bereits die Allerkleinsten begeistert. Das vielfältige Programm reicht von Babykonzerten über Familienführungen bis hin zu innovativ inszenierten Klassikern. Der Nachwuchs kann bei den Opernmäusen oder im Kinder- bzw. Jugendclub aktiv werden. *Bismarckstr. 35, 10627 Berlin-CH, T: 34384343, deutscheoperberlin.de*

TIPP FELD Theater für junges Publikum

Um es mit den eigenen Worten des Theater zu sagen: Tanz, Theater, Performance, Musik, Puppen- und Objekttheater – nicht das Genre ist dem Theaterteam wichtig, sondern alle Formen der darstellenden Kunst, an denen kleine und große Menschen Spaß haben und in den Austausch miteinander kommen. Mit großartigen Stücken wie „Frida und das Wut“ zeigen sie schon den jüngsten Zuschauer:innen ab vier Jahren, dass sie ernstgenommen werden. Darüber hinaus versteht es sich als ein Theater zum Mitmachen und Mitreden – die Workshops unter dem Motto „springinsFELD“ zeugen davon. *Gleditschstr. 5, 10781 Berlin-SB, T: 92124150, jungesfeld.de*

Felicio

Das kleine Prenzlauer Berger Puppentheater ist ein Ein-Mann-Betrieb. Dort können sich alle Besucher:innen für eine Zeit zu Hause fühlen, den Kristallleuchter an der Decke sowie den roten Samtvorhang bestaunen und vor allem die herrlich inszenierten Puppenspiele von Karsten Ackermann. Für Kinder ab drei Jahren gibt es altbekannte Märchen und wundersame Geschichten zu sehen. *Schivelbeiner Str. 45, 10439 Berlin-PB, T: 44673530, felicio.de*

TIPP Figurentheater Grashüpfer

Schon in längst vergangenen Zeiten war es ein Ritual, am Feuer zu erzählen. Das Figurentheater im Treptower Park führt diese Tradition mit gemütlichen Märchenabenden in der Jurte fort. Ob traditionelles Handpuppenspiel in der Guckkastenbühne, freie Animation von Objekten, kunstvolles Marionetten- oder Schattenpuppentheater oder offenes Spiel- und Mitspielpuppentheater – alle künstlerischen Formen des Genres werden hier gepflegt und

Ran an die Pinsel!

—

Lieblings-Kunstschulen für Kinder

1
Kunsthaus Prenzlauer Berg

Die Künstlerin und erfahrene Kunstpädagogin Anja Ehrenberg lädt Kinder ab sechs Jahren in ihren Kindermalkursen im großen Atelier des Kunsthauses dazu ein, spielerisch eine Vielzahl verschiedener künstlerischer Techniken für sich zu entdecken. *Danziger Str. 101, 10405 Berlin-PB, T: 902953808, kunsthaus-prenzlauerberg.de*

2
Malschule KiKuFri

Die Malerin Heike Kelter unterrichtet in ihrem schönen Kinderkunstatelier in Friedenau Kinder, Jugendliche und Erwachsene nach ihrem Konzept des flächigen Sehens, das sie auch in ihren Kunstbüchern vorstellt. *Friederich-Wilhelm-Str. 2, 12161 Berlin-SB, T: 85073199, kikufri.de*

3
ARTGESCHOSS Kunstschule

Am Gierkeplatz können alle Kunstbegeisterten ab fünf Jahren ihre Kreativität entfalten. Die Kindermalkurse widmen sich den Schwerpunkten „Malerei und Grafik" oder „Malerei und Komposition". *Schustehrusstr. 17, 10585 Berlin-CH, T: 28428946, kunstschule-artgeschoss.de*

4
Young Arts Neukölln

Das Kunst- und Kreativzentrum für Kinder und Jugendliche ist ein super Ort für alle ab sechs Jahren, die sich in irgendeiner Weise kreativ ausdrücken möchten. Vielfalt und Zugang für alle liegen dem gemeinnützigen Verein am Herzen, daher sind alle Workshops, offenen Ateliers und Veranstaltungen kostenlos. *Donaustr. 42, 12043 Berlin-NK, T: 68900780, young-arts-nk.de*

5
Mal- und Zeichenschule Wladimir Prib

Im Fokus der Kunstschule, die schon Malkurse für Kinder ab zwei Jahren anbietet, stehen die individuelle Förderung der Kreativität und Unterstützung beim Erreichen der jeweils gesetzten Ziele. Ein tolles Angebot ist auch der „ABC-Workshop", bei dem Eltern und Kinder gemeinsam zeichnen, malen, bauen und dabei Zahlen und Buchstaben kennenlernen. *Brunnenstr. 45, 10115 Berlin-MI, T: 12020844, kunstschule-prib.de*

dargeboten. Familiennachmittage bieten die Gelegenheit, rund ums Puppenspiel kreativ zu werden. Einer der Kulturorte in Berlin, an dem alle Altersklassen Vergnügen finden, auch die hier stattfindenden Figurentheater-Festivals sind Highlights! *Puschkinallee 16A, 12435 Berlin-TR, T: 53695150, theater-grashuepfer.de*

Fliegendes Theater

Durchschreitet man die Toreinfahrt in der Urbanstraße, entdeckt man schnell das ehemalige Fabrikgebäude, in dem das Fliegende Theater mit modernen Figuren- und Objektinszenierungen zu finden ist. Seit 1978 werden hier Stücke für Kinder und Erwachsene erarbeitet und inszeniert. Das Repertoire umfasst vielfältige Stücke für Kita- und Schulkinder, die am Wochenende und in den Ferien auch für Familien zu sehen sind. *Urbanstr. 100, 10967 Berlin-KR, T: 6922100, fliegendes-theater.de*

Friedrichstadt-Palast Berlin

Seit fast 100 Jahren ist der Palast Berlin mit seiner imposanten Theaterbühne die erste Adresse für Unterhaltung. Die aufwendig inszenierten Shows sind musikalisch, tänzerisch und akrobatisch, die neue „ARISE Grand Show" ist ein mitreißendes Spektakel. In der Young Show „Im Labyrinth der Bücher" spielen, singen, tanzen Kinder für Kinder ab fünf Jahren. *Friedrichstr. 107, 10117 Berlin-MI, T: 23262326, palast.berlin*

Galli Theater

Im Theater in den schönen Heckmannhöfen werden die Märchen von den Bremer Stadtmusikanten, Rotkäppchen oder Aschenputtel für Kinder ab vier Jahren zum Besten gegeben. Auf dem Abendspielplan steht dann Unterhaltsames für Erwachsene. Aber man kann man nicht nur zuschauen, sondern auch selbst in Rollen schlüpfen. Bei Geburtstagsfeiern, in Kindertheaterkursen und bei tollen Ferienangeboten können sie ihr Talent erproben. *Oranienburger Str. 32, in den Heckmann-Höfen, 10117 Berlin-MI, T: 27596971, galli-berlin.de*

TIPP Grips Theater

Inzwischen untrennbar zu Berlin gehörend, ist die renommierte Bühne darauf ausgerichtet, durch Theater Kinder und Jugendliche zur Mitsprache zu ermächtigen und sie an kritisches Hinterfragen heranzuführen. Dabei werden Stücke aus den 1970er-Jahren wie „Bella, Boss und Bulli" (ab sechs Jahren) auch mal neu inszeniert. Auch für die jüngsten Theaterzuschauer:innen finden sich Stücke wie „Vier bei dir" (ab drei Jahren) auf dem Spielplan, der jede Spielzeit durch neue Inszenierungen bereichert wird. 2021/22 kommen „Himmel, Erde, Luft und Meer" (ab neun Jahren), „Stecker ziehen" (ab acht Jahren) und „Stadt der Befreiung" (ab 16 Jahren) als Uraufführungen dazu. Gespielt wird an zwei Standorten. *Altonaer Str. 22, 10557 Berlin-TI, T: 39747477, Grips Podewil, Klosterstr. 68, 10179 Berlin-MI, T: 39747477, grips-theater.de*

TIPP Hans-Otto-Theater

Im Potsdamer Kulturquartier findet man dieses produktive Schauspielhaus. Neben einem reichhaltigen Erwachsenenprogramm spielt es für Kinder ein umfang- und abwechslungsreiches Repertoire, das in der Spielzeit 2021/22 unter anderen um „Wolf sein" und „Weiß ist keine Farbe" (beide ab sechs Jahren) ergänzt wird. *Schiffbauergasse 11, 14467 Potsdam, T: 0331-98118, hansottotheater.de*

Hexenberg Ensemble

Das Hexenberg Ensemble begeistert mit tollen Stücken im Saal des Pfefferberg Theaters und präsentiert auf eindrucksvolle Weise Grimms Märchen im erprobten Format von zwei halbstündigen Märchen je Vorstellung. Da gibt es Klamaukspektakel, Gruseliges, Romantisches, Stilles und Finsteres zu sehen. Nachmittags sind die Märchen kindgerecht, während abends Eltern erwachsenere Theaterstoffe konsumieren dürfen. *Schönhauser Allee 176, 10119 Berlin-MI, T: 939358555, hexenberg-ensemble.de*

TIPP Komische Oper Berlin

Wie überaus faszinierend Musiktheater sein kann, zeigt die Komische Oper bereits ihren jüngsten Zuschauer:innen. Junge Opernfreund:innen zwischen vier und 18 Jahren können an spannenden Workshops, Führungen oder dem Kinderchor teilnehmen. In der Spielzeit 2021/22 können sich Familien wieder auf einige schöne Kinderkonzerte von „Peter und der Wolf" über „Fischers Fritze" bis zum Sommerkonzert des Kinderchors freuen. Außerdem glänzt die Spielzeit mit der neuen Kinderoper „Die Zaubermelodika", einer humorvollen Fortsetzung der Zauberflöte aus den Federn des finnischen Jazzpianisten Iiro Rantala und der Bestsellerautorin Minna Lindgren. Auch „Jim Knopf und Lukas der Lokomotivführer" kommt 2022 erneut auf die Bühne. *Behrenstr. 55-57, 10117 Berlin-MI, T: 47997400, komische-oper-berlin.de*

TIPP Konzerthaus Berlin

Ob Musiktheater oder Instrumentenvorstellung – im Junior-Programm des Konzerthauses ist fast alles zum Anfassen und Mitmischen. Denn das macht doch viel mehr Spaß als einfach nur still auf dem Platz zu sitzen. In der Saison 2021/22 gibt es wieder ein vielfältiges Angebot für

Kinder und Jugendliche, das KlangKüken-Programm richtet sich bereits an Kinder ab drei Jahren, es gibt Tonspur-Konzerte ab sechs Jahren und vieles mehr für musikbegeisterte Familien! *Gendarmenmarkt, 10117 Berlin-MI, T: 203092101, konzerthaus.de/fuer-familien*

Pfefferberg Theater

Im historischen Ambiente heißt das Theater seine Besucher:innen willkommen. Im Winter kommen hier die Märchendarbietungen des Hexenberg Ensembles auf die Bühne. Auch Veranstaltungen im Rahmen von Literatur LIVE finden am Pfefferberg statt, der vor oder nach dem Kulturgenuss auch mit Braugasthaus und Biergarten lockt. *Schönhauser Allee 176, 10119 Berlin-PB, T: 9393585555, pfefferberg-theater.de*

TIPP Pierre Boulez Saal

Ein Konzert zu erleben und die Freude an der Musik miteinander zu teilen, ist ein wunderbares Abenteuer für alle. Der schöne Konzertsaal in Mitte ist immer eine gute Wahl für kinderfreie Abende, aber auch als frischgebackene Eltern kann man dort Musik genießen: Mit den Elternzeit-Konzerten bietet der Pierre Boulez Saal Eltern mit Babys jeweils 45-minütige Auszüge des aktuellen Programms in ungezwungener und gemütlicher Atmosphäre. *Französische Str. 33D, 10117 Berlin-MI, T: 47997411, boulezsaal.de*

Prenzlkasper

Der Prenzlkasper Uli und gastierende Puppenspieler:innen inszenieren für Kinder ab drei Jahren spannende Märchen und Geschichten rund um Kaspers Abenteuer am Meer, auf dem Bauernhof, mit der Feuerwehr oder mit dem Krokodil. Neu seit Oktober 2021 kommen auch Puppenspielstücke und literarisch-musikalische Abende für Erwachsene im Kammertheater im Prenzlkasper auf die Bühne. *Marienburger Str. 39, 10405 Berlin-PB, T: 21791060, prenzlkasper.de*

Puppentheater Firlefanz

Die Puppen und Marionetten des Theaters sind in Handarbeit angefertigt und werden seit der Eröffnung 1982 gehegt und gepflegt. Das Repertoire umfasst Kinderklassiker wie „Der Froschkönig", „Aschenputtel oder „Das tapfere Schneiderlein". *Sophienstr. 10, 10178 Berlin-MI, T: 2833560, puppentheater-firlefanz.de*

TIPP Rundfunk-Sinfonieorchester Berlin

Das RSB ist für seine liebevoll inszenierten Familien- und Kinderkonzerte bekannt. Im Mai 2022 präsentiert der beliebte KiKA-Moderator Juri Tetzlaff das Familienkonzert „Bilder einer Ausstellung". Aber auch die Abo-Konzertreihen „Rapauke macht Musik" und „Tubadur im Konzert" sind von großer Beliebtheit. Neu ist das interdisziplinäre Konzertformat „Mensch, Musik!", das sich den drängenden Fragen unserer Zeit rund um Klimakrise, Grenzen, Zukunftsvisionen und Migration widmet. *Charlottenstr. 56, 10117 Berlin-MI, T: 20298715, rsb-online.de*

Schaubude Berlin

Der Spielplan der Schaubude vereint unterschiedliche ästhetische Handschriften des zeitgenössischen Puppen-, Figuren- und Objekttheaters. Beim jährlichen Festival „Theater der Dinge" geben nationale und internationale Gastspiele ihre Stücke zum Besten. Darüber hinaus werden hier ein kreatives Kinder- und Abendprogramm und in den Ferien spannende Workshops geboten. *Greifswalder Str. 81-84, 10405 Berlin-PB, T: 4234314, schaubude.berlin*

TIPP Schlossplatztheater

Zwischen Rathaus und Schlossplatz Köpenick gelegen, hat das Schlossplatztheater 1995 in der ersten Etage eines Bürgerhauses des späten 19. Jahrhunderts seinen Spielbetrieb aufgenommen. Auf dem aktuellen Spielplan stehen Produktionen für Kinder, Jugendliche und Erwachsene. Mit großer künstlerischer Konsequenz werden hier eigene

Ideen verwirklicht und spannende Gastspiele auf die Bühne geholt. Zum Programm gehört auch das „Junge Schlossplatztheater“, mit theaterpädagogischen Projekten mit Kinder und Jugendlichen. *Alt-Köpenick 31, 12555 Berlin-KÖ, T: 6516516, schlossplatztheater.de*

TIPP Staatsoper Unter den Linden

Das vielfältige Programm der Jungen Staatsoper lädt Kinder und Jugendliche ein, die Oper während spezieller Familienvorführungen klassischer Opern von „Tosca“ bis „Zauberflöte“ und bei Kinderkonzerten zu erleben. Die Kinderoper „Pinocchios Abenteuer“ wird 2022 ebenso gespielt wie die neue Produktion des Kinderopernhauses „Geschwinde, ihr wirbelnden Winde“. Im Opernkinderorchester lernen junge Instrumentalist:innen im Alter von sieben bis 13 Jahren hautnah den Orchesterbetrieb kennen. Sie proben und spielen unter der Anleitung professioneller Musiker:innen und präsentieren sich im Rahmen der FESTTAGE 2022 mit Arien und Duetten aus den Mozart-Da-Ponte-Opern. Hinter die Kulissen des Opernbetriebs kann man bei Führungen schauen. Zudem veranstaltet die Staatsoper einmal im Jahr unter freiem Himmel die „Staatsoper für alle“ auf dem Bebelplatz, in dieser Spielzeit am 18. und 19. Juni 2022. *Unter den Linden 7, 10117 Berlin-MI, T: 203540, staatsoper-berlin.de*

TIPP/NEU Theater an der Parkaue

Das Junge Staatstheater zählt zu den spannendsten Theaterorten der Stadt. Aufgrund aufwendiger Sanierungen werden in den kommenden zwei Jahren nur die Bühne 3 und die neue Bühne 4 auf dem Vorplatz des Hauses bespielt. Das soll aber der kreativen Kraft des Ensembles keinen Abbruch tun. Ganz im Gegenteil: Unter neuer Intendanz werden in der Spielsaison 2021/22 einige spannende Premieren neuer Inszenierungen gefeiert: Unter anderem das Musiktheaterstück „Was?“ (ab acht Jahren) von Schorsch Kamerun, „Funken“ (ab zwölf Jahren) oder „Meerjungfrauen* rülpsen besser“ (ab fünf Jahren). Das Repertoire umfasst noch zahlreiche weitere sehenswerte Stücke für Teens, Grundschul- und Kitakinder. *Parkaue 29, 10367 Berlin-LI, T: 55775252, parkaue.de*

Theater der kleinen Form

Die familiären Räume des Kindertheaters in Friedrichshain sind ein feiner Ort für Kitakinder, um die Welt des Puppentheaters kennenzulernen. An den beeindruckenden Inszenierungen wie „Das sehr unfreundliche Krokodil“, „Die Nachtigall“ oder „Die Zuckerfee“ für Kinder ab drei Jahren haben auch Erwachsene ihre helle Freude. Neben Vorstellungen bietet das charmante Theater in seinen Räumen

TIPP DER REDAKTION

Theater-Ausflug

—

Tipp von Gabriele mit Emil und Pauline

Als die Kinder kleiner waren – inzwischen sind sie 18 und 20 – lockte uns das „Junge Schlossplatztheater“ in den Ostteil der Stadt. Dahinter verbergen sich Theaterprojekte mit Kinder und Jugendlichen. Alles stets in frischer, fantasievoller und engagierter Form auf die Bühne gebracht! Schlossplatztheater, Seite 84

zudem musikalische Kurse und Kindergeburtstage. Unter Pandemiebedingungen finden weniger Zuschauer:innen Platz, daher empfiehlt es sich, rechtzeitig Tickets zu sichern. *Gubener Str. 45, 10243 Berlin-FR, T: 29350461, theater-der-kleinen-form.de*

Theater Jaro

Die Theatergruppe bringt ausschließlich eigene Stücke auf die Bühne und begeistert damit Zuschauer:innen von zwei bis zehn Jahren. Schauspieler:innen, Puppen und viel Musik erzählen liebevolle Geschichten von Dinosauriern, Feen und fliegenden Kamelen. Neben den beliebten bekannten Jaro-Stücken wie „Ein Dinosaurier im Kühlschrank" (ab drei Jahren) oder „Waschtag bei Familie Clown" (ab zwei Jahren) gibt es einige neue Inszenierungen auch für etwas ältere Kinder wie etwa „Klima-Fieber oder Lea und Karl sehen Grün" (ab sieben Jahre), das im September 2021 Premiere feierte. Und wer es nicht ins Theater nach Wilmersdorf schafft, kann sich viele der Stücke als Theaterfilme nach Hause holen. *Schlangenbader Str. 30, 14197 Berlin-Wi, T: 3410442, theater-jaro.de*

Theater Mirakulum

Mirakulum bedeutet Wunderwerk. Als künstlerisches und unternehmerisches Allroundtalent leitet Thomas Mierau das Theater, welches bei Berliner Kindern und Erwachsenen für seine Individualität und kreative Atmosphäre sehr geschätzt wird. Seit 1991 werden dort Märchenadaptionen, Fabelbearbeitungen und Alltagsgeschichten in den Spieltechniken Marionette, Handpuppe, Farbschemen und Schattenspiel dargeboten. Gespielt wird in einer ehemaligen Marionettenwerkstatt, gut erreichbar am U-Bahnhof Bernauer Straße gelegen. *Brunnenstr. 35, 10115 Berlin-Mi, T: 4490820, mirakulum.de*

TIPP Theater o.N.

Das kleine großartige Theater mitten im Kollwitzkiez hat sich nicht zuletzt durch das alle zwei Jahre stattfindende FRATZ Festival einen Namen mit seiner Theaterarbeit für das jüngste Publikum gemacht: Die künstlerisch anspruchsvollen und abwechlsungsreichen Inszenierungen für die Kleinsten ab sechs Monaten zeugen davon. Da die Stücke für das jüngste Publikum sich durch ein körperbetontes Spiel und Arbeiten auszeichnen und nicht sprachbasiert sind, eignen sie sich auch für nichtdeutschsprachige Kinder und Eltern. Ihr könnt das Theater auch bei einem Kindergeburtstag besuchen – ab zehn Tickets gibt es eine Freikarte. Kleiner Tipp am Rande: Auch die Inszenierungen für Erwachsene sind unbedingt sehenswert. *Kollwitzstr. 53, 10405 Berlin-Pb, T: 4409214, theater-on.com*

TIPP/NEU Theater Strahl

Als eine der wichtigsten Berliner Bühnen für anspruchsvolles Theater für junges Publikum, bespielt das Theater mit dem neuen Standort am Ostkreuz neuerdings gleich drei Orte in Berlin mit Schauspiel, Masken-Beatbox-Theater, Tanztheater und interaktiven Stücken – in den warmen Monaten auch Open Air. Die Stücke und Angebote richten sich an Zuschauer:innen ab zwölf Jahren und führen auch in die Welt des Theaters ein. Jugendliche werden dabei in die Stückfindung und -entwicklung einbezogen. So finden ihre Perspektiven und Themen in vielfältigen ästhetischen Formen Resonanz auf der Bühne. Mit dem Ziel, möglichst viele Jugendliche aus allen Lebensbereichen anzusprechen, bietet Strahl ein umfangreiches theaterpädagogisches Programm. *Kulturcentrum DIE WEISSE ROSE: Martin-Luther-Str. 77, 10825 Berlin-SB; Kulturhaus Schöneberg: Kyffhäuserstr. 23, 10781 Berlin-SB; Theater Strahl Ostkreuz, Marktstr. 9–12, 10317 Berlin-LI , T: 69599222, theater-strahl.de*

Varia vineta

Theaterfans ab drei Jahren können in dem gemütlichen Theater mit Stücken rund um die bekannten Figuren Schneewittchen, Rapunzel, Frau Holle oder Hänsel und Gretel in die Welt der Märchen eintauchen. *Berliner Str. 53, 13189 Berlin-PA, T: 43723244, stadttheaterpankow.de*

Wintergarten – Das Varieté

Dunkler Samt, edles Holz und der einzigartige Sternenhimmel bilden eine Atmosphäre, die Vorfreude weckt. Pünktlich zur besinnlichen Zeit des Jahres setzt der Wintergarten von November 2021 bis Januar 2022 seine beliebte Familienveranstaltungsreihe „Zimt & Zauber" in Zusammenarbeit mit CABUWAZI fort, die sehenswerte Show widmet sich der Sterntaler-Geschichte. *Potsdamer Str. 96, 10785 Berlin-TI, T: 588433, wintergarten-berlin.de*

Zimmer 16 – camera dell' arte

Sowohl Spielstätte für Theater, Comedy, Musik und Film als auch Ausstellungsraum für Malerei und Fotografie ist die Kleinkunstbühne. Das Angebot des Kindertheaters im Zimmer 16 richtet sich mit vielen Gastspielen an junge Zuschauer:innen zwischen zwei und acht Jahren. Es zeichnet sich durch seine Diversität vom traditionellen Puppentheater über das Marionettentheater bis hin zu Mitspieltheater und Kinderkonzerten aus. Im schönen Florakiez gelegen, mit Spielplatz und kinderfreundlichen Cafés in der näheren Umgebung, ist das Zimmer 16 auch ein wirklich feiner Ort für einen Kindergeburtstag. *Florastr. 16, 13187 Berlin-PA, T: 48096800, zimmer-16.de*

Kulturzentren

NEU Alte Möbelfabrik

Unter Einbeziehung verschiedener künstlerischer Ausdrucksformen und professioneller Anleitung entwickeln hier Kinder ihre eigenen Stücke zu lebensnahen Themen, die im Schlossplatztheater auf die Bühne gebracht werden. Seit September 2021 gibt es einen offenen kreativen Bereich zum Malen, Gestalten, Theater spielen, Bewegungen ausprobieren und gemeinsam Neues entdecken. *Karlstr. 12, 12557 Berlin-KÖ, T: 6516516, alte-moebelfabrik.de*

NEU Berlin Global Village

Das Eine-Welt-Zentrum konnte mit 50 entwicklungspolitischen und migrantisch-diasporischen NGOs im März 2021 in den Neubau auf dem Gelände einziehen. Wenn auch der Altbau saniert ist, sollen dort ab Frühjahr 2022 noch mehr Ausstellungen, Veranstaltungen, Projekte und zivilgesellschaftliche Diskurse Raum finden. *Am Sudhaus 2, 120537 Berlin-NK, T: 49966400, berlin-global-village.de*

Die gelbe Villa

Die Kreuzberger Villa ist immer Schauplatz des Familienfests im Rahmen des internationalen literaturfestivals berlin im September. Das ganze Jahr über können Kinder zwischen sechs und 16 Jahren ein umfangreiches und vor allem kostenfreies Angebot genießen, das handwerkliche und künstlerische Workshops beinhaltet. *Wilhelmshöhe 10, 10965 Berlin-KR, T: 76765021, die-gelbe-villa.de*

TIPP FEZ-Berlin

Das größte gemeinnützige Kinder-, Jugend- und Familienzentrum in Europa befindet sich mitten in einem erholsamen Waldpark und verfügt über 170.000 Quadratmeter Outdoor- sowie 13.000 Quadratmeter Indoor-Fläche. Auch wenn man das FEZ schon zu kennen glaubt, kann man es immer wieder neu für sich entdecken. Einzigartig sind die inhaltlichen Angebote zu den Schwerpunkten globales Lernen und Bildung zur nachhaltigen Entwicklung. Außerdem findet man dort die Astrid-Lindgren-Bühne, das Alice-Kindermuseum, das Orbitall Raumfahrtzentrum, die Öko-Insel mit eigenem Mini-Regenwald, eine Schwimmhalle sowie einen Badesee mit Sandstrand. *Straße zum FEZ 2, 12459 Berlin-KÖ, T: 530710, fez-berlin.de*

Haus der Kulturen der Welt

Das Haus widmet sich in seinen Ausstellungen und Veranstaltungen den komplexen Fragen der Welt. Es ist ein Schmelztiegel für Kunst, Wissenschaft und Gesellschaftspolitik, der auch ein spannendes Bildungs- und Workshop-Programm für Kinder und Jugendliche bietet. Tipp am Rande: Im Weltwirtschaft-Restaurant und Biergarten lässt es sich herrlich einkehren. *John-Foster-Dulles-Allee 10, 10557 Berlin-TI, T: 397870, hkw.de*

Kulturhaus Spandau

Im Herzen der Spandauer Altstadt ist das Kulturhaus zu finden, das großen und kleinen Besucher:innen ein vielfältiges Angebot bietet. Nicht nur im Sommer begeistert hier die Freiluftbühne an der Zitadelle mit Kinderkonzerten und -theaterstücken, auch im Winter ist das Kulturhaus mit den Theatervorstellungen einen Besuch wert. *Mauerstr. 6, 13597 Berlin-SP, T: 3334022, kulturhaus-spandau.de*

Schwartzsche Villa

Galerie, Konzertsaal, Atelier, Proberäume, Druckwerkstatt – die Schwartzsche Villa ist all das in einem. Besonders spannend ist das Kindertheaterprogramm, das Kindertheatermacher:innen und mobilen Bühnen Raum für Gastspiele gibt. Dementsprechend abwechslungsreich sind die Aufführungen auf der Bühne in der Villa. *Grunewaldstr. 55, 12165 Berlin-ST, T: 902992212, schwartzsche-villa.de*

TIPP ufaFabrik

Seit gut 40 Jahren können große und kleine Besucher:innen der ufaFabrik kulturelle Vielfalt erleben. Auf mehr als 8.000 Quadratmetern werden in der ökologischen Kulturoase in Tempelhof vom Musikgarten bis zur Babymassage, von der Tierpflege auf dem eigenen Bauernhof bis hin zum Beatboxmusical für Kinder tolle Programme geboten. *Viktoriastr. 10-18, 12105 Berlin-TE, T: 755030, ufafabrik.de*

Urania

Nahe des Wittenbergplatzes wird in der Urania seit mehr als 100 Jahren eine Schnittstelle zwischen Wissenschaft und Stadtgesellschaft geschaffen. Es lohnt sich, das Programm regelmäßig zu checken, wann dort wieder Kindermusicals und Familienkonzerte veranstaltet werden. *An der Urania 17, 10787 Berlin-SB, T: 2189091, urania.de*

YAAM

Multikulti, direkt an der Spree und voller Musik: Im YAAM ist vor allem im Sommer jeden Tag etwas los. Kleine Berliner:innen können sich im Kidscorner kreativ entfalten und bei zahlreichen kulturellen und sportlichen Aktivitäten auspowern. Das Angebot reicht von allerlei Workshops bis hin zu urbanen Sportangeboten. Und natürlich jeder Menge beschwingter Konzerte. *An der Schillingbrücke 3, 10243 Berlin-FR, T: 6151354, yaam.de*

GEBURTSTAG FEIERN

Gute Nachrichten

Museum für Kommunikation

Für Kinder ab 4 Jahren,
bis 8 Kinder, ca. 90 Euro

Leipziger Str. 16, 10117 Berlin-MI, mfk-berlin.de, Seite 69

Mit seiner vielfältigen Dauerausstellung, die viele Stationen zum Ausprobieren und Anfassen bereithält, zählt das Museum für Kommunikation Berlin zu unseren liebsten Spots in der Stadt. Zu den Highlights gehören nicht nur die rasende Rohrpost und die rollenden Roboter im Foyer, auch der Kindergeburtstag lässt sich hier hervorragend feiern. An kreativen Möglichkeiten mangelt es nicht: Während jüngere Kinder mit Schatzkarte das Museum erforschen, als Geheimagent:innen mysteriöse Botschaften entschlüsseln oder Maschinen aus der Zukunft bauen, können ältere Geburtstagsfeiernde einzigartige Fotogramme auf Papier erstellen, einen eigenen Podcast aus Tönen und Geräuschen erstellen oder sich einen Tag lang wie ein echter YouTube-Star fühlen.

Sehenswürdigkeiten

Berliner Dom

Die Besichtigung des monumentalen Kirchengebäudes ist für Kinder kostenlos. Die Hohenzollerngruft ist wegen Umbau- und Sanierungsarbeiten voraussichtlich bis 2023 geschlossen. Eindrucksvoll sind auch die Familienkonzerte, die dort zu besonderen Anlässen wie St. Martin oder zu Weihnachten stattfinden. *Am Lustgarten, 10178 Berlin-MI, T: 20269136, berlinerdom.de*

Berliner Fernsehturm

Der 368 Meter hohe Turm, der vor allem durch seine Silhouette das Berliner Stadtbild prägt, ist eine der bedeutendsten Sehenswürdigkeiten, gilt er doch als höchstes Bauwerk Deutschlands. Von hier aus erhalten Besucher:innen einen spektakulären Ausblick über die ganze Stadt. *Panoramastr. 1A, 10178 Berlin-MI, T: 247575875, tv-turm.de*

Denkmal für die ermordeten Juden Europas

Zwischen Brandenburger Tor und Potsdamer Platz liegt das Holocaust-Mahnmal. Das Stelenfeld besteht aus 2.711 Betonblöcken unterschiedlicher Höhe. Unterirdisch befindet sich der „Ort der Information“, der über die Entrechtung, Verfolgung und Ermordung der jüdischen Menschen Europas aufklärt. Mit Zeugnissen individueller Lebensgeschichten wird an die Opfer erinnert. *Cora-Berliner-Str. 1, 10117 Berlin-MI, T: 28045961, holocaust-denkmal-berlin.de*

TIPP Deutscher Bundestag

Für die Besichtigung der beeindruckenden Kuppel und der Dachterrasse des Reichstagsgebäudes muss man sich vorher beim Besucher:innenservice anmelden. Man kann auch Führungen buchen, um mehr über die Geschichte und Architektur des Ortes zu erfahren. Kindern erklärt der Audioguide „Mit Karlchen Adler auf die Kuppel“ auf spielerische Art, was im Bundestag passiert. *Platz der Republik 1, 11011 Berlin-TI, T: 22732152, bundestag.de*

Eastside Gallery

Insgesamt 155 Kilometer war sie lang, die berühmte Berliner Mauer, die die Stadt 28 Jahre in Ost und West teilte. Das noch längste erhaltene Teilstück ist in Friedrichshain unweit der Oberbaumbrücke zu finden. *Mühlenstr. 3-100, 10243 Berlin-FR, eastsidegallery-berlin.com*

Flatowturm im Park Babelsberg

Wer bis zum Zinnenkranz des Turms hinaufklettert, durchquert sehenswerte Schlossräume. Oben belohnt ein herrlicher Panoramablick. Überhaupt ist das UNESCO-Welterbe Park Babelsberg stets einen Besuch wert. *Park Babelsberg 12, 14482 Potsdam, T: 0331-9694200, spsg.de*

Flughafen Tempelhof

Das unter Denkmalschutz stehende Gebäude spiegelt die wechselvolle Geschichte Berlins wider. Der nationalsozialistische Bau diente im Zweiten Weltkrieg der Rüstungsproduktion durch Zwangsarbeiter:innen. Doch als Symbol der Freiheit wurde der Flughafen durch die Luftbrücke von 1948/49 weltberühmt. Auf Rundgängen kann man das Gebäude mit einer Fläche von 300.000 Quadratmetern erkunden. *CHECK-IN Besucherzentrum, Platz der Luftbrücke 5, 12101 Berlin-TE, thf-berlin.de*

Gendarmenmarkt

Mit seinen monumentalen Baudenkmälern gilt er als schönster Platz Berlins. Französischer Dom und Deutscher Dom flankieren das Konzerthaus. Musikfreund:innen kommen auch beim alljährlichen Classic Open Air auf ihre Kosten und in der Adventszeit beherbergt der Platz einen der stimmungsvollsten Weihnachtsmärkte der Stadt. *Gendarmenmarkt, 10117 Berlin-MI*

Kaiser-Wilhelm-Gedächtniskirche

Die Kirche mit ihrer Turmruine, die heute als Mahnmal für den Frieden gilt, können Interessierte in täglichen Führungen besichtigen, dort an Familiengottesdiensten oder Konzerten teilnehmen und von Ende April bis Anfang Oktober bei speziellen Wochenendführungen das Innere der Turmruine erkunden. *Breitscheidplatz, 10789 Berlin-CH, T: 2185023, gedaechtniskirche-berlin.de*

Neue Synagoge

Der prächtige Bau war einst die größte Synagoge Deutschlands. Heute ist es der Sitz des Centrum Judaicums, in dem die Herausforderungen kultureller Vielfalt und Differenzen sowie verschiedene Ausprägungen des Jüdischseins thematisiert werden. *Oranienburger Str. 28-30, 10117 Berlin-MI, T: 88028316, centrumjudaicum.de*

Nikolaiviertel

Hier kommt man sich vor wie in einer anderen Stadt und Zeit – die Häuser zwischen Spree und Rotem Rathaus wurden im Vorfeld der Feierlichkeiten zur 750-Jahr-Feier Berlins von 1981 bis 1987 nach historischem Vorbild neu errichtet. Die namensgebende doppeltürmige Kirche trägt in ihrem Gemäuer Spuren aller Epochen und zeigt in Miniaturmodellen die Geschichte des Viertels. *Rund um den Nikolaikirchplatz, 10178 Berlin-MI*

TIPP Olympiastadion

Wer sich auf die Spur der deutschen Sport- und Architekturgeschichte begeben möchte, besucht das Olympiastadion. Ihr könnt das Gelände auch auf eigene Faust erkunden, mehr erfährt man aber bei den Führungen, wenn man hinter die Kulissen schauen darf. Neu ist die Lichterlebnis-Tour, bei der man die weltweit einmalige LED-Lichtanlage mit einer spektakuläre Lichtshow erleben kann. Bei verschiedenen Führungen können auch die Spielerkabinen, die unterirdische Aufwärmhalle oder die historische Multifunktionsarena besichtigt werden. Wer möchte, kann hier auch grandios Geburtstag feiern. Besuch wie Touren werden für Kinder ab einem Alter von sechs Jahren empfohlen. *Olympischer Platz 3, 14053 Berlin-CH, T: 30688100, olympiastadion.berlin*

TIPP Schloss Charlottenburg

Früher residierte die preußische Königin Sophie Charlotte in dem für sie erbauten Prachtbau und auch die folgenden Hohenzollern-Generationen fühlten sich dem Vernehmen nach dort wohl. Heute beherbergt das Schloss Ausstellungen, in denen unter anderem die Schätze aus der Silberkammer der Hohenzollern oder der Residenz ihres Enkels Friedrich des Großen gezeigt werden. Führungen durch die Gemächer und das Lustwandeln im barocken Park garantieren royalen Spaß für die ganze Familie. *Spandauer Damm 10-22, 14059 Berlin-CH, T: 320910, spsg.de*

Schloss Schönhausen

Das Barockschloss Schönhausen in Pankow hat sich vom Sommersitz der preußischen Königin über ein Kunstdepot während des Nationalsozialismus und bis zum Amtssitz des DDR-Präsidenten einer starken Wandlung unterzogen. In kaum einem anderen preußischen Schloss ist die Zeitgeschichte Deutschlands so ablesbar wie in Schönhausen. Heute beherbergt das Schloss wechselnde Veranstaltungen in den prächtigen Zimmern. *Tschaikowskistr. 1, 13156 Berlin-PA, T: 4039492625, spsg.de*

TIPP Schloss und Park Sanssouci

Ein Familienausflug nach Potsdam ist immer wieder eine gute Idee, dann steht das weltbekannte Parkensemble meist ganz oben auf der Wunschliste. Hier können Besucher:innen die von Eleganz geprägten Räume oder den Schlosspark zwischen der Orangerie, dem Chinesischen Teehaus und den berühmten Weinbergterrassen erkunden. Auch ein Besuch des westlich gelegenen Neuen Palais lohnt sich, ebenso wie die Teilnahme am vielseitigen Veranstaltungsprogramm für Kinder und Familien! *Maulbeerallee, 14469 Potsdam, T: 0331-9694200, spsg.de*

TIPP DER REDAKTION

Kunst am Pool

—

Tipp von Wenke mit Mavi (5)

Das TROPEZ ist mehr als ein Kiosk mit leckeren Pommes und kühlen Drinks. Seit 2017 finden hier jeden Sommer spannende Ausstellungen statt. Ein buntes Begleitprogramm lädt große und kleine Besucher:innen ein, Kunst auch mal abseits von Galerien oder Museen zu entdecken. TROPEZ im Sommerbad Humboldthain, Seite 126

Siegessäule

Etwa 20 Minuten spaziert man vom Brandenburger Tor bis zur verkehrsumtosten Siegessäule auf dem Großen Stern. 1864-1873 ursprünglich vor dem Reichstag erbaut, wurde sie während des Nationalsozialismus auf ihre heutige Höhe von 67 Metern erhöht und im Rahmen der Planungen für die „Reichsstadt Germania" versetzt. Geziert wird die Säule von der Figur der römischen Siegesgöttin Viktoria, vom Volksmund aufgrund ihrer Vergoldung Goldelse und heute eigentlich lieber Friedensengel genannt. Wer genug Kondition aufbringt, erklimmt die im Inneren gelegene Wendeltreppe mit ihren 285 Stufen und erhält von der Aussichtsplattform auf rund 51 Metern einen fantastischen Panoramaausblick. *Großer Stern, 10557 Berlin-TI*

TIPP Zitadelle Spandau

Die Renaissancefestung beherbergt das älteste Gebäude Berlins, den Juliusturm. Familien können jedoch nicht nur spannende Führungen, sondern auch Open-Air-Konzerte, Workshops oder das Stadtgeschichtliche Museum besuchen. Und dann gibt es ja noch die Fledermäuse, die einen im Keller erwarten. Neben dem regulären Familiensonntag am erstem Sonntag im Monat bietet die Zitadelle Spandau auf dem alljährlichen Museumskinderfest ein buntes, kostenfreies und abwechslungsreiches Workshop- und Kreativangebot an. *Am Juliusturm 64, 13599 Berlin-SP, T: 3549440, zitadelle-berlin.de*

Stadtführungen

Bärentouren

Geschichtsliebhaber:innen ab vier Jahren, die mehr von Berlins historischer Seite sehen wollen, gehen gemeinsam mit Ritter Johann auf eine spannende Erkundungstour. Zu Fuß entdecken sie interessante Orte, während der eindrucksvolle Guide von der aufregenden Stadtgeschichte erzählt: Entdeckt mit Johann den alten Turnierplatz vor dem Schloss, hört wie frevelnde Raubritter 1410 die Berliner Kuhherde stahlen, seht, wo sich seinerzeit die Stadtmauertore in Berlin befanden und erkundet, wie die Doppelstadt Cölln und Berlin im Jahre anno 1448 ausgesehen hat. Die Mittelalter-Führung wird jeden Samstagnachmittag angeboten. *T: 34787407, baerentouren.de*

Berliner Wassertaxi

Berlins schönste Seiten kann man auf dem Wasserweg entdecken, denn zum Glück liegen die meisten Berliner Sehenswürdigkeiten direkt an der Spree. Während der einstündigen Schiffsrundfahrt schippert man vorbei an Fernsehturm, Nikolaiviertel, Berliner Dom, ARD-Studio, Reichstag, Regierungsviertel und Siegessäule.
T: 65880203, berlinerwassertaxi.de

TIPP Foxtrail

Super Mix aus Schnitzeljagd, Sightseeing und Outdoor-Escape Game: Die Jagd nach dem schlauen Tier führt in kleinen Teams von zwei bis sechs Personen ab zehn Jahren quer durch die Bezirke und ist selbst für Einheimische eine spannende Herausforderung. Um dem Fuchs auf die Spur zu kommen braucht es keine App, sondern Köpfe, Hände, alle Sinne und Teamgeist. Mit den Foxtrails „Dufte" und „Knorke" lassen sich Berlin-Mitte, mit „Schnieke" die City-West und mit „Kutscher" Potsdams Innenstadt entdecken.
T: 55578686, foxtrail.de

lialo

Als Familie zeitlich unabhängig und entspannt durch die Berliner Kieze geführt werden, das geht mit dem Smartphone auf über 50 lialo Touren – viele davon sind kostenfrei. Die Kinder können auch mal das Handy übernehmen und die Großen durch die Stadt führen. An den Stopps warten abwechslungsreiche Aufgaben. Mit lialo kann zudem jede:r einfach seine eigene Smartphone-geführte Tour mit Aufgaben erstellen. Die Sichtbarkeit der Tour legt man selber fest. So kann man sie beispielsweise für einen Kindergeburtstag nur im privaten Freundeskreis teilen.
T: 62934650, lialo.com

Maranja

Als Mischung aus Escape Game, Schnitzeljagd und Sightseeing führt „Theodors Herausforderung" abenteuerlustige Berlinerkunder:innen ab 14 Jahren durch die Stadt. Los geht es in der Nähe des S-Bahnhofs Hackescher Markt. Dort erhaltet ihr eine kurze Einführung und ein Tablet von einem der Spielleiter:innen. Eine neue Tour „Geheime Mission in Tegel" ist bereits in Planung.
T: 0176-43457384, maranja.eu

TIPP Pindactica

Findige Spürnasen aufgepasst! Mit den Entdecker:innenheften des gemeinnützigen Bildungsvereins können Kinder ab sechs Jahren alleine, gemeinsam mit der ganzen Familie oder mit dem Pindactica-Team auf Outdoor-Entdeckungstouren gehen, beobachten, sammeln, rätseln, malen oder kartografieren. Warum also nicht mal eine Rallye durch den Volkspark Humboldthain, Friedrichshain, Hasenheide oder die Friedhöfe an der Kreuzberger Bergmannstraße unternehmen? *T: 34083124, pindactica.de*

Reederei Riedel

Wer Berlin vom Wasser aus erkunden möchte, der kann auf der„Berlin Hauptstadt Spreefahrt" entspannt zurückgelehnt die Highlights der Stadt an sich vorbeiziehen lassen, unter Brücken hindurch schippern und Spannendes über Stadt und Bewohner:innen erfahren. Ab- und angelegt wird an der Gustav-Heinemann-Brücke am Hauptbahnhof. *T: 62933194, reederei-riedel.de*

Stadt im Ohr

Familien, die auf interaktive Weise die Kieze der Stadt erkunden wollen, sind mit den Hörspielen von Stadt im Ohr gut beraten. So entdecken Kinder ab neun Jahren gemeinsam mit dem weit gereisten Kater Socks vom Helmholtzplatz den geschichtsträchtigen Prenzlauer Berg oder folgen der Audiotour „Zwischen den Welten" über die Oberbaumbrücke zwischen Kreuzberg und Friedrichshain. Die Familienhörspiele zum Mitlaufen bekommt man als Download auf der Website oder im App-Store.
T: 20078841, stadt-im-ohr.de

Stadtspiel Schnitzeljagd Berlin

Bestens geeignet für Familien, die Berlin mit Kindern und Spaß erkunden möchten, ist die Schnitzeljagd „Berlins Mitte für Kinder". In zwei bis drei Stunden erkundet man dabei die bekanntesten Sehenswürdigkeiten und Attraktionen von Fernsehturm bis Potsdamer Platz und erfährt ganz nebenbei viel über Berlins Geschichte. Jede Stadtspiel-Box enthält verschlossene Briefumschläge mit Rätsel, die ihr vor Ort lösen müsst, um weiterzukommen.
T: 0351-2136800, stadtspiel-berlin.de

TIPP StattReisen Berlin

Kinder zwischen acht und zwölf Jahren können gemeinsam mit ihren Eltern an den öffentlichen Kindertouren teilnehmen und auf spielerische Weise Berlin entdecken. Sieben verschiedene Kindertouren hat das Berliner StattReisen-Team im Repertoire, die ihr auch einzeln für einen spannenden Kindergeburtstagsausflug buchen könnt. Mit viel Spaß gehen dann Nachwuchsdetektiv:innen auf die Suche nach dem Dieb mit dem schwarzen Hut oder Spürnasen versuchen, den verschwundenen Schatz der Museumsinsel aufzuspüren. *T: 4553028, stattreisenberlin.de*

TIPP Streetart-Führungen

Caro Eickhoff bringt in ihren Graffiti- und Streetart-Führungen Familien die hiesige Welt der Streetart nahe und eröffnet eine neue Perspektive auf die Stadt. Dabei geht sie mit Teilnehmer:innen ab acht Jahren zwei Stunden mit spazieren, dazu gibt es Hintergrundinfos und viele praktische Beispiele sowie viel Raum für Fragen und Beobachtungen. Ganz neu konzipiert bietet sie seit 2021 Jahr auch virtuelle Touren an: „Live aus der Stadt" und „Live aus dem Studio". *T: 0157-71567869, streetart-fuehrungen.de*

Stern und Kreisschifffahrt

Sightseeing vom Wasser aus – die verschiedenen Schiffstouren führen durch Berlins historische Mitte und durchs Regierungsviertel oder über die Seen der Umgebung. Durch die City, über die Havel oder die Spree – Wasserbegeisterte erleben die Geschichte Berlins und entdecken die Stadt gleichzeitig aus einer ganz neuen Perspektive.
T: 5363600, sternundkreis.de

Your City Quest

Flexibler als mit den Smartphone-Stadtrallyes geht es kaum. Nach der Buchung erhaltet ihr einen Code (gültig für zehn Spieler:innen bzw. Geräte), mit dem ihr die jeweilige Mission starten könnt, wann ihr möchtet. Ihr könnt das Abenteuer auch unterbrechen und später weiterspielen, wenn euch beispielsweise ein Regenguss überrascht. Zwei Touren eignen sich besonders mit Kindern: „Der Hauptmann von Köpenick" durch die historische Altstadt Köpenicks und „Adler und Affen, eine tierische Tour für Kinder und Junggebliebene" durch die Westberliner Innenstadt rund um den Zoo. *yourcityquest.de*

Vergünstigungen

Berliner FamilienPass und SuperFerienPass

Die sechs Euro, die der Familienpass des Jugendkulturservices kostet, sind jedes Jahr aufs Neue gut investiert, enthält er doch zahlreiche Vergünstigungen für echte Highlights. Auch der SuperFerienPass für neun Euro, der unzählige Rabatte, Verlosungen, freien Eintritt in die Bäder der Berliner Bäderbetriebe und zig Ideen für die schulfreien Zeiten liefert, ist ein Must-Have für Berliner Familien. *jugendkulturservice.de*

Familienpass Brandenburg

Der Familienpass Brandenburg 2021/2022 bietet rund 407 rabattierte Angebote aus den Bereichen Freizeit, Bildung, Sport und Spaß vom Badeerlebnis im Freizeitbad, über spannende Museumsführungen bis zu Action und Abenteuer im Naturpark. Der Pass ist bis Ende Juni 2022 für die ganze Familie gültig und lohnt sich für alle, die häufiger Ausflüge ins Umland wagen und Neues entdecken möchten. *familienpass-brandenburg.de*

AKTIV

CH Charlottenburg
FR Friedrichshain
HE Hellersdorf
HO Hohenschönhausen
KÖ Köpenick
KR Kreuzberg
LI Lichtenberg
MA Marzahn
MI Mitte
NK Neukölln
PA Pankow
PB Prenzlauer Berg
RE Reinickendorf
SB Schöneberg
SP Spandau
ST Steglitz
TE Tempelhof
TI Tiergarten
TR Treptow
WE Wedding
WI Wilmersdorf
WS Weißensee
ZE Zehlendorf

Parks

Botanischer Garten Berlin

Hier blüht und grünt es zu jeder Jahreszeit. Der Botanische Garten Berlin zählt wegen seiner Fläche, aber auch aufgrund der Artenvielfalt zu den bedeutendsten Gärten der Welt. Vor über hundert Jahren sollte hier die ganze Welt in einem Garten versammelt werden, dieses Ziel ist heute erreicht. Ein Highlight ist das originalgetreu restaurierte Gewächshaus, das im Jugendstil erbaut wurde und als architektonisches Meisterwerk bezeichnet wird. *Königin-Luise-Str. 6-8, 14195 Berlin-ST, T: 83850100, bgbm.de*

Botanischer Volkspark Blankenfelde Pankow

Ein wahrhaftes Idyll ist der im Norden Berlins gelegene und rund 34 Hektar große Botanische Volkspark, der mit seiner faszinierenden Landschaft zum Verweilen einlädt. Umgeben von naturbelassenen Wiesen und Wäldern können Besucher:innen auf dem ehemaligen Gelände des einst größten Berliner Schulgartens eine Vielzahl an teilweise seltenen Pflanzen, Stauden und Gewächsen entdecken oder einfach eine Runde die Seele baumeln lassen. Besonders spannend für die Jüngsten ist das Wildtiergatter, in dem das teils zutrauliche Damwild lebt, das dank der vor dem Gehege stehenden Futterautomaten gefüttert werden kann. *Blankenfelder Chaussee 5, 13159 Berlin-PA, T: 700906750, gruen-berlin.de*

TIPP Britzer Garten

Dass man nicht weit reisen muss, um mitten im Grünen zu landen, zeigt der Britzer Garten. Die weitläufige Wiesen- und Seenlandschaft bietet den idealen Ort für entspannte Picknicks, ausgedehnte Spaziergänge oder Erkundungstouren der verschiedenen Pflanzenarten. Aber auch verschiedene Tierarten wie Skudden-Schafe, Waldziegen oder Salers-Rinder gilt es hier zu entdecken. An warmen Tagen begeistert junge Besucher:innen vor allem der Wasserspielplatz, auf dem ausgiebig getobt und geplanscht werden kann. Ebenfalls ein Highlight für Schiffsliebhaber:innen im kleinen Maßstab: der Modellboothafen. Wem bei all dem Spaß der Magen knurrt, kehrt auf die Britzer Seeterassen ein und genießt köstliche Speisen als auch einen traumhaften Ausblick. *Sangerhauser Weg 1, 12349 Berlin-NK, T: 700906710, britzer-garten.de*

Bürgerpark Pankow

Mit einer Fläche von rund zwölf Hektar bietet der Bürgerpark Pankow genug Platz, um einen schönen Nachmittag zu verbringen. Wer durch das historische Eingangstor schreitet, landet in einer grünen Oase, die zum Spielen, Erholen und Entspannen einlädt. Familien können auf der ausladenden Wiese ein gemütliches Picknick genießen, herumtollen oder dem Spielplatz im westlichen Teil des Parks einen Besuch abstatten. Wer eine Pause braucht, kann im Bürgerparkcafé leckeren Kaffee und Kuchen genießen. Direkt neben dem Park ist der beliebte Kinderbauernhof Pinke Panke zu finden. *Wilhelm-Kuhr-Str., 13187 Berlin-PA, buergerpark-pankow.de*

TIPP Gärten der Welt

Familien, die eine Auszeit vom Stadtleben suchen und ein bisschen Urlaubsfeeling genießen wollen, kehren in die Gärten der Welt ein. Hier laden elf verschiedene Themengärten zu einer kleinen Weltreise ein, auf der man nicht nur die internationale Gartenkunst entdecken, sondern sich auch in ein fernes Land träumen kann. Während Höhenprofis mit der beliebten Seilbahn auf den Kienbergpark fahren, können aktive Besucher:innen mit der Natur-Bobbahn durch die Parklandschaft sausen. Für jede Menge Spaß sorgen außerdem die zahlreichen Spielmöglichkeiten. Empfehlenswert ist auch der Besuch des angrenzenden Wolkenhains, der über eine Fahrt mit der Seilbahn erreichbar ist und einen tollen Ausblick bietet. *Blumberger Damm 44, 12685 Berlin-MA, gaerten-der-welt.de*

Gutspark Marienfelde

Neben der landschaftlichen Seite des Parks, die vor allem durch ihre alten Baumbestände und weitläufigen Wiesen geprägt ist, begeistert der Schmuckgarten in unmittelbarer Nähe zum Gutshaus mit bunten Blumenbeeten, dem puristischen Brunnen und historischen Skulpturen. Der Park ist flächenmäßig nicht der größte, dafür aber recht langgestreckt, sodass man hier eine kleine Wanderung unternehmen kann. Und er schließt direkt an den Freizeitpark Marienfelde an. *Säntisstr. 182, 12277 Berlin-TE*

Humboldthain

Dieser Park am Weddinger Gesundbrunnen ist auf den alten Flaktürmen des darunter liegenden Bunkers gewachsen. Während der blühende Rosengarten zum Entspannen einlädt, kann auf den weiten Wiesen mit den schattenspendenden Bäumen ein fröhliches Picknick eingelegt werden. Familien schätzen den Park vor allem für den Abenteuerspielplatz, der zum Herumtollen einlädt, und das Freibad mit dem Kunstkiosk Tropez. Wer die Parklandschaft und dessen Geschichte weiter erkunden will, sollte sich mit einem pindactica-Entdeckerheft ausstatten, das unter anderem im Familienzentrum Wattstraße erhältlich ist. *Brunnenstr., 13155 Berlin-WE*

GEBURTSTAG FEIERN

Berlins wilde Seiten

StadtNatur Berlin

Ab 4 Jahren, bis 15 Kinder, 180 Euro

stadtnatur-berlin.de

Dass Berlin sich einer artenreichen Stadtnatur und vielen grünen Ecken rühmen darf, ist sicher bekannt. Die urbane Flora und Fauna zu entdecken und zu schützen, hat sich StadtNatur Berlin zur Aufgabe gemacht und zeigt Kindern bei den Geburtstagstouren die wilde Seite der Hauptstadt. Diese können dabei zu kleinen Forscher:innen werden und auf Großstadtsafari nicht nur die Spuren von Waschbär, Fuchs und Co. aufspüren, sondern auch dem kleinsten Krebs der Welt begegnen. In der Wildkräuter-Werkstatt zeigt sich, welche Leckereien am Wegesrand wachsen und was man daraus noch so zaubern kann: Von Blütentattoos bis zum Lippenbalsam entstehen tolle Dinge. Auf der Klimatour gehen Umweltschützer:innen auf Jagd nach CO_2-Teilchen, führen ein spannendes Experiment zum Glashaus-Effekt durch und machen rasante Klima-Spiele, die noch lange in Erinnerung bleiben.

Körnerpark

Der Körnerpark ist ein Neuköllner Geheimtipp. Betritt man die Gartenanlage, fühlt man sich vollkommen zu Recht als wäre man plötzlich in königlichen Gefilden unterwegs. Die Orangerie lädt zu kultureller Bildung in ihre Galerie und auch Kaffee, Kuchen oder Limonade lässt sich hier hervorragend schmausen. Wechselweise finden Veranstaltungen statt, wie etwa das Freiluftkino, Lesungen, Musik oder Tanz. Trotzdem geht es nicht nur herrschaftlich zu. Der Park wird im Sommer von all jenen bevölkert, die sich ein Fleckchen Grün wünschen. Und ab Einbruch der Dunkelheit wird hier die Stimmung ganz magisch, denn der Trubel beruhigt sich und man kann hie und da gedämpften Stimmen lauschen. Die angrenzende Pizzeria ist sehr zu empfehlen! *Schierker Str. 8, 12051 Berlin-NK, körnerpark.de*

Mauerpark

Wo einst die Berliner Mauer die Stadt in Ost und West teilte, liegt heute der Mauerpark. Während Familien unter der Woche entspannt die Sonne genießen, Fußball spielen oder mit Freund:innen picknicken, verwandelt sich der Park am Sonntag in eine bunte Kulturstätte mit Flohmarkt und Open-Air-Karaoke. Sobald das Wetter wärmer wird und sich der Sommer ankündigt, lockt es viele Straßenkünstler:innen und Schaulustige in den Park. Im Winter wird der Hügel zur Rodelpiste. *Gleimstr. 55, Bernauer Str., 10437 Berlin-PB, T: 60980018, mauerpark.info*

TIPP Naturpark Nuthe-Nieplitz

Nur knappe 30 Minuten mit dem Auto entfernt vom turbulenten Großstadttreiben landen Familien in einer vollkommen ländlichen Gelassenheit, die zu einem entspannten Tagesausflug einlädt. Auf dem ehemaligen militärischen Übungsplatz Jüterborg hat sich mittlerweile auf einer Fläche von 7.000 Hektar die Natur frei entfaltet und bietet heute eine abwechslungsreiche Landschaft aus offenen Dünen, Heiden mit Feuchtgebieten, Pionierwäldern und steppenartigen Sandgebieten. Ein guter Startpunkt für eine Tour ist das NaturparkZentrum am Wildgehege Glauer Tal. Dank des neuen kostenlosen Audioguides können Familien ganz einfach ihre Lieblingstour aussuchen und schon kann die Wandertour beginnen. Nach der aktiven Entdeckungsreise kann im Café am Wildgehege eine Pause eingelegt werden. *Glauer Tal 1, 14959 Trebbin OT Blankensee, T: 033731-700462, naturpark-nuthe-nieplitz.de*

Naturpark Schöneberger Südgelände

Der ehemalige Rangierbahnhof ist heute ein wilder Märchenwald, der viele Geschichten erzählt. Sein Wahrzeichen ist ein 50 Meter hoher Wasserturm aus Stahl.

Alte Schienen, eine Drehscheibe und eine Dampflok, die von der Natur nach und nach überwuchert werden, erinnern an eine andere Zeit und können auf einem Rundgang erkundet werden. Das Spielparadies bietet für Erfinderische und Kletterbegeisterte unzählige Möglichkeiten zum Austoben und Entdecken. Auch kreatives Recycling, Aktionen zu Wildnistraining sowie Hexenkräuterküche werden hier angeboten. *Prellerweg 47-49, 12157 Berlin-SB, T: 700906760, suedgelaende.de*

Park am Gleisdreieck

Der Park am Gleisdreieck hat sich bereits 2013 von einer wilden Brachfläche in einen grünen Freiraum verwandelt, der vor allem für sportliche Familien ein wahres Highlight ist. Ob Yoga auf der Wiese, Tischtennis und Boule unter den schattigen Bäumen oder Trampolin springen mitten im Park – hier kann man sich so richtig austoben. Zudem gibt es tolle Spielplätze für unterschiedliche Altersstufen. *Möckernstr. 26, 10963 Berlin-KR, T: 700906710, gruen-berlin.de*

TIPP Pfaueninsel

Wenn die Sonne ihre Strahlen ausbreitet, ist eines der beliebtesten Ausflugsziele die Pfaueninsel, die sich eingebettet zwischen Wald und Wasser im Südwesten Berlins befindet. Nach einer kurzen Fährfahrt über die malerische Havel erreichen Familien das paradiesische Eiland, das als Ort der Ruhe, der Naturnähe und des preußisch-Königlichen Lebensgefühls gilt. Während die märchenhafte Umgebung mit bunten Frühlingsblühern, 400 Jahre alten Eichen und dem ältesten Rosengarten Berlins lockt, lädt die Spielwiese zum gemütlichen Picknick ein. Natürlich kann man hier auch schon mal den einen oder anderen Pfau mit seinem grazilen Federkleid vorbeischreiten sehen. Kinder, die während ihres Besuchs mehr über die Insel und ihre Geschichte erfahren wollen, können sich vorher auf der Website die Entdeckungstour herunterladen. *Nikolskoer Weg, 14109 Berlin-ZE, spsg.de*

TIPP/NEU Plänterwald und Neuer Spreepark

Südöstlich an den Treptower Park schließt sich der Plänterwald an. Hier kann man sich auf dem Waldspielplatz austoben. Der beliebte Wasserspielplatz Plansche wird saniert und im Juni 2022 in strahlendem Glanz neu eröffnet. An der nördlichen Spitze des Plänterwalds findet man den Spreepark. Mystisch, magisch vielleicht ein bisschen gruselig. Der Spreepark lässt das Image des verlassenen Ortes nach und nach hinter sich. Der einzige Freizeitpark der DDR lag lange brach und die Natur eroberte sich Fahrgeschäfte, Losbuden und Karussells zurück, bis sich die Stadt Berlin dazu entschloss den besonderen Ort nicht sich selbst zu überlassen. Das Projekt der Parkgestaltung soll die Berliner Bürger:innen mit einbinden, die Geschichte des Parks aufgreifen und die Themen Kunst, Kultur und Natur harmonisch verbinden. Ab 2022 ist die schrittweise Eröffnung des Parks geplant und bis 2026 soll sich der Park in einen offenen, lebendigen Freiraum verwandelten. Neugierige, die wissen möchten, was die Planungen für den Neuen Spreepark vorsieht, werden im Info-Pavillon oder auf der Website fündig. *Dammweg, 12437 Berlin-TR, gruen-berlin.de, spreepark.berlin*

Schloss und Landschaftsgarten Glienicke

Auf der Berliner Seite der Glienicker Brücke liegen Schloss und Garten, die zum UNESCO-Weltkulturerbe zählen. Über Wiesen, Bäume und Hügel erstreckt sich die Parkanlage bis zur Havel hinunter. Das Schloss sollte man unbedingt betreten und sich von der Farbenpracht verzaubern lassen: In Rot und Blau leuchten die Salons im Innern des Guts und untermalen die Ausstellung der antiken Möbelstücke. *Königstr. 36, 14109 Berlin-ZE, T: 80586750, spsg.de*

Schlosspark Pankow

An herrlichen Sommertagen kommen Familien gerne in den Pankower Schlosspark, um sich auf den grünen Wiesen niederzulassen und ein paar entspannte Stunden zu genießen. Entlang der zahlreichen geschwungenen Wege kann man dem Lauf der Panke folgen, bevor es zu dem Türenspielplatz im Norden oder dem Eisenbahnspielplatz im Osten des Parks geht, wo aktive Kinder großen Kletterspaß erleben. Der Park wurde zu Zeiten der Mauer in zwei Bereiche unterteilt, die sich immer noch im Landschaftsbild erkennen lassen: Der ruhige Klostergarten hebt sich vom baumreichen Volkspark mit schlängelndem Bachlauf ab. Wer eine Abkühlung benötigt, stattet dem Sommerbad Pankow im südlichen Teil einen Besuch ab. Auch das im Park liegende Schloss Schönhausen ist ein beliebtes Ausflugsziel. *Am Schloßpark, 13187 Berlin-PA*

Stadtpark Steglitz

Zwischen Heinbuchenhecken, Rosengärten und Seerosenteichen lässt sich im Stadtpark Steglitz eine entspannte Auszeit und etwas Abgeschiedenheit genießen. Diese grüne Stadtparkoase ist größtenteils bewaldet und so findet man dort immer ein Schattenplätzchen. Neben Spazierwegen, Liegewiesen und einem Musikpavillon mit Sommerkonzerten bietet der Park Spielplätze, eine Minigolfanlage und ein Restaurant im Rosengarten. Im Winter eignet sich der kleine Hügel perfekt zum Rodeln. *Albrechtstr./Sedanstr., 12167 Berlin-ST*

Raus aus der trubeligen Stadt und rein ins grüne Abenteuer. Der Spreewald lädt naturliebhabende Familien zu einem idyllischen Ausflug voller Erlebnisse ein.

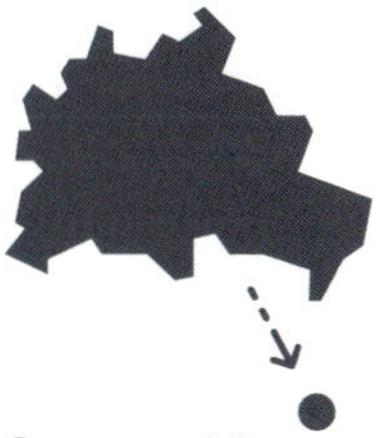

Spreewald

Bahnhof Lübbenau/Spreewald
03222 Lübbenau/Spreewald

Freilandmuseum Lehde
An der Giglitza 1a
03222 Lübbenau/Spreewald OT Lehde
T: 03573-8702440
museums-entdecker.de

Ort zum Abtauchen

Ankommen, eintauchen und genießen – der Spreewald ist ein wahres Idyll und lädt mit einer Fläche von rund 475 Quadratkilometern zu einem Tages-, Wochenend- oder Ferienausflug ein. Taucht ein in eine romantische Landschaft zwischen malerischen Dörfern, grünen Auen, dichten Wäldern und verwunschenen Fließen.

Wer noch nie einen Fuß in den Spreewald gesetzt hat, startet den Ausflug am besten im idyllischen Städtchen Lübben, das man innerhalb einer Stunde von Berlin aus mit dem Zug erreichen kann. Hier ist ein der beliebtesten Unternehmungen die Erkundungstour vom Wasser aus. Hierfür leiht man sich an einer der Verleihstationen ein Kanu, Stand Up-Paddle Board oder entscheidet sich für eine Kahnfahrt, während der man sich zurücklehnen kann und die zauberhafte Landschaft genießen kann.

Ein weiteres Highlight ist ein Besuch im Freilandmuseum Lehde, in dem man zurück ins 19. Jahrhundert versetzt wird und einen Einblick in das damalige Leben der sorbischen/wendischen und deutschen Spreewaldbewohner:innen bekommt. Kinder können hier ausprobieren, wie man Wäsche unter freiem Himmel wäscht, mit Holzpantinen läuft oder mit Geschicklichkeit eine Kuh melkt.

Wer nach all dem Spaß noch Energie hat, macht einen Abstecher auf den Spielplatz „Spreewaldreich", der mit zahlreichen Kletterelementen, Rutschen und Schaukeln für große und kleine Kinder sowie einem Barfußpfad und Wasserspielbereich lockt.

An kühleren Tagen ist der Besuch im Spreewelten Bad Lübbenau ein echtes Highlight. Hier kann man die einmalige Chance nutzen, nur durch eine Plexiglasscheibe getrennt, mit Pinguinen um die Wette zu tauchen. Für noch mehr Badespaß sorgen das Wellenbecken sowie die interaktive Rutsche, bei der man die Geschwindigkeit, Musik und Beleuchtung nach eigenen Wünschen konfigurieren kann. Wenn beim Planschen Hunger aufkommt, könnt ihr dort ins Birkenrestaurant einkehren.

Spreewelten Bad Lübbenau
Alte Huttung 13
03222 Lübbenau/Spreewald
T: 03542-894160
spreewelten.de

TIPP Tempelhofer Feld

Wer das Tempelhofer Feld betritt, erlebt die faszinierende Weite, die hier mitten in der Stadt fast grenzenlos scheint. Ein Phänomen, das wohl keine andere Stadt zu bieten hat. Während über die Start- und Landebahn früher Flugzeuge rollten, sind es heute Skater:innen und Radfahrer:innen, die hier entlangsausen und ihre Tricks üben. Natürlich kann man auf der mehr als 300 Hektar großen Fläche auch eine entspannte Auszeit genießen, ein Picknick veranstalten, Tiere beobachten oder im Herbst Drachen steigen lassen. Zudem gibt es übers Jahr verteilt tolle Veranstaltungen für Familien. *Eingänge: Tempelhofer Damm, Columbiadamm, Oderstr., 12101 Berlin-NK/TE, gruen-berlin.de*

Tiergarten

Zwischen Brandenburger Tor und Zoo findet man das grüne Herz Berlins, das mit weitläufigen Wiesen und Schatten spendenden Bäumen viel Platz für Erholung bietet. Zudem ist der Park gesäumt von Statuen, Teichen und zwei Spielplätzen. Im westlichen Teil des Parks liegt die schillernde Siegessäule, die mit ihrer Aussichtsplattform einen herrlichen Blick über den Tiergarten bietet. Das Haus der Kulturen der Welt und der Englische Garten laden zu einem Tagesspaziergang ein. *Großer Stern, Straße des 17. Juni, 10557 Berlin-TI*

Treptower Park

Die große Parkanlage, die sich an die Spree anschmiegt, bietet viele Freiflächen zum Ballspielen, Austoben und Picknicken. Es können Tretboote ausgeliehen, Fischbrötchen verzehrt oder Ehrendenkmäler besucht werden. Die zentrale Gedenkstätte für gefallene Soldaten der Roten Armee findet sich hier und imponiert mit ihrer Größe. Am Ufer entlang gelangt man zur Insel der Jugend mit Blick auf die Halbinsel Stralau. An der südöstlichen Seite geht der Park in den dichten Plänterwald über. *Am Treptower Park, Puschkinallee, 12435 Berlin-TR, treptowerpark.de*

Viktoriapark

Es gibt ihn wirklich, den Kreuzberg, dem das hippe Viertel seinen Namen verdankt. Der 66 Meter hohe Hügel liegt im Viktoriapark und überrascht mit Wald und Natur, wie man es mitten in der Stadt nicht für möglich gehalten hätte. Des Erstaunens nicht genug, stößt man bald auf einen Wasserfall, der sich seinen Weg vom Hügel hinunter bahnt und ähnlichen Exemplaren in der Gebirgslandschaft kaum in etwas nachsteht. Nicht weit ist die berühmte Bergmannstraße und bietet hungrigen Entdecker:innen eine Menge Möglichkeiten, Durst und Hunger zu stillen. *Duden-, Katzbach-, Kreuzbergstr., 10965 Berlin-KR*

Volkspark Friedrichshain

Der Volkspark Friedrichshain war tatsächlich neben dem Berliner Tiergarten der erste und einzige öffentliche Park der Stadt. Seitdem ist das Gelände stets erweitert worden. Jetzt ist hier so viel Platz, dass es sich lohnt mit seinen Inlineskates eine Runde zu drehen oder ausgiebig zu joggen. Der Märchenbrunnen imponiert mit seiner Größe und lädt im Sommer mit seinem kühlen Nass zum Verweilen ein. Wer richtig ausspannen will, spielt eine Runde Beachvolleyball oder lässt sich auf eine Tasse Kaffee im Schönbrunn nieder. Sogar Bouldern kann man an den Kletterfelsen im Park. *Am Friedrichshain, Friedenstr., Landsberger Allee, 10407 Berlin-FR*

Volkspark Hasenheide

Von dem früheren Hasengehege sind dem Neuköllner Park sein Name und fünfzig Hektar Grünfläche geblieben. Als Ausflugsziel für die Familie eignet sich der Volkspark vor allem wegen seiner vielfältigen Freizeitangebote. Neben dem aufwendig gestalteten Märchenspielplatz finden sich hier ein Freiluftkino, ein Tiergehege, eine Minigolfanlage und ein Rosengarten. Auf dem Baumlehrpfad kann man alle „Bäume des Jahres" seit 1989 kennenlernen. *Columbiadamm, 10967 Berlin-NK, volkspark-hasenheide.de*

Volkspark Jungfernheide

Im Norden Charlottenburgs finden Familien mit dem Volkspark Jungfernheide den zweitgrößten Park Berlins, der nicht nur mit seiner Fläche, sondern auch mit seinem dichten Waldbestand aus Eichen, Kiefern und Buchen überzeugt. Hier kann man nicht nur prima einen entspannten Spaziergang unternehmen, sondern auch richtig viel Action erleben. Während Höhentaugliche im östlichen Teil des Parks im Waldhochseilgarten umherklettern, genießen Wasserfreunde im westlichen Teil ein Bad im Frei- oder Strandbad. *Heckerdamm, 13627 Berlin-CH*

TIPP Volkspark Potsdam

Im Norden Potsdams geht es bunt, fröhlich und lebendig zu. Hier laden tolle Spielplätze, eine große Skateanlage, Bolz-, Fußball- und Beachvolleyballplätze und sogar ein Disc-Golf-Parcours zu Bewegung ein. Wem das an Action noch nicht genug ist, bouldert an der Kletterwand im Waldpark oder erobert dort ein Trampolin. Ein Kompromiss für niemalsmüde Entdecker:innen und Eltern, die sich auch über Entspannung freuen, ist der Wasserspielplatz mit Sandstrand und Liegewiese. Hier findet sich auch das „haus im Park", das mit Eis, Pizza sowie Kaffee und Kuchen aufwartet. *Georg-Hermann-Allee 101, 14469 Potsdam, T: 0331-6206777, volkspark-potsdam.de*

Volkspark Prenzlauer Berg

Im Osten Prenzlauer Bergs liegt der gleichnamige Volkspark, der Kinder mit seinem Abenteuerspielplatz und der großen Wiese zum Austoben einlädt. Während Familien im Sommer auf ihrer Picknickdecke entspannt die Sonne genießen, eignet sich der Park im Herbst ideal zum Drachensteigen. Wenn der Park im Winter mit Schnee bedeckt ist, können Mutige mit ihrem Schlitten vom Hügel herunterrodeln. *Hohenschönhauser Str., 10407 Berlin-PB*

Volkspark Rehberge

Der Volkspark ist eine idyllische Ruheoase zwischen dem geschäftigen Wedding und der Kleingartenkolonie von Reinickendorf. Mit Tiergehegen, Liegewiesen, Spiel- und Sportplätzen sowie einer Rodelbahn von 20 Metern Höhenunterschied ist der Park ein ganzjährig beliebtes Ausflugsziel. Die Freilichtbühne lädt an Sommerabenden zum Open Air-Kino ein. *Afrikanische Str., 13351 Berlin-WE*

Volkspark Schöneberg-Wilmersdorf

Der Grünstreifen zieht sich zweieinhalb Kilometer durch den Bezirk und ist dabei nur rund 150 Meter breit. Unter alten Kastanien kann man Steintische mit vorgeprägtem Schach- und Mühle-Muster nutzen. Eine Vielzahl an Spielplätzen mit Klettergeräten und Schaukeln sowie Sportmöglichkeiten von Tischtennis bis zu Minigolf werden Bewegungshungrigen jeden Alters gerecht. *Am Volkspark, Straße am Schoeler Park, 10715 Berlin-WI*

Gärten

Allmende Kontor Gemeinschaftsgarten

Seit 2011 hat sich der interkulturelle Gemeinschaftsgarten zu einer grünen Oase auf dem südöstlichen Teil des Tempelhofer Felds entwickelt. Hier hat der Verein seinen eigenen Bereich mit Hochbeeten zum Gärtnern, Experimentieren und Zusammensein. Auch ein Bienengarten mit acht fleißigen Bienenvölkern ist Teil der Anlage, ebenso wie der Färberpflanzgarten der Initiative „Die Schönfärberinnen", die das alte Wissen um pflanzlicher Farbstoffe lebendig erhalten. *Oderstr., 12049 Berlin-NK, allmende-kontor.de*

TIPP Bauerngarten

Das Gras wachsen hören, lebendige Erde zwischen den Fingern spüren sowie knackiges Bio-Gemüse ernten – all das geht an einem der vier Berliner Bauerngarten-Standorte. Eine Parzelle buchen und dann kann im Frühjahr auf dem bereits vorbereiteten kleinen Acker gepflanzt, gepflegt und geerntet werden. Dabei kümmert sich das Bauerngarten-Team um den Boden und die Bewässerung, mäht, repariert, besorgt Bio-Saatgut, Gartenwerkzeug und stellt kräftige Bio-Jungpflanzen bereit. *Pankow: im Botanischen Volkspark, Blankenfelder Chaussee 5, 13159 Berlin-PA; Havelmathen: Kladower Damm 57, 14089 Berlin-SP; Ahrensfeld: Eichner Grenzweg/Ahrensfelder Chaussee, 16356 Ahrensfelde; Mette: Querweg 6 1/2, 12529 Schönefeld, T: 28482436, bauerngarten.net*

Bürgergarten Laskerwiese

Der Bürgergarten Laskerwiese ist eine Initiative von Anwohner:innen unterschiedlichster Generationen und Herkunft, die sich beim nachbarschaftlichen Gärtnern begegnen. Neben dem Gemeinschaftsgarten und einzelnen Parzellen, gibt es auch eine für alle offene Grünanlage mit Ballspielfeld und Grillmöglichkeiten. An gemeinsamen Gartentagen treffen sich alle, um sich gegenseitig mit Workshops, Saatgut, Setzlingen und Tipps und Tricks beim Gartenbau zu helfen. *Laskerstr., 10245 Berlin-FR, T: 29772610, laskerwiese.de*

TIPP ElisaBeet

Sommerwiese, Märchenwald und Gemüsegarten – nachdem im Sommer 2020 das ElisaBeet in die Wollankstraße im Soldiner Kiez gezogen ist, entsteht hier auf der rund 2,5 Hektar großen Fläche Stück für Stück neben einem Gemüsegarten ein Aufenthalts- und Erholungsbereich. Große und kleine Gartenfreund:innen können hier beim Gärtnern helfen. Ab April bzw. Mai wird es tolle Workshops sowie verschiedene Mitmachangebote für Kinder geben. Und auch ein Lernparcours ist in Planung. *Wollankstr. 66., 13359 Berlin-WE, himmelbeet.de*

NEU himmelbeet

Wie so viele andere Gemeinschaftsgärten war die Existenz des himmelbeets bedroht. Doch das engagierte Team hat eine neue Fläche an der Grenzstraße/Gartenstraße gefunden, wo die Arbeiten für das neue himmelbeet in vollem Gange sind. Wir drücken die Daumen, dass dort Gemeinschaft und Pflanzen wieder erblühen. *himmelbeet.de*

Kiezgarten Fischerstraße

2022 sollen Gartenführungen und Neuaufnahmen in dem Rummelsburger Urban Gardening-Projekt wieder möglich sein. Wer sich fürs Mitmachen interessiert, kommt zu einer der Führungen und stellt sich dem Plenum vor. Aber nicht davon abschrecken lassen, das Projekt versteht sich als offen für Wandel, neue Ideen und Leute. *Fischerstr. 23, 10317 Berlin-LI, kiezgarten.de*

Denn sie wissen nicht, was tun …

—

Lieblings-Aktivitäten mit Teens

1
Sich Illusionen machen

Jugendliche sind heute täglich einer Vielzahl visueller Reize ausgesetzt – optische Täuschungen scheinen ihren Reiz aber trotzdem oder gerade deshalb nicht verloren zu haben. Teens haben jedenfalls eine Menge Spaß in diesen bunten Erlebniswelten. *Illuseum, Seite 65, Studio of Wonders, Seite 153*

2
Köpfchen anstrengen

Mit Grips und Gemeinschaftssinn lassen sich die verschiedensten Missionen lösen. Es gibt eine Vielzahl unterschiedlicher Settings, mit denen die Berliner Escape Rooms aufwarten, da sollte für jeden Teeniegeschmack etwas dabei sein. *Escape Games ab Seite 145*

3
Auf dem Wasser stehen

Auspowern, durchlüften, etwas Neues kennenlernen – SUP-Touren über Berlins Gewässer sind bei gutem Wetter die perfekte Mischung aus Sightseeing und sportlicher Betätigung, mit der man auch Teens hinter dem Bildschirm hervorlocken kann. *Wassersport ab Seite 125*

4
Dunkle Geschichten erkunden

Zu gruselig für jüngere Kinder, ist eine Führung durch Berlins Untergrund eine spannende Aktion, zu der sich auch maulige Heranwachsende aufraffen können. Bunker, Geisterbahnhöfe und Fluchttunnel real zu sehen, ist eindrückliches Geschichtserleben. *Berliner Unterwelten, Brunnenstr. 105, 13355 Berlin-WE, T: 49910517, berliner-unterwelten.de*

5
Urbane Kunst entdecken

Das wohl coolste Museum Berlins erstreckt sein Wirken weit über seine Gebäudewände hinaus – im und am Haus an der Bülowstraße lässt sich ebenso wie im Kiez drumherum und in der ganzen Stadt urbane Kunst entdecken. Die Augen dafür schärfen spezielle Streetart-Führungen. *Streetart-Führungen, Seite 94, URBAN NATION, Seite 75*

GEBURTSTAG FEIERN

Sportliche Geschichte

Olympiastadion

Für Kinder ab 8 Jahren, bis 9 Kinder, ca. 160 Euro

Olympischer Platz 3, 14053 Berlin-CH, T: 30688100, olympiastadion.berlin

Für Fans des Hertha BSC ist eine Geburtstagsfeier im Olympiastadion natürlich ein besonderes Highlight, aber auch für alle, deren Herz für andere Vereine schlägt oder die einfach so sportbegeistert sind, verspricht der Tag hier reichlich Action. Die Geburtstagstour führt zusammen mit erfahrenen Guides zu den spannendsten Schauplätzen des Stadions wie den Spielerkabinen, Backstagebereichen oder der unterirdischen Aufwärmhalle, die ansonsten für die Öffentlichkeit gesperrt sind und klärt Fragen rund ums Stadion. Nach der Tour kann die Geburtstagsgesellschaft beim Torwandschießen, Slalomlaufen und beim Weitsprung oder Wettrennen zeigen, was sie sportlich drauf haben. Nach dem Training gibt's im Fanrestaurant eine leckere Stärkung für alle.

Kiezgarten Rosa Rose

Nahe des S- und U-Bahnhofs Frankfurter Allee befindet sich der grüne Nachbarschaftsgarten, der das Gärtnern im Kiez unabhängig von finanziellen Mitteln oder Besitzverhältnissen ermöglichen möchte. Neben Zierpflanzen wird hier auch Obst und Gemüse angepflanzt. Während der Gartensaison treffen sich die Hobbygärtner:innen der anliegenden Kieze zum gemeinsamen Gärtnern. *Zugang über Jessnerstr. 3 oder 13, 10247 Berlin-FR, T: 32298531, rosarose-garten.net*

TIPP meine ernte

Bei meine ernte kann man für eine Saison auf einem der Felder einen kleinen Familiengarten mieten und schon geht das Gartenglück los. Im Vorfeld sät ein:e Landwirt:in rund 20 verschiedene Gemüsesorten auf dem in Gärten unterteilten Acker. Ab Mai können dann die Gartenbesitzer:innen pflegen, gärtnern und ernten, was das Zeug hält. *Grüne Trift, 13059 Berlin-HO, Hof Lutz Gericke, Klein-Ziethener-Weg 17, 12355 Berlin-NK, Neue Späth-Str., 12437 Berlin-NK, T: 0228-28617119, meine-ernte.de*

MenschenskinderGarten

Auf der ehemaligen Brache nahe des Strausberger Platzes ist ein interkultureller und generationsübergreifender Nachbarschaftsgarten entstanden. Menschen aus aller Welt treffen sich hier, um zusammen zu gärtnern, Naturerfahrungen aus erster Hand zu erleben und sich auszutauschen. *Fürstenwalder Str. 30, 10243 Berlin-FR, T: 235999650, menschenskinder-berlin.eu*

Peace of Land Gemeinschaftsgarten

Im Blumenviertel hat sich eine gut gelaunte Gärtnergemeinschaft formiert, die leidenschaftlich eine ehemalige Brachfläche in einen blühenden Permakultur-Garten verwandelt. Zu den regelmäßigen Gartentagen, Sommerfesten und Workshops sind alle Interessierten eingeladen. *Am Weingarten 14, 10407 Berlin-PB, peaceof.land*

Prachttomate Gemeinschaftsgarten

Immer wieder erstaunlich, was sich nur wenige Meter von den Hauptverkehrsstraßen entfernt für grüne Oasen verbergen. Ursprünglich aus dem Mobilen Garten an der Lahnstraße hervorgegangen, gibt es seit mittlerweile zehn Jahren den Gemeinschaftsgarten Prachttomate. Aus einer ehemaligen, Brachfläche ist durch gemeinschaftliches Engagement ein idyllischer Nutzgarten entstanden, der allerdings wie viele andere Urban Gardening-Projekte von Verdrängung bedroht ist. *Borndofer Str. 9-11, 12053 Berlin-NK, prachttomate.de*

Prinzessinnengarten Kollektiv Berlin

Nomadisch Grün, der gemeinnützige Träger der Prinzessinnengärten, hat 2019 den Moritzplatz verlassen und einen neuen Standort auf einem Teilstück des St. Jacobi Friedhofs eröffnet. Gemeinsam können Naturbegeisterte hier auf Entdeckungstour durch den Garten gehen und den Naturraum vor Ort untersuchen. Dabei lernt man, wie das Gemüse wächst und vor allem, wie man die Stadtnatur unterstützen kann. Im Anschluss versorgt das Gartencafé und Restaurant Besucher:innen mit einem köstlichen gastronomischen Angebot. *Hermannstr. 99-105, 12051 Berlin-NK, prinzessinnengarten-kollektiv.net*

Prinzessinnengarten Kreuzberg

Nach dem Wegzug von Nomadisch Grün hat sich 2019 eine Initiative zum dauerhaften Erhalt des Gemeinschaftsgartens am Moritzplatz gebildet, wo weiterhin Veranstaltungen und Aktionen stattfinden. Common Grounds setzt sich darüber hinaus politisch für Urban Gardening-Projekte in der ganzen Stadt ein, deren Erhalt bedroht ist, wie beispielsweise die Prachttomate. *Prinzessinnenstr. 15, Prinzenstr. 35-38, 10969 Berlin-KR, prinzessinnengarten.net, common-grounds.net*

TIPP Späth'sche Baumschulen

Pflanzenliebhaber:innen kommen hier auf ihre Kosten – das umfangreiche, vielfältige und hochwertige Pflanzensortiment lässt jedes Gärtner:innenherz höher schlagen. Auch ohne Pflanzenkaufabsichten lohnt sich ein Besuch des weitläufigen Geländes der historischen Baumschule, besonders zu einer der spannenden Veranstaltungen wie Frühlingsfest oder Weihnachtsmarkt, bei denen es immer ein spezielles Kinderprogramm gibt. Hofladen, Biergarten und die idyllische Pflanzenwelt machen die Baumschule immer zu einem schönen Ausflugsziel. Nur im Januar und Februar wird Winterpause gemacht. *Späthstr. 80/81, 12437 Berlin-TR, T: 63900363, spaethsche-baumschulen.de*

Stadtgarten Neue Grünstraße und Stadtgarten Heizkraftwerk Mitte

Im Herzen Berlins hat Vattenfall zwei grüne Fleckchen mit insgesamt 2.000 Quadratmetern geschaffen, auf denen Familien nach Lust und Laune gärtnern können. Dabei ist es egal, ob man Anfänger:in oder Profi ist, denn die Devise lautet: Hauptsache, man hat Freude am Gärtnern. Neben den vielen Hochbeeten gibt es unter anderem auch Sandkästen, in denen die Jüngsten buddeln können. Auch kreative Garten-Workshops für Jung und Alt werden dort kostenlos angeboten. *Neue Grünstr. 13/14, 10117 Berlin-MI, Köpenicker Str. 60, 10179 Berlin-MI, pflanz-was.vattenfall.de*

Tierparks, Zoos und Aquarien

AquaDom & SEA LIFE Berlin

Ob Clownfisch oder Hai, Seepferdchen oder Oktopus – große und kleine Besucher:innen tauchen im Sea Life in die faszinierende Unterwasserwelt ein und entdecken die spannenden Meeresbewohner der verschiedenen Ozeane ganz nah, ohne selbst dabei nass zu werden. Spielerisch werden die wichtigsten Informationen für den Lebensraum und den Schutz der Tiere präsentiert, um das Umweltbewusstsein zu fördern. *Spandauer Str. 3, 10178 Berlin-MI, T: 0180-66690101, sealife.de*

Aquarium Berlin

Kein zweites Aquarium hat eine solche Artenvielfalt zu bieten wie das Berliner Zoo-Aquarium. Vom gelben Zitronenkugelfisch bis zum beeindruckenden Hai, von der gärtnernden Ameise bis zur faszinierenden Riesenschlange – hinter der historischen Fassade warten geheimnisvolle und kuriose Tiere darauf, entdeckt zu werden! Taucht ein in die Unterwasserwelt mit exotischen Fischen und Korallen, die wie im Bilderbuch wirken. *Budapester Str. 32, 10787 Berlin-TI, T: 254010, aquarium-berlin.de*

TIPP Biosphäre Potsdam

In Potsdam gehen Familien auf eine Erkundungstour durch den Dschungel und entdecken mit all ihren Sinnen den tropischen Regenwald, in dem rund 20.000 tropische Pflanzen und 140 exotische Tierarten leben. Los geht die Reise am Wasserfall und führt über verschlungene Pfade zum Schmetterlingshaus und der Unterwasserwelt bis auf den Höhenweg, von dem man das beliebte Weißbüschelaffen-Paar beobachten kann. Dabei informieren verschiedene Ausstellungselemente über Themen wie Arten- und Naturschutz. Wem nach der aufregenden Expedition der Magen knurrt, kehrt ins Café Tropencamp am Urwaldsee ein und lauscht dem stündlichen Gewitter mit Regen, Blitz und Donner. *Georg-Hermann-Allee 99, 14469 Potsdam, T: 0331-550740, biosphaere-potsdam.de*

Sielmann Natur-Erlebniszentrum Wanninchen

Knapp anderthalb Autofahrstunden vom Herzen Berlins entfernt liegt die Naturlandschaft, die Ausflügler:innen einlädt, unter freiem Himmel ein Stück heimische Tier- und Pflanzenwelt zu genießen. Wo einst ein Braunkohletagebau beheimatet war, hat sich in den letzten Jahrzehnten die Natur diese geschundene Fläche zurückerobert und in eine faszinierende Landschaft mit wertvollen Mooren und Feuchtgebieten sowie Wüstenlandschaften, Wäldern, Seen und Dünen verwandelt, in der Sandohrwürmer, Kreiselwespen, Bergmolche, Zweigestreifte Quelljungfer sowie Blauflüglige Sandschrecken eine Heimat gefunden haben. Besonders sehenswert sind die zahlreichen Kraniche und Wildgänse, die im September und Oktober auf ihrer Reise gen Süden am Schlabendorf See rasten. Am besten kann man diese bei einer abendlichen Beobachtung entdecken. *Wanninchen 1, 15926 Luckau OT Görlsdorf, T: 03544-557755, wanninchen-online.de*

Sielmanns Naturlandschaft Döberitzer Heide

Vor den westlichen Toren der Berliner Großstadt erstreckt sich der Wildniserlebnispark Döberitzer Heide, der auf dem früheren Truppenplatz Döberitz angesiedelt wurde. Auf den rund 55 Kilometer langen Wanderwegen, die durch das zirka 3.600 Hektar große Gebiet führen, kann man vom Wisenten, die sich an alten Eichen schuppern, über Przewalski-Pferde bis hin zum scheuen Rotwild so einiges entdecken. Verschiedene Aussichtsplattformen bieten einen einzigartigen Rundumblick über die weitgehende Landschaft. *Zur Döberitzer Heide 10, 14641 Wustermark OT Elstal, T: 05527-914430, sielmann-stiftung.de*

Sielmanns Naturlandschaft Kyritz-Ruppiner Heide

Die Kyritz-Ruppiner-Heide kann man mit dem Kremser erkunden. Im Tempo von Pferdehufen ist man der Landschaft ganz nah und der Kutscher ist ortskundig und kennt die Eigenheiten und Geschichten, die es über die Landschaften zu erzählen gibt. Der ehemalige Truppenübungsplatz erstrahlt im August und September in rosaroten Farben, denn dann blüht die Heide. Auch wandern ist hier auf den beschilderten Wanderwegen möglich, denn diese wurden entmunitioniert und können gefahrlos betreten werden. *Neuglienicke, 16818 Neuruppin, T: 05527-924430 sielmann-stiftung.de*

Tier-, Freizeit- und Urzeitpark Germendorf

Findige Füchse, flauschige Alpakas oder Affen, die geschwind von Baum zu Baum hüpfen – im Tierpark Germendorf leben rund 650 Tiere, die es zu entdecken gilt. Wer noch tiefer in die Tiergeschichte eintauchen möchte, ist im Urzeitpark gut aufgehoben, in dem es zahlreiche Modelle von Mammuts, Säbelzahnkatzen und verschiedenen Dinosaurierarten gibt. Für noch mehr Spaß sorgen die Spielplätze im Park, die zum Herumtollen einladen. *An den Waldseen 1a, 16515 Oranienburg OT Germendorf, T: 03301-3363, freizeitpark-germendorf.de*

TIPP/NEU Tierpark Berlin

Mehr als 10.000 Tiere tummeln sich im größten Landschaftstierpark Europas und warten darauf, von Kinderaugen bestaunt zu werden. Vor allem die Afrikalandschaft sowie das tropische Alfred-Brehme-Haus sorgen für Entzückung bei den Besucher:innen. Doch auch der Rest des Tierparks ist eine Entdeckungsreise wert. Im Frühjahr 2022 eröffnet die neue Himalaya-Gebirgswelt, in der es Schneeleoparden und Goldtakine zu entdecken gilt und Wissensstationen die Entstehung und Bedeutung dieses extremen Lebensraumes aufzeigen. Neben den vielen Tieren sorgt der Wasserspielplatz für jede Menge Spaß. *Am Tierpark 125, 10319 Berlin-LI, T: 515310, tierpark-berlin.de*

Tierpark Kunsterspring

Wer auf den Spuren von Fontane beim schönen Neuruppin wandert, entdeckt im malerischen Tal der Kunster den zirka 16 Hektar großen Tierpark. Über 500 Tiere 90 verschiedener Arten leben in dem naturbelassenen Park, der von Wiesen und Wäldern umgeben ist und ein Stück Entspannung bietet. Besonders beliebt sind die selten gewordenen Arten wie Fischotter, Wölfe, Wisente oder Luchse. *Kunsterspring 4, 16816 Neuruppin OT Gühlen Glienicke, T: 0339-2970271, tierpark-kunsterspring.com*

Vogelpark Teltow

Vom Ara bis zum Zebrafinken oder vom Damwild bis zum Esel – in dem kleinen aber feinen Vogelpark im Süden Berlins können große und kleine Besucher:innen mehr als 300 Tiere entdecken und beobachten. Für Kinder gibt es einen Spielplatz, der zum Herumtollen, Buddeln, Rutschen und Klettern einlädt und im Streichelzoo kann man mit den Tieren auf Tuchfühlung gehen. Wem bei all dem Spaß der Hunger überkommt, kann im Restaurant am Vogelpark einkehren und sich mit Pizza, Pasta und Burger verköstigen. *Kastanienstr. 13-19, 14513 Teltow, T: 0171-3861763, vogelpark-streichelzoo-teltow.de*

Wildpark Johannismühle

Wer dem Wildpark Johannismühle einen Besuch abstattet, erlebt nicht nur eine abwechslungsreiche Landschaft, sondern auch spannende Tierbegegnungen. Entdeckt Wildpferde, Braunbären, Auerochsen, Luchse, Grau- und Polarwölfe oder Wisente, spaziert durch den großzügigen Freilauf, in dem freilaufendes Rotwild, Mufflons und Damwild leben, oder besucht die Flugshow, in der die Tiere ihre Luftkünste zum Besten geben. Ein weiteres Highlight ist ein Besuch im Streichelzoo. *Johannismühle 2, 15837 Baruth OT Klasdorf, T: 033704-97011, wildpark-johannismuehle.de*

Natur erleben

Kleine Stadtflucht gefällig? Im Britzer Garten sind Lärm und Alltag schnell vergessen, während Kinder zu echten Naturforscher:innen werden oder im Lehmdorf mitbauen.

Mit seinen zahlreichen Parks und Erholungsflächen gehört Berlin unbestritten zu den grünsten Städten Europas. Eine ganz besondere Oase findet sich im Südwesten der Stadt: Der Britzer Garten ist mit seinem weitläufigen Gelände der ideale Ort, um den Stadttrubel mal hinter sich zu lassen und in die Natur einzutauchen. 1985 zur Bundesgartenschau erschaffen, bietet der Park heute reichlich Möglichkeiten zum Spazieren, Sporteln oder Naturerkunden. Herzstück der Anlage ist der zehn Hektar große See, der zwischen Hügeln und Wiesen gelegen ein schönes Pausenplätzchen ist.

Durch den gesamten Park führen Alleen und kleinere Pfade, teils entlang an verschlungenen Bachläufen in verschiedenen Gärten wie dem Hexengarten oder dem Karl-Foerster-Staudengarten kann die Pflanzenvielfalt des Parks erkundet werden.

Britzer Garten

Sangerhauser Weg 1
12349 Berlin-NK
T: 700906710
britzergarten.de

Erholung pur

Wer durch die grüne Weite im Britzer Garten wandelt, hat den Großstadttrubel ganz schnell vergessen.

Richtig fit machen können sich Besucher:innen beim jüngst fertiggestellten Kneipp-Parcours. Drei Stationen laden mit Wassertretstelle, Knieguss und Armtauchbecken ein, das Immunsystem anzukurbeln und sich für die Erkältungssaison fit zu machen. Wer sich ans kalte Wasser getraut hat, wird mit einem herrlichen Blick über den See belohnt.

Mit gleich zwei besonderen Spiellandschaften ist der Britzer Garten auch für Kinder ein lohnendes Ausflugsziel. Insbesondere an heißen Tagen verspricht der Wasserspielplatz spielende Abkühlung, während das Lehmdorf jedes Jahr ein bisschen weiter wächst, wenn Ferienkinder hier die Hände im Matsch vergraben, Skulpturen formen oder ganze Hütten bauen. Zu echten Umweltforscher:innen können Kinder außerdem im Umweltbildungszentrum werden, wo auch der Freilandlabor Britz e.V. zu finden ist. Der Verein geht regelmäßig mit Kindern und Familien auf Entdeckungstour durch den Park. Wie macht die Spinne ihr Netz? Was machen Vögel im Winter? Und wie bastelt man eine Laterne aus Naturmaterialien? Je nach Saison lernen kleine Besucher:innen dabei jede Menge über Natur- und Umweltschutz.

Wildpark Schorfheide

Eine knappe Autofahrstunde von Berlin entfernt befindet sich im Biosphärenreservat Schorfheide-Chorin der schöne Wildpark, in dem es viel zu entdecken gilt. Auf den sieben Kilometer langen Wanderwegen verbringen Familien lehrreiche und gleichzeitig erholsame Stunden und entdecken in den großzügig angelegten Gehegen verschiedene Wildtiere. Besonders spannend ist das Streichelgehege. *Prenzlauer Str. 16, 16244 Schorfheide OT Groß Schönebeck, T: 033393-65855, wildpark-schorfheide.de*

Zoologischer Garten

Im ältesten Tiergarten Deutschlands, der zugleich auch der artenreichste der Welt ist, können große und kleine Besucher:innen rund 20.000 Tiere aus knapp 1.200 Arten bestaunen. Wer wissen möchte, wie Flachlandtapire, Rotducker oder Wasserschweine aussehen, ist hier definitiv an der richtigen Stelle. Neben den zahlreichen Tieren erfreuen vor allem Abenteuerspielplatz und Streichelzoo die jungen Besucher:innen. *Hardenbergplatz 8, 10787 Berlin-TI, T: 254010, zoo-berlin.de*

TIPP Zoologischer Garten Eberswalde

Zirka 45 Minuten mit der Bahn braucht man, bevor man im Eberswalder Zoo auf Tiersafari gehen kann. Hier liegt die wohl aufregendste Löwenanlage der Welt. Über einen Tunnel gelangt man in eine voll verglaste Höhle inmitten des Löwengeheges. Doch auch die Weißkopfmakis und Kattalemuren gehen mit den Besucher:innen auf Tuchfühlung, denn sie dürfen sich hier völlig frei bewegen. Ein besonderes Highlight sind die vielen Spielplätze, die sich über die Parkanlage verteilen. *Am Wasserfall 1, 16225 Eberswalde, T: 03334-22733, zoo.eberswalde.de*

Naturpädagogik

Berliner Artenschutz Team – BAT

Wer Fledermäusen mal ganz nah sein möchte, der kommt in die Zitadelle Spandau, die einen Fledermauskeller beherbergt. Hier lernen Neugierige Wissenswertes und Interessantes rund um das Thema Fledermäuse und entdecken in Schaugehegen der Fledermausausstellung verschiedene tropische Fledertierarten. Hier fliegen die Tiere im umgekehrten Tag-Nacht-Rhythmus, um die Beobachtung der sonst nur nachtaktiven Tiere zu ermöglichen. Bei Kindergeburtstagen sind die Tiere bei einer Fütterung hautnah erlebbar. *Am Juliusturm 64, Zitadelle, Haus 4, 13599 Berlin-SP, T: 36750061, bat-ev.de*

Besucherzentrum Rühstädt

Bereits seit Jahren kehren im Frühjahr und Sommer rund 30 Storchenpaare nach Rühstädt, um in den hochgelegenen Nestern ihren Nachwuchs zu bekommen. In der Ausstellung des Besucherzentrums lernen Familien Interessantes über die hier lebenden Störche. So erfährt man, was den Störchen außer Fröschen sonst noch schmeckt, wo der Weißstorch Adebar im Winter steckt und welche Abenteuer er auf dem langen Zugweg zu bestehen hat. *Neuhaus. 9, 19322 Rühstädt, T: 038791-98025, besucherzentrum-ruehstaedt.de*

Forstbotanischer Garten Eberswalde

In Eberswalde ist der Sitz der Hochschule für nachhaltige Entwicklung, die den 1830 gegründeten Lehrgarten heute noch betreibt. Aber nicht nur Studierende und Wissenschaftler:innen erfreut das grüne Paradies. Auch Erholungssuchende kommen auf ihre Kosten. Die Artenfülle der Gehölze macht sich in einem ausgeprägt aromatischen Duft bemerkbar, ein Holzsteg leitet die Spaziergänger:innen über ein natürliches Quellmoor mit gigantischen Schachtelhalmen und auch die Sonderanlagen wie Afrikanum, Ostasienquartier oder Alpinum sind sehenswert. Die Stiftung Waldwelten bietet außerdem spannende Umweltprogramme und Waldpädagogik an. *Am Zainhammer 5, 16225 Eberswalde, T: 03334-657476, hnee.de, waldwelten.de*

TIPP Freilandlabor Britz e.V.

Dass die Natur in der Stadt viele spannende Erlebnisse für uns bereit hält und zudem noch von enormer Bedeutung für unsere Gesundheit sowie unser Wohlbefinden ist, zeigt das naturpädagogische Angebot des Umweltzentrums im Britzer Garten. Bei diversen Veranstaltungen lernen Naturliebhaber:innen Spannendes über die Tier- und Pflanzenwelt oder beschäftigen sich mit den verschiedenen Elementen. Aber auch die Ausstellungen im Außenbereich zeigen das ganze Jahr über Wissenswertes zu Natur- und Umweltthemen. *Tempelhofer Damm 45, 12101 Berlin-TE, T: 7033020, freilandlabor-britz.de*

Haus Natur und Umwelt

Ob tierische Geburtstagsparty oder Ponyreiten am Wochenende – wer ins Haus Natur und Umwelt kommt, kann einen wunderbaren Tag im Grünen verbringen und lernt gleichzeitig noch etwas über die einheimische Tier- und Pflanzenwelt Geburtstagsgruppen bekommen eine große Tierführung, können auf Pferden und Ponys unter Bäumen entlang reiten, eine Kremserfahrt machen oder auf Wunsch auch eine Abenteuerschatzsuche erleben. *An der Wuhlheide 169, 12459 Berlin-TR, T: 5351986, hnu-berlin.de*

Lehrkabinett Teufelssee

Während sich die Waldschule im Obergeschoss vor allem an Kitas und Grundschulen richtet, können Familien in der öffentlichen Ausstellung im Erdgeschoss eine Vielzahl an Informationen über den heimischen Wald bekommen und einige Präparate von den hier lebenden Tierarten begutachten. Das angrenzende Teufelsseemoor sowie die Müggelberge laden zu einem ausgiebigen Spaziergang durchs Grüne ein. *Müggelheimer Damm 144, 12559 Berlin-KÖ, T: 41763703, ws.inu-berlin.de*

TIPP MarmeLädchen

Annegret Ebel hat Freude am backen, brauen und kochen und Lust diese weiterzugeben. In ihrem kleinen Garten zeigt sie, wie man töpfert, Schafwolle filzt, Kerzen zieht, Papier schöpft oder Brot backt. Auch Salben und Cremes stellt sie selbst her, sowie Pestos, Öle und Marmeladen. Geburtstage können zu jeder Jahreszeit im Kräuterhexengarten gefeiert werden, aber auch andere Gruppenangebote und Workshops sind möglich. *Schönhauser Str. 55, 13127 Berlin-PA, T: 4741844, marmelaedchen-berlin.de*

Naturerfahrungsraum am Spieroweg

In der fast 10.000 Quadratkilometer großen „Wilden Welt" mit Dschungelcharakter können Kinder nach Lust und Laune spielen, sich verstecken, Natur entdecken und einfach Spaß haben. Verschiedene Obst- und Nussbäume laden zum Naschen ein und die Spielhügel sowie Senken geben Kindern die Möglichkeit, ihren Tast- und Bewegungssinn einzusetzen. *Cosimarweg 71, 13591 Berlin-SP, T: 0151-15353892, stiftung-naturschutz.de*

Naturerfahrungsraum Kienberg

Auf dem Kienbergpark ist der Naturerfahrungsraum „Wilde Welt" entstanden, der Kindern und Jugendlichen spannende Naturerfahrungen ermöglicht. Auf der rund 16.000 Quadratmeter großen Fläche erhalten sie die Möglichkeit ohne vorgefertigte Spielmaterialien in der Natur nach Herzenslust zu spielen und zu toben. *Hellersdorfer Str. 159, 12619 Berlin-HE, gruen-berlin.de*

TIPP NaturParkHaus Stechlin

Erleben, entdecken und anfassen – Besucher:innen die einen Ausflug ins NaturParkHaus unternehmen, erkunden die Erlebnisausstellung und den Naturpark mit allen Sinnen. Darüber hinaus laden auf dem Gelände ein Sinnesgarten, ein großes Aquarium mit einheimischen Fischen sowie ein Barfußpfad zum Staunen und Ausprobieren ein. Zudem ist es guter Startpunkt für Wanderungen. *Kirchstr. 4, 16775 Stechlin-Menz, T: 033082-51210, naturparkhaus.de*

TIPP NaturparkZentrum Westhavelland

Sind Fische wirklich stumm? Wie viele Haare hat ein Otter? Und warum färbt sich der Moorfrosch blau? Diese und viele weitere Fragen werden in der rund 200 Quadratmeter großen Ausstellung des NaturparkZentrums beantwortet. Besonders eindrucksvoll ist der Sternenerlebnisraum mit unzählig funkelnden Sternen – unterlegt mit vielstimmigen Rufen der Nachttiere. Zudem ist das NaturparkZentrum der ideale Ausgangspunkt für Wanderungen im Naturpark. Besonders beeindruckend ist der Besuch in den Abendstunden, denn dann verwandelt sich der Naturpark in einen bezaubernden Sternenpark. *Stremmestr. 10, 14715 Milower Land, OT Milow, T: 03386-211227, nabu-westhavelland.de/naturparkzentrum-westhavelland*

Naturschutzstation Marienfelde

Im Berliner Süden wurde ein Refugium für Vielfältiges und Eigenartiges geschaffen, dass einen Besuch wert ist. Selten gewordene Tier- und Pflanzenarten lassen sich im Freizeitpark Marienfelde begutachten. Das Besucher:innenleitsystem führt Neugierige durch die Wildnis, aber auch Führungen zu unterschiedlichen Themen sind buchbar. Auch ein Blick vom Alpengipfel auf der ehemaligen BSR-Hausmülldeponie lohnt. *Diedersdorfer Weg 3-5, 12277 Berlin-TE, T: 75774766, naturschutzstation-marienfelde.de*

TIPP Naturschutzzentrum Ökowerk

Mitten im Grunewald befindet sich das Naturschutzzentrum Ökowerk, dass bereits seit mehr als drei Jahrzehnten ein beliebter Lern- und Erlebnisort ist. Während Familien bei spannenden Veranstaltungen am Wochenenden Wissenswertes über das alte Berliner Wasserwerk am Teufelssee und den Grunewald erfahren, können Kinder in den Ferienkursen spannende Naturerlebnisse sammeln. Aber auch ohne Programm hat das einstige Wasserwerkgelände jede Menge zu bieten. So lassen sich im Garten oder an den Teichen unzählige Frösche, Ringelnattern, Libellen und viele weitere Arten beobachten. *Teufelsseechaussee 22, 14193 Berlin-WI, T: 3000050, oekowerk.de*

Öko-Insel

Natürlich gibt es im FEZ-Berlin, dem größten Familienzentrum Deutschlands, auch ein Gewächshaus mit Miniregenwald und einen Garten mit Kräuterbeet, Gartenteich und Lehmpavillon. Alles zusammen nennt sich Öko-Insel und bietet Familien die Gelegenheit, Erfahrungen in der Pflanzen- und Naturwelt zu machen und zu unterschiedlichen Themen zu lernen. Auch am Lehmofen wird gebacken und Süßmäuler können Honig verkosten. *Straße zum FEZ 2, 12459 Berlin-KÖ, oeko-insel.fez-berlin.de*

Waldschule Grunewald und Waldmuseum

Mitten im Grunewald befindet sich die gleichnamige Waldschule mit ihrem Museum. Während die Waldschule vor allem Kita- und Schulgruppen zu einem spannenden Erlebnistag einlädt, können Familien im Waldmuseum dank spannender Tierpräparate, Schaubilder und Exponate viele Einblicke in den Wald gewinnen. In den Ausstellungsräumen besteht die Möglichkeit, sich dem Wald und seiner Vielfalt auf spielerischem Weg, durch sinnliche Wahrnehmung oder bei praktischen Mitmachstationen zu nähern. Der angrenzende Waldgarten lädt mit Erlebnis- und Waldspielstationen große und kleine Entdecker:innen zum Erkunden und Forschen, aber auch zum Verweilen und Entspannen ein. *Königsweg 4, Jagen 57, 14193 Berlin-WI, T: 8133442, waldmuseum-waldschule.de*

TIPP Waldschulen in den Berliner Forsten

Sehen, riechen, hören, tasten und manchmal auch schmecken – der Wald schult all unsere Sinne und setzt sie in Beziehung zu unserer Umwelt. Wer einmal einen richtigen Erlebnistag im Wald erleben möchte, bei dem der Bewegungs, Entdeckungs- und Forschungsdrang geweckt wird, kommt zu den Berliner Waldschulen. Vom Spandauer Forst bis hin zum Grunewald gibt es jede Menge Freiraum, um den Wald nach Lust und Laune zu erkunden, den aromatischen Duft der Kiefernholzwälder wahrzunehmen oder das weiche Moos zu ertasten. *Alle Standorte unter waldentdeckenberlin.org*

WasserWerkstatt

Wie der Name schon verrät, dreht sich hier alles um das Element Wasser. Während der warmen Sommermonate können kleine Wasserliebhaber:innen an den verschiedenen Stationen des Wasserparcours und bei aufregenden Experimenten alles über das spannende Element lernen und sich mit seinen erstaunlichen Eigenschaften vertraut machen. Dabei steht der Spaß an oberster Stelle. *Dillenburger Str. 57, Tor 2, 14999 Berlin-WI, T: 89732395, wassermuseum-berlin.de*

TIPP Wildnisschule Hoher Fläming

Im Naturpark Hoher Fläming liegt ein besonderer Ort für Naturbegeisterte jeden Alters. Besonders aber für Kinder und Jugendliche bietet Wildnispädagoge, Spurenleser und Wolfsexperte Paul Wernicke mit seinem Team erlebnis- und lehrreiche Kurse, Wildnisgruppen und Feriencamps an. Wer mit sich und der Natur mehr in Verbindung kommen und lernen möchte, ist hier richtig! *Grützdorfer Weg 1, 14806 Bad Belzig, T: 033841-45033, 0151-11140858, wildnisschule-hoherflaeming.de*

Kinderbauernhöfe

TIPP Alte Fasanerie

Tief einatmen, staunen, lernen, mitmachen: Auf dem Aktivbauernhof Alte Fasanerie im Norden Berlins können alle, egal ob Klein oder Groß, richtig Spaß haben. Der ökologische Hof bietet neben einer Vielzahl von Pflanzen und Tieren auch Workshops, Seminare und Geburtstagsprogramm an. Kerzen ziehen, Brotbacken im Lehmofen, Holzwerkstatt und kreatives Töpfern sind nur einige Beispiele des breit gefächerten Angebots. *Alte Fasanerie 10, 13469 Berlin-RE, T: 81729150, alte-fasanerie-luebars.de*

Jugendfarm Moritzhof

Kinder und Jugendliche von sechs bis 16 Jahren können auf der Jugendfarm Teil des Hoflebens werden. Es ist äußerst erwünscht, sich mit Ideen und eigenen Fähigkeiten einzubringen und eine Menge zu lernen gibt es sowieso. Den Alltag bestimmt hier, was im Hofleben eben so ansteht. Arbeit, Pflege und Umgang mit Tieren, sowie Landwirtschaft und Gartenarbeit. Die erwirtschafteten Produkte werden selbst verarbeitet und auch ein paar alte Gewerke lassen sich hier erlernen. Es wird gefilzt, getöpfert und geschmiedet. *Schwedter Str. 90, 10437 Berlin-PB, T: 44024220, jugendfarm-moritzhof.de*

Kinderbauernhof im Görlitzer Park

Der Schwerpunkt des Kinderbauernhofs mitten im Görlitzer Park liegt vor allem auf den Stammkindern zwischen sechs und 15 Jahren, die den Hof regelmäßig besuchen, sich an der Arbeit im Hofalltag beteiligen und ihren Tierführerschein gemacht haben. Aber auch neue Kinder und Familien sind herzlich willkommen. Gegen eine Spende können die hier lebenden Schafe und Ziegen gefüttert werden, nachdem man den Hof in Ruhe ausgiebig erkundet hat. *Wiener Str. 59B, 10999 Berlin-KR, T: 6117424, kinderbauernhofberlin.de*

Kinderbauernhof in der ufaFabrik

Der Kinderbauernhof in der ufaFabrik am Teltowkanal versteht sich als grüner Lernort und fördert und begleitet Kinder und Jugendliche zwischen sechs und 16 Jahren bei einem gesunden und umweltbewussten Aufwachsen. Dafür bietet der Hof eine aktive Freizeitgestaltung, bei der die Besucher:innen unter Anleitung beim Füttern und der Tierpflege von Pony, Kaninchen, Schwein und Co. helfen. Darüber hinaus gibt es noch andere spannende Angebote wie Reiten, Werkeln oder Tanzen. *Viktoriastr. 13, 12105 Berlin-TE, T: 7517244, kinderbauernhof.nusz.de*

Gut gebettet

—

Lieblings-Zeltplätze mit Kindern

1
Campingplatz am Tonsee

Der Wald- und Naturcampingplatz am Tonsee bietet reichlich Platz, um seine Zelte aufzuschlagen. Wer genug gebadet hat, findet gleich zwei Spielplätze zum Toben. *Klein Köriser Weg 1, 15746 Groß Köris, T: 0173-6212092, tonseecamping.de*

2
Wilde Heimat

Inmitten wildgewachsener Natur kann man an diesem charmanten Ort nicht nur die Nacht verbringen und an der Outdoor-Küche oder dem Lagerfeuer zusammenkommen, sondern auch zu Tagestouren mit dem Kanu aufbrechen. *Zehdenicker Str. 34D, 16798 Fürstenberg/Havel, T: 0173-4320917, wilde-heimat.de*

3
Knattercamping

Der familiengeführte Campingplatz am Bantikower See empfängt auch gerne Familien mit Kindern, die sich sicher über die tierischen Bewohner im Streichelzoo freuen. Unbedingt bei der nahegelegenen Insl Kyritz vorbeischauen! *Wusterhausener Str. 14, 16868 Bantikow, T: 033979-14361, knattercamping.de*

4
Wake and Camp

Während kleinere Kinder sich über flache Badestellen am See freuen, kommen die größeren beim Wasserki und Wakeboarden auf ihre Kosten. Ruhe vom actionreichen Tag finden Familien auf der großzügigen Zeltfläche mitten im Wald. *Biesenthaler Chaussee 25, 16348 Marienwerder, T: 03337-452970, wake-and-camp.de*

5
NaturCamping am Ellbogensee

Mit Blick übers Wasser ist alle Hektik sofort vergessen, während der Nachwuchs das Gelände erkundet und sich auf dem Waldspielplatz austobt. *Camp am Ellbogensee 1, 17255 Wesenberg, T: 033093-321732, ellbogensee.de*

Kinderbauernhof Knirpsenfarm

Der Kinderbauernhof ist ein fester Bestandteil im Schulalltag der Gemeinschaftsschule Grüner Campus Malchow. Aber auch Besuchskinder, Jugendliche und Familien sind im öffentlichen Bauernhof willkommen. Rund 100 Tiere lassen sich beobachten und an den öffentlichen Fütterungen kann jede:r teilnehmen. Neben Schafen, Kaninchen, Schweinen, Hühnern und Meerschweinchen warten hier sogar Waschbären darauf, entdeckt zu werden. *Malchower Chaussee 2, 13051 Berlin-HO, knirpsenfarm-berlin.de*

Kinderbauernhof Mauerplatz

Dieser Kreuzberger Kinderbauernhof ist als erster seiner Art in Berlin entstanden. 1981 begrünte eine Mutter-Kind-Gruppe das ehemalige Trümmergrundstück an der Mauer, baute Ställe und schaffte Tiere an, um Kindern ein Stück Grün in der grauen Betonwüste zu schenken. Heute können Kinder noch immer Kontakt zu Schaf, Esel und Kaninchen aufnehmen, lernen, wie Futter und Gemüse angebaut werden und Verantwortung für sich und ihre Umwelt übernehmen. *Leuschnerdamm 9, 10999 Berlin-KR, kbh-mauerplatz.de*

TIPP Kinderbauernhof Pinke-Panke

Seit 1991 ist dieses Idyll am Rande des Bürgerparks Pankow ein Ort voller Freiräume und Naturerlebnisse für Kinder zwischen sieben und 14 Jahren, die dort gerne ihre Freizeit verbringen, sich gemeinsam mit den pädagogischen Betreuer:innen um die Tiere kümmern, backen, basteln und bauen. Auf dem Kinderbauernhof gibt es jeden Tag viel zu erleben. Familien dürfen ihn auch mit kleineren Kindern besuchen, was ganz besonders schön zu den jahreszeitlichen Festen ist. Alle Grundangebote sind kostenlos – in den Werkstätten wird bei den Kreativangeboten gelegentlich ein Kostenbeitrag für den Materialverbrauch erhoben. *Am Bürgerpark 15-18, 13156 Berlin-PA, T: 47552593, kinderbauernhof-pinke-panke.de*

Kinderbunter Bauernhof Wedding

Hier findet das meiste draußen statt – auf dem Weddinger Bauernhof können Kindern im nachhaltigen Umgang mit Tieren und der Natur wichtige Werte erfahren. Empathie und Verantwortungsbewusstsein sind wesentliche Grundbausteine des kinderbunten Miteinanders. Enten, Gänse, Hühner, Schafe und auch Ponys sowie verschiedene Pflanzenarten gehören mit zum Bestand. Das Angebot richtet sich an Kinder zwischen sechs und 14 Jahren, unter Pandemiebedingungen ist eine Anmeldung notwendig. *Luxemburger Str. 25, 13353 Berlin-WE, T: 23942975, kinderbunter-bauernhof.de*

Tierhof Alt-Marzahn

Auf dem 300 Jahre alten, denkmalgeschützten Dreiseithof wird ein bäuerlicher Betrieb wie um 1900 geführt. Verschiedene Tiere wie Schafe, Hühner oder Pferde sind hier zu Hause. Besucher:innen können Wissenswertes zur artgerechten Haltung und zum richtigen Umgang mit den Tieren erfahren und als ideale Vorbereitung für ein Haustier einen Tierführerschein machen. *Alt-Marzahn 63, 12685 Berlin-MA, T: 74776509, agrar-boerse-ev.de*

Vierfelderhof in Gatow

Familien, die auch in der Stadt mal Landluft schnuppern wollen, kommen zum Vierfelderhof in Gatow. Der mit den öffentlichen Verkehrsmitteln gut erreichbare Kinderbauernhof beherbergt verschiedene Tiere, die man beobachten und besuchen kann. Während spannender Exkursionen können Familien erfahren, warum ein Ganter faucht, sich Hühner gegenseitig picken oder Quessent-Schafe auch ökologische Rasenmäher genannt werden. Ein Ausflug zu dem Biobetrieb mit Hofladen und Café lohnt sich immer, zu den Hoffesten erst recht. Oder ihr veranstaltet dort euer eigenes Fest – auf dem Vierfelderhof lässt sich prima Kindergeburtstag feiern! *Groß-Glienicker Weg 30, 14089 Berlin-SP, T: 36996915, vierfelderhof.de*

Berliner Badeseen

Flughafensee

Nördlich des Flughafen Tegels gelegen befindet sich der durch Kiesabbau entstandene Flughafensee, der mit mehr als 34 Metern der tiefste See Berlins ist. Seit der Schließung des Flughafens stört hier kein Flugzeug mehr den Badespaß. Dafür können ornithologisch Interessierte von Aussichtspunkten aus andere fliegende Geschöpfe beobachten – am Südwestufer befindet sich ein abgesperrtes Vogelschutzgebiet. Badefreund:innen pilgern ans Nordufer, wo ein breiter Sandstrand zum Verweilen einlädt. *Betzdorfer Pfad, 13507 Berlin-RE, badegewaesser.berlin.de*

TIPP Kleiner Müggelsee

Wenn man gemeinsam mit Kind und Kegel einen entspannten Badetag genießen möchte, ist man am kleinen Müggelsee genau richtig. Während Sonnenhungrige ihren Platz auf dem weitläufigen Sandstrand finden, können sich Schattenliebhaber:innen unter einem der schönen Bäume niederlassen. Zur Abkühlung geht es dann – im Unterschied zum Großen Müggelsee – fernab von lauten Booten und umherkreuzenden Hobbywassersportler:innen ins kühle Nass. *Badestrand: Jagen 183, 12559 Berlin-KÖ*

Krumme Lanke

Eines der beliebtesten Badegewässer Berlins liegt im Grunewald. Man kann am See fast vier Kilometer auf dem Uferweg entlang spazieren und kommt beinahe überall gut ans Wasser heran. Darüber hinaus bietet der See mehrere Badestellen, die besonders gut für Familien geeignet sind. Im Norden des Sees liegen zwei Badebuchten mit Sandstrand und flachem Wassereinstieg. Dank des umliegenden Waldes finden sich vor allem an heißen Sommertagen angenehme Schattenplätze. Doch auch im Winter lohnt sich der Ausflug hierher, um einen idyllischen Spaziergang durch die Natur zu unternehmen. *Krumme Lanke, 14163 Berlin-ZE*

TIPP Schlachtensee

Direkt an der gleichnamigen S-Bahnstation befindet sich der Schlachtensee. Während Sonnenanbeter:innen auf der Liegewiese Platz nehmen, planschen Wasserratten ausgiebig im kühlen Nass. Wer etwas mehr Action möchte, kann sich im naheliegenden Stand Up Paddling-Verleih ein Board ausleihen und über das Gewässer gleiten. Lädt das Wetter mal nicht zum Baden ein, kann man auch prima um den See spazieren und anschließend in der Fischerhütte einkehren. *Fischerhüttenstr. 136, 14163 Berlin-ZE*

Seebad Friedrichshagen

Ein Ausflug an den Müggelsee ist eigentlich immer eine gute Idee – vor allem im Sommer. Im Seebad kommen alle Familienmitglieder auf ihre Kosten. Den ganzen Sommer über kann man hier entspannte Badetage erleben, sich im kühlen Nass erfrischen, Sonnenschirm und Liegestühle leihen, am Sandstrand buddeln oder sich mit Tischtennis oder Volleyball vergnügen. Größere Kids wagen ihre Sprünge von den verschiedenen Ebenen des Sprungturms oder erproben sich beim SUP. *Müggelseedamm 216, 12587 Berlin-KÖ, T: 6455756, seebad-friedrichshagen.de*

TIPP Strandbad Grünau

Seit der Sommersaison 2020 erstrahlt das älteste Berliner Familienbad nach einer umfangreichen Modernisierung im neuen Glanze. So warten im Wald- und Sportbad nicht nur schattenspendende Sonnenschirme, ein großer Sandstrand sowie das kühle Nass der Dahme auf euch – hier gibt es noch mehr zu erleben. Für aktive Kids gibt es einen Outdoor-Spielplatz sowie die Möglichkeit, Tischtennis, Federball oder Volleyball zu spielen. Für besonderen Komfort sorgen die Liegestühle und Strandkörbe, die für einen kleinen Aufpreis gemietet werden können. Auch außerhalb der Badesaison können Kinder hier tollen Ferienspaß bei den KidsBeachClub-Wochen erleben. *Sportpromenade 9, 12527 Berlin-KÖ, T: 98209432, strandbadgruenau.de*

Strandbad Lübars

Im schönen Lübars im Norden Berlins liegt das altbekannte Strandbad, das schon seit Generationen Familien und Touristen vergnügte Badetage bereitet. Nach einem entspannten Sonnenbad am Strand sorgt der Ziegeleisee für eine angenehme Erfrischung. Für besondere Freude sorgt die lange Wasserrutsche, über die man mit einem großen Platscher im Nu ins Wasser befördert wird. Gegen den kleinen oder auch großen Hunger hat das Restaurant einige Speisen von Flammkuchen über Salatvariationen bis zu köstlichen Burgern parat. *Am Freibad 9, 13469 Berlin-RE, T: 53086035, strandbad-luebars.de*

TIPP Strandbad Orankesee

Eine knappe Viertelstunde Fußweg von der Tramstation entfernt, ist dies innerstädtische Strandbad für alle gut erreichbar, die sich an heißen Sommertagen nach Abkühlung sehnen. Während Nichtschwimmer:innen im abgetrennten Bereich planschen, können Geübte im Rest des Sees ihre Runden ziehen. Wie es sich für einen richtigen Badetag im Strandbad gehört, kann man sich bei einer leckeren Portion Pommes stärken. *Gertrudstr. 7, 13053 Berlin-HO, T: 9864032, strandbad-orankesee.de*

GEBURTSTAG FEIERN

Blick in den Teich

Ökowerk

Für Kinder ab 8 Jahren, bis 9 Kinder, ca. 160 Euro

Teufelsseechaussee 22, 14193 Berlin-WI, T: 3000050, oekowerk.de

Mitten im Grunewald gelegen bietet das Naturschutzzentrum Ökowerk mehr als 1.000 Tier- und Pflanzenarten eine Heimat. Allein schon das weitläufige Gelände mit Streuobstwiese, Teichlandschaft, Heilkräutergarten und dem Infozentrum Wasserleben lohnt einen Besuch, in Workshops und bei den spannenden Ferienprogrammen lernen Kinder außerdem viel Wissenswertes rund um Natur und Umwelt. Großer Beliebtheit erfreut sich auch das Angebot für Geburtstagsgesellschaften, das ganz nach dem Geschmack bewegungsfreudiger Draußen-Freund:innen ist. Gemeinsam werden dabei Hütten aus Stöckern gebaut, schöne Dinge mit dem Schnitzmesser gestaltet oder Frösche, Ringelnattern und Libellen am Teich beobachtet und die verstecken Winkel des Ökowerks erforscht. Herbst- oder Winterkinder können bei Einbruch der Dunkelheit auf Nachtwanderung durch den Wald gehen.

Strandbad Plötzensee

Dank neuer Betreiber:innen ist das historische Traditionsbad mit seinem markanten Backsteingebäude seit 2019 wieder ein echter Tipp für Berliner Badefreund:innen. Saniert, sicher, sauber und kinderfreundlich ist das Strandbad am Rand des Volksparks Rehberge ein entspannter und toleranter Ort für herrliche Familiensommertage. Auch für Kunst und Kultur wird hier regelmäßig Raum geboten, es lohnt sich, immer mal die Veranstaltungshinweise zu checken. *Nordufer 26, 13351 Berlin-WE, T: 85976425, strandbad.ploetzensee.de*

NEU Strandbad Tegelsee

Nach fünf langen Jahren der Schließung hat das Strandbad in dem Wasserschutzgebiet im Berliner Norden 2021 endlich wieder geöffnet und macht seither als „Zentrum für Erholung und Kultur" diesem Namen alle Ehre. Zum Konzept zählen freier Eintritt für Kinder und Jugendliche, kostenlose Schwimmkurse, eine große Vielfalt an Workshops, vegetarische Gastronomie und vor allem eine Vernetzung in die Kulturszene, die an diesem schönen Ort in der Natur ihre Inszenierungen und Projekte präsentieren kann. Und nicht zuletzt lassen sich hier herrliche Badetage verleben. Neben dem schönen Sandstrand gibt es für Kinder einen Spielplatz sowie Tischtennisplatten, Rutschen und einen Sprungturm. *Schwarzer Weg, 13505 Berlin-RE, seeee.de*

Strandbad Wannsee

Wer richtiges Strandfeeling haben möchte, kommt hierher. Es ist ein schöner Waldspaziergang vom S-Bahnhof Nikolassee bis zu Berlins Traditionsstrandbad am Großen Wannsee, das vor allem auch mit kleinen Kindern ein super Ort ist. Wo schon Generationen von planschenden Steppkes den ersten Sprung ins Wasser gewagt haben, kann man auch heute noch im Sand herumbuddeln, im Strandkorb die Zeit vergessen, sich ein Bötchen ausleihen, Beachvolleyball oder Fußball spielen. *Wannseebadweg 25, 14129 Berlin-ZE, T: 22190011, berlinerbaeder.de*

Strandbad Weißensee

Zentraler kann man in Berlin kaum in einen See hüpfen. Nur 15 Minuten mit der Straßenbahn braucht man vom Alexanderplatz bis zum Strandbad Weißensee. Hier können Familien einen herrliche Sommertag genießen und sich nach Lust und Laune entspannen. Wem nach all dem Badespaß dann mal der Hunger überkommt, kann es sich bei leckeren Snacks, wie Brezeln oder Kuchen gut gehen lassen. *Berliner Allee 155, 13088 Berlin-WS, T: 9253241, strandbadweissensee.de*

Wellness

Aspria

Bei Aspria können nicht nur die großen, sondern auch die kleinen Mitglieder aktiv werden. In verschiedenen Kursen können sie ihrer Kreativität Ausdruck verleihen und sich körperlich betätigen. Dabei regen alle Kurse den kindlichen Geist an und fördern die Gesamtentwicklung. Zudem gibt es einen eigenen Bereich mit Kinderbetreuung. *Karlsruher Str. 20, 10711 Berlin-WI, T: 89068880, aspria.com*

Kinder Salzparadies

Im speziell für Kinder entwickelten Salzspielzimmer fühlt man sich wie am Meer. Dank des Salzgenerators, der einen samtfeinen Solenebel produziert, kann man hier die herrliche Luft genießen und gleichzeitig inhalieren sowie an dem künstlich angelegten Strand spielen. *Blankenburger Str. 3, 13156 Berlin-PA, T: 40999660, kindersalzparadies.de*

Kleine Salzwelt

Die Friedrichsfelder Salzwelt ist auf Besucher:innen ab einem Alter von sechs Monaten eingestellt. Im kleinen Salzraum befindet sich eine Spielecke, der Kindererlebnis-Salzraum „Salzini" ist speziell für die Kleinen eingerichtet. Es kann gespielt oder gekuschelt werden. Während der Salzschnupper-Zeit hört man Kinderlieder, Märchen oder entspannende Musik. Zachertstr. 75, 10315 Berlin-LI, T: 69547640, *kleine-salzwelt.de*

TIPP Salzhain

Familien kommen bei der Halotherapie im Salzhain auf ihre Kosten. Bei den Spiel-Sessions können Kinder in dem rundum mit Salz verkleideten Raum spielen und die gemeinsame, entspannte Zeit mit ihren Eltern genießen. Dabei atmen sie die salzhaltige Luft, die antibakteriell und entzündungshemmend wirkt, ein und genießen deren positive Wirkung. Während der Pandemie bietet Besitzerin Linzi die Sessions komplett privat an, sodass Familien alleine im großen Salzraum entspannen können. *Scharnweberstr. 3, 10247 Berlin-FR, T: 21237845, salzhain.de*

StadtSaline

In den Charlottenburger Salzräumen kann man eine entspannte Auszeit genießen und die positive Wirkung des Natursalzes spüren. Während der gesonderten Kindersitzungen können sich die kleinen Besucher:innen im Soleverneblungsraum wohlfühlen, unbeschwert spielen und nebenbei die salzige Luft genießen. *Windscheidstr. 30, 10627 Berlin-CH, T: 64495515, stadtsaline.de*

Ahoi in Tegel

Maritimes Urlaubsfeeling gibt's auch in Berlin! Im hohen Norden der Stadt hält der Tegeler See an seinen Ufern so manche Überraschung bereit.

Tegeler See

Greenwichpromenade,
Borsigdamm
13507 Berlin-RE

Strandbad Tegelsee
Schwarzer Weg 95
13505 Berlin-RE
T: 22325490
seeee.de

Mit seinen rund 450 Quadratkilometern ist der Tegeler See der zweitgrößte See Berlins und ein lohnendes Ausflugsziel, das sich gut mit dem Fahrrad erkunden lässt. Ein bisschen Puste braucht man zwar schon für die Umrundung, dafür warten jede Menge überraschender Entdeckungen an seinen Ufern.

Mit zahlreichen Cafés bietet die Greenwichpromenade viele Möglichkeiten für einen kleinen Stopp mit Blick auf den See, außerdem findet sich dort die Dampferanlegestelle. Von hier aus starten regelmäßig Ausflugsschiffe über den See oder die Havel bis zum Wannsee. Nur einige Minuten entfernt bietet der Spielplatz Robinson Crusoe Gelegenheit, sich richtig auszutoben.

Wer weiter dem Ufer entlang folgt, begegnet nicht nur Wasservögeln und anderen tierischen Bewohnern,

Dicke Marie

Sogar Johann Wolfgang Goethe soll dem Naturdenkmal in vergangenen Zeiten einen Besuch abgestattet haben.

sondern auch der Dicken Marie – dem wahrscheinlich ältesten Baum Berlins. Vermutet wird, dass die Stileiche 800 bis 900 Jahre alt ist. Ihren Namen verdankt sie den Humboldt-Brüdern, die im nahegelegenen Schloss aufwuchsen und den Baum nach ihrer beleibten Köchin tauften.

Im an den See angrenzenden Tegeler Forst lässt es sich hervorragend spazieren (im Winter auch rodeln) und das Wildgehege gibt Gelegenheit, Hirsche, Rehe und Wildschweine aus der Nähe zu betrachten. Wissenswertes über Tiere und Pflanzen vermitteln die Tafeln des Waldlehrpfads.

Wer von hier aus noch ein bisschen weiter radelt, wird mit einem ganz besonderen Pausenplätzchen belohnt. Das Strandbad Tegel, das im Sommer 2021 seine Wiedereröffnung unter neuen Betreiber:innen feierte, ist der ideale Ort für einen entspannten Sommernachmittag. Neben der Strandbibliothek und dem Strandrestaurant gehören hier auch Kurse für Kinder und Kulturangebote zum Konzept.

Wassersport

Ahoi Ostkreuz

Berlin lässt sich prima aus der Wasserperspektive erkunden. Ahoi Ostkreuz ist dafür eine gute Adresse. Der in der Rummelsburger Bucht gelegene Bootsverleih startet 2022 mit neu gebautem Steg in die Saison und bietet großen und kleinen Wasserfreund:innen die Möglichkeit, mit Kajak, Tretboot oder SUP eine Tour über die Spree zu unternehmen. Falls ihr nicht auf eigene Faust losrudern wollt, könnt ihr an einer der geführten Touren teilnehmen, die am Molecule Man oder der Oberbaumbrücke vorbei führen. *Paul und Paula Ufer/Zillepromenade, 10317 Berlin-LI, T: 0179-8888372, ahoi-ostkreuz.de*

Backstagetourism

Etwas versteckt hinter dem Funkhaus Berlin befindet sich der Bootsverleih, der Familien einlädt, eine Tour auf dem Wasser zu unternehmen und gleichzeitig Berlin aus einer anderen Perspektive zu erleben. Die öffentlichen Touren finden regelmäßig an den Wochenenden statt. Einmal ins Kanu gestiegen, beginnt die idyllische Fahrt auf dem glitzernden Wasser vorbei an begrünten Ufern und verschiedenen Sehenswürdigen, dem Plänterwald und dem Molecule Man. *Nalepastr. 18 12459 Berlin-KÖ, T: 53215742, backstagetourism.com*

TIPP Kanuliebe

Auf der Insel der Jugend tickt die Zeit anders. Hier – zwischen Wasser und Festland – findet ihr den Bootsverleih Kanuliebe, der euch das richtige Equipment für einen Ausflug auf der Spree ausleiht. Ob Canadier, Tretboote, darunter charmante Oldtimer, oder Stand Up Paddling-Boards – hier findet man alles, um eine Stunde oder gleich den ganzen Tag auf dem Wasser zu verbringen. Sogar Babys kann man hier mit Schwimmwesten ausstatten und mitnehmen. *Alt-Treptow 6, Insel der Jugend, 12435 Berlin-TR, T: 0170-4892680, kanuliebe.com*

Segelschule Pura Vida

Die Segelschule am Ostkreuz zeigt Kindern und Jugendlichen in verschiedenen Kursen, auch Ferienkursen, wie sie Optimisten handhaben und selbst segeln. Mitmachen dürfen alle, die das sechste Lebensjahr erreicht haben und mindestens 15 Minuten frei schwimmen können. Wenn euer Kind erst mal ausprobieren möchte, ob das Segeln das richtige sein könnte: Es gibt auch Schnuppersegelstunden. *Zillepromenade, 10317 Berlin-LI, T: 0177-4440437, segelschule-rummelsburg.de*

StandUpClub

An zwei Standorten, in Schmöckwitz und am Funkhaus, können sich Wassersportler:innen ab 16 Jahren auf die StandUpClub-Bretter schwingen, in die Welt des Stand Up Paddlings eintauchen und gleichzeitig Berlin von der Wasserseite aus entdecken. Kinder ab zwölf Jahren dürfen in den Einsteiger:innenkursen die Grundtechniken erlernen. Familien mit jüngeren Kindern können Kurse als Personal Coaching anfragen. *Nalepastr. 18, 12459 Berlin-KÖ, Station beim Hotel „Das Schmöckwitz", Wernsdorfer Str. 43 , 12527 Berlin-KÖ, T: 54031123, standupclub.de*

Stehpaddler

An drei Stehpaddler-Verleihstationen könnt ihr Boards leihen. Die Station am idyllischen Schlachtensee bietet Einsteiger:innen die ideale Möglichkeit, um Stand Up Paddling auszuprobieren, denn das ruhige Gewässer besticht durch seine windgeschützte Lage. Auch sportliche Kindergeburtstage können hier gefeiert werden. Für die kulinarische Verpflegung kehrt man dann am besten in der Fischerhütte ein. *Fischerhüttenstr. 136, 14163 Berlin-ZE, Sportpromenade 15, 12527 Berlin-KÖ, Museumspark Rüdersdorf, Heinitzstr. 9, 15562 Rüdersdorf, steh-paddler.com*

TIPP Wellenwerk Berlin

Im Wellenwerk wird auf der einzigen künstlichen Surfwelle der Hauptstadt gesurft. Direkt daneben befindet sich der erste „Deus Ex Machina Temple" Deutschlands mit einem Lifestyle-Restaurant, Surf Shop, Mixology Bar, Motorradmanufaktur, Biergarten und Surfboard Werkstatt. Wasserbegeisterte, die bereits das siebte Lebensjahr erreicht und die 30-Kilogramm-Körpergewicht-Marke geknackt haben, können in speziellen Kids Sessions erste Surferfahrungen im 26 Grad warmen Wasser machen. Dabei sind die Wellen etwa 1,10 Meter hoch. Aber auch echte Profis können ihr Talent unter Beweis stellen. *Landsberger Allee 270, 10367 Berlin-LI, wellenwerk-berlin.de*

Wet & Wild Wasserski Velten

Am wirklich schönen Bernsteinsee, etwa 35 Autominuten vom Herzen Berlins entfernt, können Adrenalinjunkies erste Wakeboard- und Wasserski-Erfahrungen machen. Einfach in den Neoprenanzug geschlüpft, Schwimmweste angelegt und schon kann das lustige Vergnügen losgehen. Für absolute Beginner:innen, die noch nie auf einem solchen Wassersportgerät standen, gibt es extra Anfänger:innenkurse, in denen sie alle Grundlagen, die man für die Sportart braucht, erlernen können. Auch für Wasserski-Kindergeburtstage gibt es ein Angebot. *Am Bernsteinsee 1, 16727 Velten, T: 03303-400145, wakeboard-berlin.de*

Schwimmbäder

Berliner Bäder-Betriebe

Ob Abkühlung im Freibad, Planschen im Kinderbad, Bahnen ziehen im Stadtbad oder Schwimmen lernen – die Berliner Bäder Betriebe haben für alle das passende Bad und Kurse parat. Eine Übersicht über die mehr als 60 Schwimmhallen, Sommer- und Strandbäder, deren Angebote, Öffnungszeiten sowie die aktuellen Ticketbedingungen findet ihr unter: *T: 22190011, berlinerbaeder.de*

Kinderbad Marzahn – Platsch

Im Norden des Bürgerparks Marzahn ist das Kinderbad Platsch zu finden, in dem sich alles rund um die kleinen Wasserliebhaber:innen dreht. Wenn die Sonne wieder ihr Bestes gibt, kann im knietiefen Becken geplanscht oder am kleinen Wasserfall mit dazugehörigem Flusslauf gespielt werden. Falls nach all dem Wasserspaß der Magen knurrt, lädt die Liegewiese zum Picknicken ein. *Max-Herrmann-Str. 7, 12687 Berlin-MA, T: 22190011, berlinerbaeder.de*

TIPP Kinderbad Monbijou

Kleine Großstadtkinder, die im heißen Sommer eine Abkühlung benötigen, zieht es ins zentral gelegene Monbijoubad im Herzen Berlins. Das im gleichnamigen Park, zwischen dem Hackeschen Markt und der Museumsinsel gelegenen Bad richtet sich speziell an Kinder und Familien, die hier nach Lust und Laune planschen können. Wer zu lange im Wasser war, kann sich auf der sonnigen Liegewiese genüsslich wieder aufwärmen. Super Ort mit Babys und Kleinkindern in der warmen Jahreszeit! *Oranienburger Str. 78, 10178 Berlin-MI, T: 22190011, berlinerbaeder.de*

Schwimm- und Sprunghalle im Europasportpark (SSE)

Gleich neben dem Velodrom an der Landsberger Allee befindet sich das Hallenbad im Europasportpark, das ursprünglich für die Olympischen Sommerspiele im Jahr 2000 konzipiert wurde. Neben den sportlich Ambitionierten paddeln Nichtschwimmer:innen vergnügt im Planschbecken herum oder erproben im Lehrschwimmbecken ihre ersten Schwimmzüge, während Schwimmer:innen im 50-Meter-Becken ihre Bahnen ziehen. *Paul-Heyse-Str. 26, 10407 Berlin-PB, T: 22190011, berlinerbaeder.de*

Sommerbad Am Insulaner

Während Nichtschwimmer:innen im eigenen Bereich planschen, ziehen Profis ihre Bahnen im 50-Meter-Becken. Mutige, die hoch hinaus wollen, wagen einem Sprung vom Ein-, Drei- oder Fünf-Meter-Turm. Aber auch außerhalb der Wasserlandschaft gibt es dank des Buddelkastens, Klettergerüsts und Spielplatzes jede Menge zu entdecken. Wer möchte, verbindet den Ausflug mit einem Besuch im benachbarten Planetarium. *Munsterdamm 80, 12169 Berlin-ST, T: 22190011, berlinerbaeder.de*

TIPP Sommerbad Humboldthain

Das Sommerbad im Weddinger Volkspark lockt in den Sommermonaten alle von Klein bis Groß ins kühle Nass. Dabei sorgen eine kleine Sprunganlage und die Wasserrutsche für jede Menge Spaß. Für die Jüngsten gibt es ein Planschbecken sowie einen Kinderspielplatz. Richtig super ist immer das künstlerische und kulinarische Programm des Kiosk Tropez mit seinen verschiedenen Ausstellungen und Projekten. *Wiesenstr. 1, 13357 Berlin-WE, T: 22190011, berlinerbaeder.de, tropeztropez.de*

Sommerbad Kreuzberg

Im von Berliner:innen genannten Prinzenbad können Wasserneulinge im Planschbecken herumspritzen, während sportliche Schwimmer:innen in den beiden 50-Meter-Becken ihre Bahnen ziehen. Eines der beiden Becken ist sogar beheizt, sodass auch an kühleren Tagen dem Schwimmspaß kein Abbruch getan wird. *Prinzenstr. 113-119, 10969 Berlin-KR, T: 22190011, berlinerbaeder.de*

Sommerbad Neukölln

Im Neuköllner Sommerbad erwartet Besucher:innen ein 50-Meter-Becken, schattige Plätzchen, eine 83 Meter-Rutsche und eine Sprunganlage, bei der man aus drei, fünf oder sogar zehn Metern ins kühle Nass springen kann. Teenager verbringen hier gerne ihren Sommer, doch auch für Schwimmneulinge hält das Bad einige Attraktionen bereit. So können Nichtschwimmer:innen im Babybecken planschen, von der kleinen Kinderrutsche sausen oder sich unterm Wasserpilz vergnügen. *Columbiadamm 160, 10965 Berlin-NK, T: 22190011, berlinerbaeder.de*

Sommerbad Pankow

Rutschsüchtige haben im Pankower Sommerbad besonders viel Spaß, denn das Bad ist gleich mit drei Rutschen ausgestattet – eine davon mit einer High-Speed-Geschwindigkeit. Wem das noch nicht genug ist, lässt sich im Strömungskanal treiben und wagt anschließend einen Sprung aus schwindelerregender Höhe. Für junge Wassernixen gibt es ein Kinder-Planschbecken, in dem sie ungestört im Wasser spielen können. *Wolfshagener Str. 91-93, 13187 Berlin-PA, T: 22190011, berlinerbaeder.de*

Stadtbad Lankwitz

Schwimmer:innen können im 30 Grad warmen Becken ihre Bahnen ziehen, während alle, die des Schwimmens noch nicht mächtig sind, im eigenen Bereich ihre ersten Schwimmzüge machen. Ruhebedürftige entspannen im Whirlpool und Mutige sausen von der 60-Meter-Rutsche oder wagen einen Sprung vom Drei-Meter-Brett. *Leonorenstr. 39, 12247 Berlin-ST, T: 22190011, berlinerbaeder.de*

TIPP Stadtbad Neukölln

Wer die Hallen des Rixdorfer Wassertempels betritt, fühlt sich wie in einem griechischen Tempel, der mit sieben Meter hohen Säulen, Wandelgängen und kunstvollen Mosaiken geschmückt ist. Hier könnt ihr in einem großen und einem kleineren Becken mit Nichtschwimmer:innenbereich eure Runden ziehen oder im Griechisch-Römischen-Dampfbad entspannen. *Ganghoferstr. 3, 12043 Berlin-NK, T: 22190011, berlinerbaeder.de*

Stadtbad Schöneberg „Hans Rosenthal“

Direkt am Heinrich-Lassen-Park finden Wasserfans das schöne Hallenbad mit tollem Außenschwimmbecken samt Strömungskanal und Großrutsche. Während Hobbyschwimmer:innen im warmen 25-Meter-Becken ihre Runden ziehen, genießen Wellnessfans das Blubbern des Whirlpools oder einen Aufenthalt im Solebecken. Badeneulinge planschen im Kinderbecken mit eigener kleiner Rutsche. *Hauptstr. 39, 10827 Berlin -SB, T: 22190011, berlinerbaeder.de*

Thermen und Erlebnisbäder

TIPP blu

Familien, die einen Tag voller Wasserspaß erleben wollen, kommen in das Familienbad in Potsdam. Kleine Wasserratten planschen im 34 Grad warmen Becken, während sich große Badenixen durch den Strömungskanal treiben lassen oder die Kletterwand vom Wasser aus erklimmen. Im Außenbereich kann man an Spiel- und Sportgeräten aktiv werden oder einfach nur die Sonne auf der Liegewiese genießen. Für besondere Begeisterung sorgt die Reifenrutsche mit drei Animationsprogrammen. *Brauhausberg 1, 14473 Potsdam, T: 0331-6619851, swp-potsdam.de*

Fläming-Therme Luckenwalde

Bereits seit 20 Jahren können Familien in der Fläming-Therme eine Auszeit vom Alltag genießen und das Element Wasser in spannenden Variationen erleben, denn die Badelandschaft hat einiges zu bieten. Während Familien viel Spaß im Erlebnisbecken oder in der Kleinkinderwelt haben, sausen Mutige die Turbo-Rutsche hinunter und Sportler:innen ziehen ihre Bahnen im Sportbad. Für noch mehr Erholung sorgt die Bio-Sauna in der Saunalandschaft. *Weinberge 40, 14943 Luckenwalde, T: 03371-40020, flaeming-therme.de*

NEU Havel-Therme

Sport, Spiel und Spaß für die ganze Familie verspricht das Familien- und Sportbad der neuen Therme am Großen Zernsee. Wildwasserfluss, Breitwellenrutsche, Kleinkindbereich, Actionrutschen und Sportbecken mit Sprunganlagen – hier bleibt kein Badewunsch offen. Die Thermen-, Sauna- und Wellnessbereiche versprechen den Erwachsenen herrlich entspannte Stunden. *Zum Großen Zernsee 15, 14542 Werder (Havel), T: 03327-724920, havel-therme.de*

Regenfest

—

Lieblings-Aktivitäten bei Schlechtwetter

1

In die Tropen eintauchen

Ihr habt die Nase voll vom Schmuddelwetter? Dann macht doch einen Abstecher in die Tropen. Regenwald-Feeling und tropische Temperaturen erwarten euch bei Ausflügen in die Biosphäre Potsdam oder ins Tropical Islands. *Biosphäre Potsdam, Seite 108; Tropical Islands, Seite 129*

2

Bücherwelten erkunden

Was gibt es Schöneres, als einen Schlechtwettertag mit guter Lektüre gemütlich eingekuschelt auf dem Sofa zu verbringen? Sich neuen Lesestoff in einer der besten Kinderbuchhandlungen Berlins zu besorgen, ist auch ein beglückender Zeitvertreib. Erst recht, wenn dort gerade eine der tollen Ausstellungen läuft. *Krumulus Kinderbuchladen, Seite 202*

3

Sich der Kommunikation widmen

Wenn Lagerkoller und schlechte Laune beim Blick in den regenverhangenen Berliner Himmel drohen, bietet das Museum an der Leipziger Straße immer spannende Ablenkung und sorgt für Gesprächsstoff in der Familie. *Museum für Kommunikation, Seite 69*

4

Geheimnisse entdecken

Klar, ein schöner Filmnachmittag ist auch eine Option. Aber statt Detektiv:innen oder Agent:innen auf dem Bildschirm bei ihren Abenteuern zuzuschauen, ist es doch vielleicht spannender, sich selbst in der Welt der Spionage auszuprobieren. *Deutsches Spionagemuseum, Seite 58*

5

Fischen und Krokodilen Hallo sagen

Zugegeben, an Regentagen kommt man meist nicht als die Einzigen auf die Idee und dennoch zählt das Aquarium dann zu einem unserer liebsten Ziele. Lieber an Wassergeschöpfen erfreuen als sich über das Wasser, das vom Himmel fällt, zu ärgern! *Aquarium Berlin, Seite 108*

Marienbad Brandenburg

Schwimmen, tauchen, planschen – während sich größere Kinder im Funbad auf den Wasserrutschen, im Gegenstromkanal oder mit den beliebten Wasserbällen vergnügen, können Babys und Kleinkinder gemeinsam mit ihren Familien im Planschbecken über die Elefantenrutsche gleiten und mit verschiedenem Wasserspielzeug spielen. Wer sich ein wenig mehr Wärme gönnen möchte, entspannt eine Runde in der Sauna. Aber auch Sonnenanbeter:innen kommen im Sommer dank der großen Liegewiese nicht zu kurz. Das Highlight: die 80-Meter-Röhrenrutsche mit Zeitmessanlage. *Sprengelstr. 1, 14770 Brandenburg an der Havel, T: 03381-322780, marienbad-brandenburg.de*

NEU NaturTherme Templin

Ankommen, loslassen und abtauchen – in der Familientherme in Templin können große und kleine Menschen die Seele baumeln lassen, dem Alltagsstress entfliehen und jede Menge Wasserspaß genießen. Die Badelandschaft lockt mit einem eigenen Kinderbereich, in dem ein Wellenbecken, ein Strömungskanal, ein Erlebnisbecken sowie Rutschen für Kinder und Kleinkinder zum Spielen einladen. Wer es lieber wohlig warm mag, stattet dem Saunabereich einen Besuch ab. Neu seit September 2021 ist „OTTIs Spielewelt", ein Indoor-Spielpark im ehemaligen großen Saal, der zum Gebäudekomplex der Templiner Therme gehört. Auf einer Fläche von rund 430 Quadratmetern finden Kinder im Alter von vier bis zwölf Jahren dort verschiedenste Spielangebote. *Dargersdorfer Str. 121, 17268 Templin, T: 03987-201200, naturthermetemplin.de*

Saarow Therme

In der schönen Therme in Bad Saarow entschleunigen Familien mit allen Sinnen und entspannen im herrlich warmen Wasser. Wer wieder Kraft getankt hat, nutzt die Chance und erkundet die herrliche Umgebung, die mit Sommerrodelbahn und begrüntem Kletterwald der ganzen Familie einen vergnügten Ausflug bereitet. *Am Kurpark 1, 15526 Bad Saarow, T: 033631-8680, therme.bad-saarow.de*

Schwimm- und Wasserparadies Schwapp

Ob Sonne, Regen oder Schnee – das Fürstenwalder Freizeitbad ist bei jedem Wetter ein echtes Wasserparadies für die ganze Familie. Im Spaßbad können Eltern mit ihren Kindern im Wärmebecken planschen, während Teenies durch die Turborutsche sausen und sich durch den Strömungskanal trudeln lassen. Wer neue Energie tanken möchte, lässt es sich in der Familiensauna oder im Whirlpool gut gehen. *Große Freizeit 1, 15517 Fürstenwalde, T: 03361-36370, schwapp.de*

Spreewelten Bad Lübbenau

Wer mit Pinguinen um die Wette schwimmen möchte, muss dafür nicht extra bis zum Südpol reisen, sondern kommt nach Lübbenau. Nur durch eine Plexiglasscheibe getrennt, könnt ihr hier das einmalige Erlebnis genießen und mit echten Pinguinen auf Tauchgang gehen. Für noch mehr Badespaß sorgt die interaktive Rutsche, die mit Lichteffekten und Musik ein ganz besonderes Rutschvergnügen zaubert. *Alte Huttung 13, 03222 Lübbenau, T: 03542-894160, spreewelten.de*

Tropical Islands

Knapp 60 Kilometer südlich von Berlin erwartet die tropische Erlebniswelt mit dem größten Indoor-Regenwald der Welt Familien, die eine Auszeit vom Alltag suchen. Mutige sausen hier von Deutschlands größtem Rutschturm und der satte 35.000 Quadratmeter große Außenbereich lockt ganzjährig zum Schwimmen unter freiem Himmel. Ein Ausflug kann darüber hinaus mit Wasserscooter-Fahrten, einem Ballonflug oder Minigolf begeistern. Eigentlich reicht ein Tag gar nicht, um alle Attraktionen auszukosten. Gut also, dass es hier auch verschiedene Übernachtungsmöglichkeiten gibt. *Tropical-Islands-Allee 1, 15910 Krausnick, T: 035477-605050, tropical-islands.de*

Turm ErlebnisCity

Im Oranienburger Erlebnisbad sorgen ein 400 Quadratmeter großes Wellenbecken sowie aufregende Rutschen für jede Menge Spaß und Action. Die Jüngsten können im 32 Grad warmen Wasserspielgarten planschen, während sich die größeren Kinder im Erlebnisbecken mit Strömungskanal und Regenduschen oder auf den großen Rutschen vergnügen. Der Außenbereich mit großzügiger Liegewiese, Beachvolleyballfeld und Blick auf den See lockt auch bei warmen Temperaturen in die Bäderanlage nördlich von Berlin. *André-Pican-Str. 42, 16515 Oranienburg, T: 03301-57381111, erlebniscity.de*

Wonnemar

Das Erlebnisbad im Süden Brandenburgs bietet nicht nur großen Besucher:innen ein umfangreiches Sport- und Wellnessangebot, vor allem Kinder und Jugendliche kommen hier voll auf ihre Kosten. Die Kleinen locken Abenteuer-Wellenbecken, Piraten-Erlebnisschiff, Wasserfälle und eine Kinderrutsche. Auch Babys fühlen sich im eigenen Bereich bei einer Wassertemperatur von 34 Grad wohl. Ältere Kinder haben ihren Spaß auf dem Rutschentower oder lassen sich im Reifen durch den „Lazy River" treiben. *Am Kurzentrum 1, 04924 Bad Liebenwerda, T: 035341-49020, wonnemar.de*

Klettern und Bouldern

TIPP AbenteuerPark Potsdam

Ein unvergessliches Erlebnis mit viel Abenteuer und Spaß bietet der Naturkletterwald in Potsdam. Auf zehn verschiedenen Parcours mit 170 Elementen können Hobbykletter:innen ihre Kletterkünste erproben. Bereits ab einer Körpergröße von einem Meter dürfen Kinder auf dem Kidsparcours ihre ersten Klettererfahrungen sammeln, balancieren und hangeln. Auch Kindergeburtstage können hier in luftiger Höhe gefeiert werden. *Albert-Einstein-Str. 49, 14473 Potsdam, T: 0331-6264783, kletterpark.info*

BergWerk

Inmitten des Shopping-Centers Helle Mitte finden Familien Europas größten Indoorkletterpark, der mit einem Mix aus Bewegung, Abenteuer und Bauchkribbeln lockt. Auf diversen Parcours mit verschiedenen Schwierigkeitsgraden kommt vom Kleinkind bis hin zum Kletterprofi jede:r auf seine:ihre Kosten. Ein Highlight ist der Indoor Bungee Jump, der garantiert für einen Adrenalin-Kick sorgt. *Stendaler Str. 25, 12627 Berlin-HE, T: 99274373, bergwerk.berlin*

Berta Block Boulderhalle

Begeisterte Boulderfans, die auch in den kühlen Monaten nicht auf ihren Kletterspaß verzichten wollen, kommen in die Pankower Boulderhalle. Für Kinder unter 13 Jahren gibt es eine Kinderkletterwand, die sie in Begleitung einer Betreuungsperson erklimmen können. Ältere Kinder können sich frei in den Hallen 1 und 2 bewegen und sich an verschiedenen Schwierigkeitsstufen probieren. *Mühlenstr. 62, 13187 Berlin-PA, T: 91424730, bertablock.de*

Boulderworx

Unweit des U-Bahnhofs Blissestraße können Kletterfreund:innen ab drei Jahren im Kinderbereich ihre ersten Bouldererfahrungen machen. In kleinen Klettergruppen lernen sie spielerisch die ersten Techniken, bevor es dann langsam an die Wand geht. *Berliner Str. 46, 10713 Berlin-WI, T: 79784646, boulderworx.de*

Bright Site

Während Kinder ab zwei Jahren in der Kinderhalle im Erdgeschoss erste Erfahrungen zwischen Krabbeln, Tapsen und Klettern machen können, dürfen größere in dem kinderfreundlichen Bereich der großen Halle klettern, bevor es Stück für Stück an die schwierigeren Routen geht. *Wilhelm-Kabus-Str. 40, Naumannpark Haus 10, 10829 Berlin-CH, T: 49080707, boulder-project.de*

TIPP Climb up – Kletterwelten

In Brandenburg gibt es gleich drei Kletterwälder, in denen Kinder ab sieben Jahren ihre Kletterkünste auf herausfordernden Parcours erproben können. Damit die kleinen Geschwister nicht traurig sind, gibt es auch einen Kids-Parcours, der von Kindern ab drei Jahren genutzt werden kann. Ein besonderes Highlight ist die Bergwelt, die direkt neben der Kletterwelt Strausberg liegt. Mutige können sich hier vor und hinter einem sieben Meter hohen Wasserfall entlang hangeln. *Sport- und Erholungspark 32, 15344 Strausberg, T: 0152-56788990, Glindower Str. 28, 14547 Klaistow, T: 0152-56788991, Ruppiner Chaussee 99, 16761 Hennigsdorf, T: 0152-56788992, climbup.de*

DAV Kletterzentrum

Ob klettern oder bouldern – im Kletterzentrum kommen alle auf ihre Kosten. Neulinge zwischen zehn und 13 Jahren können im Toprope-Kurs erste Erfahrungen und alles Wichtige übers Sichern lernen, bevor es an die Wand geht. Aber auch beim Kindergeburtstag kann in die spannende Sportart geschnuppert werden. Wen das Kletterfieber gepackt hat, der kann Mitglied werden und Vergünstigungen wahrnehmen. *Seydlitzstr. 1H, 10557 Berlin-MI, T: 330998636, dav-berlin.de*

Disati Kletterwald Grünheide

Im schönen Naturhochseilgarten am Nordstrand des Werlsees können Kletterbegeisterte auf sechs verschiedenen Parcours und 88 spannenden Elementen zeigen, was sie können. Während sich Anfänger:innen ab vier Jahren auf dem Kleinkinder-Parcours erproben, hangeln sich Profis in schwindelerregender Höhe über die Elemente und wagen anschließend den Sprung aus 15 Metern Höhe in ein sicheres Netz. *Friedrich-Engels-Str. 14B, 15537 Grünheide (Mark), T: 0151-10798181, kletterwald-gruenheide.de*

TIPP Kletterpark Bernau

Der Kletterpark Bernau bietet die Möglichkeit, sich unter freiem Himmel in schwindelerregende Höhen zu begeben. Kinder ab vier Jahren wagen in Begleitung ihre ersten Kletterversuche auf dem separaten Kids-Parcours, während sich große Kletter:innen bei variablen Routenführungen an den 80 herausfordernden Kletterelementen probieren und über die elf Seilrutschen sausen. Ein Highlight ist die 10 Meter hohe Riesenschaukel, die für einen ordentlichen Adrenalinschub sorgt. Besucher:innen, die lieber auf dem Boden bleiben, probieren sich bei einer gebuchten Tour am Segwayfahren aus oder erlernen in einem Schnupperkurs das Bogenschießen. *Nikolaus-Otto-Str. 7, 16321 Bernau, T: 03338-7061349, vectoura.de*

Kletterwald am Wildpark Schorfheide

Direkt am Wildpark Schorfheide grenzt der Kletterwald an, der bereits Kindern ab fünf Jahren, die eine Mindestgriffhöhe von 1,25 Metern erreichen, auf ein munteres Kletterabenteuer mitnimmt. Dann heißt es nur noch festes Schuhwerk anziehen, lange Haare zu einem Zopf zusammenbinden und schon kann der Kletterspaß losgehen. Wer danach noch Energie hat, besucht die Tiere im naheliegenden Wildpark Schorfheide. *Prenzlauer Str. 16, 16244 Schorfheide OT Groß Schönebeck, T: 0176-38242588, kletterwald-schorfheide.de*

Kletterwald Bad Saarow

Nur eine Stunde Fahrt von Berlin entfernt ist die schöne Kletteranlage am Scharmützelsee zu finden, die bereits Sprösslingen ab drei Jahren die Möglichkeit bietet, ihre Höhentauglichkeit zu testen und erste Klettererfahrungen zu machen. Alle, die schon etwas geübter sind, trauen sich weiter in die Höhe und überwinden vom Greta-Parcours bis hin zum Araweg die spannenden Hindernisse. Wer danach noch Energie hat, kann den Tag mit einer Runde Bogenschießen abrunden und dabei sein Geschick erproben. *Seestr. 47, 15526 Bad Saarow, T: 033631-404831, kletterwald-badsaarow.de*

Kletterwald Wuhlheide

Auf die Bäume, fertig, los! Inmitten des Volksparks Wuhlheide direkt am FEZ-Berlin bietet der Kletterwald Familien die Möglichkeit, vom Boden abzuheben und den Wald aus der Vogelperspektive zu entdecken. Dabei warten mehr als 130 Kletterelemente auf neun Parcours, die jede Menge Spaß und Nervenkitzel mitbringen. Während kleine Kletterfreund:innen zwischen drei und sieben Jahren ihre ersten Erfahrungen auf den beiden Zwergenparcours sammeln, klettern Kinder, die das siebte Lebensjahr erreicht und die 1,30 Meter Marke geknackt haben, auf dem großen Parcours. *An der Wuhlheide 199, 12459 Berlin-KÖ, T: 30135267, kletterwald-wuhlheide.de*

TIPP Magic Mountain

Wenn Bäume, Mauern oder Klettergerüste für die kleinen Kletterwütigen zu langweilig werden, dann geht es auf den Magic Mountain. Während die Kleinsten spielerisch an den Klettersport herangeführt werden und nebenbei ihre Balance, Koordination und Ausdauer trainieren, können Größere ihre Fertigkeiten ausbauen. Wer noch Kletterneuling ist, probiert sich im Schnupperkurs aus. Auch Kindergeburtstagsgesellschaften hangeln sich hier die Wände hinauf. *Böttgerstr. 20, 13357 Berlin-WE, T: 88715790, magicmountain.de*

TIPP Mini Monkey Kletterwald

Die beiden Kletterwälder sind speziell auf die Fähigkeiten kleinerer Kinder zugeschnitten. Ab zwei Jahren können sie hier auf einer Höhe von maximal 1,5 Metern verschiedene Hindernisse überwinden – mal springend, mal schwingend, mal balancierend oder krabbelnd. Zu guter Letzt kann man an einer Seilbahn heruntersausen. *August-Bebel-Str. 149, 15827 Blankenfelde-Mahlow, 16547 Birkenwerder OT Briese, T: 0172-3825443, minimonkey-kletterwald.de*

MountMitte

Der moderne Hochseilgarten nimmt Familien mit auf eine spannende Kletterpartie. Kinder ab sechs Jahren dürfen hier erste Klettererfahrungen sammeln. Dabei gibt es sechs verschiedene Parcours, die über mehr als 90 Hindernisse führen, wie einen schwebenden Trabi. Ein besonderes Highlight ist der Skyfall, bei dem man einen Sprung aus 13 Metern Höhe wagt. *Caroline-Michaelis-Str. 8, 10115 Berlin-MI, T: 555778922, beachmitte.de*

Ostbloc und Südbloc Boulderhallen

Beim Bouldern klettert man in Absprunghöhe – ganz ohne Klettergurt und Seil, dafür aber mit dicken Matten. Wer sich an diesem Sport probieren möchte, kommt in die Südbloc Boulderhalle. Hier können sich Boulderneulinge in speziellen Trainingskursen für Kinder spielerisch dem Sport annähern. Auch die Halle in Lichtenberg bringt jede Menge Boulderspaß. *Ostbloc: Hauptstr. 13, 10317 Berlin-LI, T: 55499422, ostbloc.de, Südbloc: Großbeerenstr. 2-10, 12107 Berlin -TE, T: 74001810, südbloc.de*

SportJugendZentrum Lychi

Versteckt unter einem der zahlreichen Dächer im Helmholtzkiez liegt die sieben Meter hohe Kletterwand des Jugendsportzentrums, an der sich kleine Gipfelstürmer:innen in den Kletterkursen erproben können. Aber auch andere Angebote, wie Volleyball, Fußball oder Speedminton können im offenen Bereich wahrgenommen werden. *Lychener Str. 75, 10437 Berlin-PB, T: 44738833, sjzlychi.de*

TIPP Waldhochseilgarten Jungfernheide

Wer Berlin aus der Vogelperspektive erkunden möchte, kommt in den Waldhochseilgarten im gleichnamigen Volkspark. Hier können Höhentaugliche, die eine Greifhöhe von 1,45 Meter erreichen, ihre ersten Klettererfahrungen auf dem Kinderparcours wagen. Heranwachsende, deren Hände bereits die 1,90 Meter erreichen, dürfen sich auf dem Großen Parcours erproben. Knurrt dann mal der Magen, kehrt man in den Sommergarten ein. *Heckerdamm 260, 13627 Berlin-CH, waldhochseilgarten-jungfernheide.de*

Skateparks

Flaeming-Skate

Südlich von Berlin befindet sich der Flaeming-Skate mit verschiedenen Rundkursen. Auf insgesamt rund 230 Kilometern Glattasphalt ohne motorisierten Verkehr kann hier alles fröhlich rollen, was Räder hat. Entlang von Wiesen, Wald und idyllischen Dörfern können sich Familien aktiv und nach individuellem Tempo bewegen, durchpusten lassen, auspowern und dann glücklich in einem der Gasthöfe entlang der Strecke einkehren. *Küstergasse 4, 14547 Beelitz, T: 033204-62870, flaeming-skate.de*

Mellowpark

Für wen Spine, Box und Wallride keine Fremdwörter sind, der packt sein Skateboard oder BMX-Rad ein und kommt in den Mellowpark. Kleiner Hinweis: Seit 2021 sind auf den Anlagen nur noch BMX, Dirtbikes, Stuntscooter, Skateboards, Rollerskates, Inlineskates und WCMX erlaubt, d.h. Plastik- oder Klappscooter, Laufräder oder Straßenfahrräder müssen zu Hause bleiben. So können hier mit der richtigen Ausstattung dynamische Nachmittage verbracht und über Rampen und Halfpipes gesaust werden. Dabei können sich Profis als auch Anfänger:innen jeweils der richtigen Herausforderung stellen. *An der Wuhlheide 250, 12459 Berlin-KÖ, T: 64329841, mellowpark.de*

Skatehalle Berlin

Seitdem eine gemeinnützige Betreibergesellschaft die Skatehalle übernommen hat, werden alle Einnahmen in den Erhalt und die Verbesserung der Parklandschaft auf dem RAW-Gelände reinvestiert. Und diese hat einiges zu bieten! Eine 1.200 Quadratmeter große Street-Fläche, eine Park- und eine Outdoor-Skate-Area mit überdachter Minirampe, ein Café, ein eigenes Kino, eine Außenbar und einen Skate-Shop. Neben Skate-Sessions und Workshops für Kids und Erwachsene finden hier zahlreiche jugendkulturelle Projekte statt. *Revaler Str. 99, 10245 Berlin-FR, T: 92129755, skatehalleberlin.com*

Skatepark am Poststadion

Der Sportpark am Poststadion hält für Skater:innen einen rund 1.000 Quadratmeter großen Skatepark aus Ortbeton bereit. Dank der Street- und Bow-Bereiche sowie einer Vielzahl an unterschiedlichen Einzelobjekten kann hier nach Lust und Laune geskatet werden. Auf dem Gelände des Sportpark Poststation befindet sich zudem ein Familiensportbereich und ein Street-Workout-Park. *Lehrter Str. 59, 10557 Berlin-MI, sportparkpoststadion.de*

Kartbahnen

Berlinkart

Nur einen Katzensprung vom Rathaus Neukölln entfernt ist Berlins größte Kartbahn zu finden. Hier ist man eher mit älteren Teens gut aufgehoben. Auf einer Strecke von rund 750 Metern dürfen Hobbyrennfahrer:innen, die das zwölfte Lebensjahr bereits erreicht haben und mindestens 1,55 Meter groß sind, in das Kart steigen und durch die Kurven sausen. An Samstagen liegt die Mindestaltergrenze sogar bei 15 Jahren. Damit die Sicherheit nicht auf der Strecke bleibt, gibt es zu Beginn eine ausführliche Einweisung durch qualifizierte Rennleiter:innen. Dann heißt es: Festes Schuhwerk angezogen, Helm aufgesetzt, angeschnallt und los geht die Partie! *Werbellinstr. 50, 12053 Berlin-NK, T: 68053565, berlin-kart.de*

Kartland

Die Reinickendorfer Kartbahn ist auf jüngere Fahrer:innen eingestellt. Hier kann jede:r, der:die das achte Lebensjahr erreicht hat und eine Mindestgröße von 1,30 Metern vorweisen kann, über die Piste sausen. Vor allem für Kindergeburtstage ist ein Besuch auf der Kartbahn eine beliebte Feiermöglichkeit. Nachdem die Geburtstagsgesellschaft zunächst eine ausführliche Einführung bekommt, geht es dann in speziellen Kinderkarts, die für jede Menge Spaß sorgen, auf die Strecke. Im Anschluss wartet ein reichlich gedeckter Tisch auf die Geburtstagsgesellschaft, der zu einer Stärkung einlädt, bevor es zur Siegerehrung inklusive Medaillienvergabe geht. *Miraustr. 62-66, 13509 Berlin-RE, T: 43566841, kartland.de*

Mobikart Fun Racing

Geschwindigkeitsliebhaber:innen aufgepasst! Wer sich wie Michael Schumacher, Lewis Hamilton oder Nico Rosberg fühlen und über die Rennstrecke brausen möchte, ist auf Berlins schnellster Kartbahn genau an der richtigen Stelle. Hobbyrennfahrer:innen ab einer Körpergröße von 1,30 Meter können auf 430 Metern durch sieben Links- und drei Rechtskurven gleiten und so ein Rennfeeling wie bei den Profis genießen. Auch Geburtstagskinder können hier gemeinsam mit ihren Freund:innen über die Kartbahn sausen und ihren Ehrentag zu einem ganz besonderem Erlebnis machen. *Plauener Str. 161, 13053 Berlin-HO, T: 98638749, mobi-kart.de*

Du bist nicht allein

Viele Großstadtfamilien eint der Wunsch nach einem eigenen Stück Garten — Traum Kleingartenkolonie? Wir haben eine Schrebergartenfamilie besucht.

Noch vor einer Dekade galten Datschen und Co als Inbegriff purer Spießigkeit, wurden zu Strebergärten denunziert. Doch es siegte die Haltung: Mir doch egal, was die anderen sagen! Immer mehr Menschen ohne eigenes Haus und ohne Garten stehen dazu, ihren Kindern unbedingt die Möglichkeit geben zu wollen, Natur auch in der Stadt zu erleben.

Wir wünschen uns zu Recht, dass jedes Kind die Möglichkeit hat, in einem Garten zu spielen. Und wir sind viele. Aktuell gibt es in unserer Stadt 877 Kleingartenanlagen mit rund 71.000 Parzellen auf rund 2.900 Hektar. Keine vergleichbare Metropole bietet eine solche Zahl an privat nutzbaren Gärten im direkten Einzugsbereich der Innenstadt. Doch zu keiner vergleichbaren Zeit war auch der Run auf diese kleinen Stücke Glück so immens groß wie jetzt gerade.

Heike, Gerrid, Bo, Ede und Lola treffe ich im Wedding in der Kleingartenkolonie Panke. Obgleich wildfremde Menschen, muss man mich am Ende des Tages nahezu von der Couch ihrer Laube wegtragen, auf der ich mit dem sechsjährigen Bo über Hubschrauber und Bundeskanzlerinnen plaudere. So idyllisch wie im Bilderbuch ist es hier, neben dem riesengroßen Walnussbaum und umgeben von göttlich gelbleuchtenden Blütenmeeren. Phänomenal: Eben noch gestresst am Schreibtisch, kaum Sonnenlicht. Und beim Bestaunen von Mangold, Kartoffelfrüchten und Buschbohnen, Minzfeldern, Gojibeeren oder Rote Bete-Pflanzen: Entspannung.

Drei Kinder und ein Garten machen viel Arbeit, aber noch mehr Freude! Heike und Gerrid mit Lola, 6 Wochen, Bo, 6 Jahre, und Ede, 3 Jahre.

Ich schnuppere, ich taste, ich staune, ich freue mich an Kleinigkeiten. Ich bin eine von denen, die das Glück der Fremden kaum fassen kann. Und sie deswegen mit Fragen löchere wie hungrige Motten anderer Leute Kleiderschränke. Denn diese Familie hat doch tatsächlich einen Schrebergarten ergattert. Eine 200 Quadratmeter große Oase, nur 500 Meter von ihrer Wohnung entfernt.

Heikes Empfehlung: Immer dranbleiben, immer nachhaken. Sich persönlich vorstellen. Während sich die Jungs allmählich über und über mit Schlamm bedecken, stillt Heike seelenruhig das sechseinhalb Wochen alte Baby. Ich hingegen kann mich kaum wieder einkriegen, wie die Eltern es, ohne mit einer Wimper zu zucken, beobachten. „Wir leben zu fünft in einer Drei-Zimmer-Wohnung. Deswegen ist das hier unser gemütliches Wohnzimmer", stellt Heike trocken fest.

Kosten

Der durchschnittliche Preis für eine 24 Quadratmeter große Laube liegt bei etwa 4.000 Euro; laufende Kosten: im Schnitt bei 500 Euro/Jahr. Darin enthalten sind Grundkosten wie Pachtzins und öffentliche Lasten.*

Vor drei Jahren wurdedie Ingenieurin Heike hier zur Baumhausarchitektin, ihre Kinder zu Rasenmähfans und begeisterten Baumeistern. Denn die Laube wurde auch gehörig umgebaut. Die Laubenhöhe? Streng geregelt. Die Bepflanzung? Streng geregelt. Mindestens ein Drittel des Schrebergartens muss kleingärtnerisch genutzt werden. Meint: Es müssen Obst und Gemüse angepflanzt werden. Die übrige Fläche kann als „Erholungsfläche" mit Zierpflanzen und Gras bepflanzt werden.

„Es kostet einfach irre viel Zeit."

Ich lasse mir erklären, was diese Leckereien an Arbeit mit sich bringen. Und falle in Ohnmacht. Warum nicht weniger Action und mehr Chillen? „Ich mach das nicht, um Geld zu sparen. Das ist ein schöner Zeitvertreib, es macht einfach Spaß", strahlt Gerrid mit funkelnden Augen.

Dass es aber irre viel Zeit kostet, mutmaße nicht nur ich, damit zitiere ich auch den Experten, mit dem ich mich später treffe: Manuel Vesely Fernandez vom Kleingartenverein Peters Baude in Neukölln, Vater von zwei Kindern, seit sieben Jahren aktiver Kleingärtner und heute professioneller Baumpfleger, informiert interessierte Kleingartenanwärter:innen in einem von ihm und Peters Baude initiierten Vortrag genau zu dem wunden Punkt: Bitte nicht einer falsch-romantischen Vorstellung auf den Leim gehen. Sondern sich im Klaren darüber sein, wie viel Zeit, Energie und Aufwand man hineinstecken muss. „Ich habe jetzt, im siebten Jahr, das erste Mal das Gefühl, ich kann auch mal einen Tag nicht hierher kommen."

Auf diesen Plattformen lassen sich Möglichkeiten zum Mitgärtnern finden:

take-a-garden.de, gartenpaten.org, datschlandia.de, bauerngarten.net meine-ernte.de

Mehr Infos zu Berliner Gemeinschaftsgärten ab Seite 104

Durchschnittlich steht ein Kleingarten bis zu 75 Prozent der Zeit leer. Trotzdem verpflichtet man sich vertraglich, den Garten in einem vorgeschriebenen Pflegezustand zu halten. Manuel Vesely Fernandez lacht wissend: „Der Enthusiasmus ist oft am Anfang sehr groß. Auf einmal merkt man: Oh, das ist ja gar kein Selbstläufer! Rasenmähen, Heckenschneiden, und da hat man noch gar nicht ‚gegärtnert'." Manchmal seien es eher Sanierungsfälle, die man übernimmt. Er verrät, dass auch sein Garten damals einem Desaster glich. „Am Anfang war's nicht Gärtnern, sondern Kernsanieren."

Es gilt also: Nur nicht aufgeben. Nie. Das Warten auf die Pacht eines eigenen Kleingartens dauert, auch wegen Corona, aktuell mit sehr hoher Wahrscheinlichkeit einige Jahre. Aber: Die Sharing Economy hat auch die Schrebergärten erreicht! Wir haben einige Alternativen zusammengetragen – zum Ausprobieren. Oder für alle, die sich keine teuren Ablösesummen leisten können. Auch das eint nämlich viele von uns.

Fotos: Manuel Miethe, Text: Sabine Neddermeyer

**Quelle: Senatsverwaltung für Umwelt, Verkehr und Klimaschutz*

Trampolinhallen

JUMP3000

Wer an grauen, kalten Regentagen nicht weiß, wo er mit all seiner:ihrer Energie hin soll, kommt ins JUMP3000 nach Mahlsdorf. Hier können sich junge Hupfdohlen auf den 50 Sprungtüchern so richtig auspowern und coole Tricks wagen. Für junge Hüpfende von ein bis sechs Jahren gibt es einmal die Woche die Möglichkeit, während der MiniMover-Stunde über die Trampoline zu hopsen, ohne von den Großen gestört zu werden. Auch Geburtstagskinder, die hier eine aktive Party mit ihren Freund:innen zelebrieren wollen, sind herzlich eingeladen. Wer möchte, kann auch an einem der Fitness-, Parkour- und Trampolinkurse teilnehmen, bei denen professionelle Trainer:innen, die Teilnehmenden so richtig zum Schwitzen bringen. *Landsberger Str. 217/218, 12623 Berlin-HE, T: 92030003, jump3000.de*

JUMP HOUSE Berlin

Kinder ab sechs Jahren, die sich mal so richtig auspowern wollen, kommen ins Jump House. Auf mehr als 120 Trampolinen in neun verschiedenen Spaß- und Actionbereichen kann hier gehüpft werden, was das Zeug hält. Dabei wird Sicherheit immer groß geschrieben. Besonders spannend ist der VideoJUMP in der Challenge Area. Hier wird der:die Springende in ein Videogame projiziert und muss sich verschiedenen Herausforderungen stellen. Aber auch der Sprung vom TowerJUMP aus 1,50 Metern Höhe in ein Luftkissen sorgt für jede Menge Spaß. *Miraustr. 38, 13509 Berlin-RE, T: 040-5407012, jumphouse.de*

MyJump

Springen, hüpfen, hopsen und spielen – in den drei Trampolinhallen von MyJump können sich große und kleine Sprungfreund:innen mal so richtig auspowern, coole Tricks ausprobieren und sich auf den verschiedenen Sprungtüchern üben. Dabei kann man verschiedene Zeit-Pakete wählen, in denen man 60, 90 und 120 Minuten auf den Trampolinen springen kann. Kinder, die einen aktiven Geburtstag zelebrieren wollen, können im MyJump mit ihrer Gesellschaft feiern. Dabei wird von Trampolin zu Trampolin gesprungen, gekonnt durch den Ninja-Parkours gehüpft und es werden spektakuläre Körbe in der MYJUMP Slamdunk-Zone versenkt, sodass es eine unvergessliche Party für alle wird. *Königshorster Str. 11-13, 13439 Berlin-RE, T: 41408888, Allee der Kosmonauten 30, 12681 Berlin-MA, T: 0152-04680974, Caroline-Michaelis-Str. 8, 10115 Berlin-MI, myjump.de*

SPRUNG RAUM

In Marienfelde ist der Name Programm, denn in der Trampolinhalle wird gesprungen, was das Zeug hält. Hier kann man nicht nur beim Free Jump nach Lust und Laune umherhüpfen, sondern beim Trampolin-Basketball seine Koordination üben oder sich beim Dodgeball ausprobieren. Wer noch etwas zögerlich ist, lässt sich vom Trampolin in die Schaumstoffgrube katapultieren. Ist nach all dem Gehopse mal die Luft raus, kann man einen spannenden Ausblick vom Kletterturm aus genießen. Auch aktive Geburtstage können hier gefeiert werden. *Malteser Str. 139-142, 12277 Berlin-TE, T: 754488090, sprungraum.de*

Indoorfußball

BoBo Fuego Fußball Arena

Fußballbegeisterte, die einen sportiven Geburtstag feiern wollen, kommen in die Fußballarena von BoBo Fuego in Weißensee. Ob vier gegen vier oder fünf gegen fünf – in der Arena können sich Kids ein spannendes Duell liefern. Im Anschluss gibt es ein leckeres Essen und erfrischendes Eis. Neben Geburtstagspartys organisiert Bobo Fuego auch Fußballcamps und bietet eine Talentförderung bei dem ehemaligen Fußballer Rony Nikol an. Der heutige Trainer verfügt über viel Erfahrungen und entdeckt sofort, wer über ein richtiges Talent verfügt. *Falkenberger Str. 143E, 13088 Berlin-WS, T: 924009000, bobo-fuego.de*

KICKERWorld

In der Spandauer Halle kann gekickt werden, was das Zeug hält. Die speziellen Hallencourts ermöglichen schnelle Spiele. Wer einmal selbst der Ball sein möchte, schlüpft in eine riesige Gummiblase und kugelt herum. Möglich ist Bubble-Fußball ab einer Größe von 1,20 Metern. Neben Fußball kann man hier auch Kinder-Paintball mit ungefährlichen Schussgeräten spielen und Kindergeburtstag feiern oder Fußball-Camps besuchen. *Kleine Eiswerderstr. 1, 13599 Berlin-SP, T: 74744224, kickerworld-berlin.de*

Soccerworld

In der Indoor-Soccer-Halle kommen kleine und große Fußballfans voll auf ihre Kosten. Ob zum Kindergeburtstag oder in der Freizeit – hier kann nach Lust und Laune gespielt werden. Auf jeden Fall sollte man das Bubble Soccer ausprobieren, bei dem zehn Spieler:innen in übergroßen Airbags stecken und so Fußball spielen – Lachmuskeltraining garantiert. *Richard-Tauber-Damm 36, 12277 Berlin-TE, T: 0151-11210110, soccerworld-berlin.de*

Open Gym

Alba Berlin macht sich schon lange verdient um die Jüngsten der Stadt, mit den Projekten „Wir bewegen Kitas" und „Alba macht Schule" kooperiert der Basketballverein seit Jahren mit Bildungseinrichtungen in ganz Berlin. Auch außerhalb von Kitas und Schulen bietet Alba Kindern und Jugendlichen kostenlose Sportmöglichkeiten. Beim Open-Gym-Programm auf dem Streetball-Zentrum können alle kostenlos teilnehmen, egal, wie alt, ob mit oder ohne Basketballkenntnisse. Eine:r der Jugendtrainer:innen ist immer vor Ort, um Tipps und Tricks zu zeigen. Alle Termine werden in der kostenlosen App PLAYSPORTS veröffentlicht, dort kann man sich direkt zu den Einheiten anmelden. *Streetball-Zentrum im Friedrich-Ludwig-Jahn-Sportpark, Cantianstr. 24, 10437 Berlin-PB, albaberlin.de*

Ab in den Park

Berlins Parks haben einiges an kostenlosem Sportspaß zu bieten, ganz vorne mit dabei ist der Park am Gleisdreieck, wo es Streetball-Körbe, Fußballkäfig, Trampoline, einen Skatebereich mit BMX-Bowl und jede Menge befahrbare Wege gibt. *Berliner Parks ab Seite 96*

Trimmt euch!

Outdoor-Workouts sind nicht erst seit Corona im Trend, aber die Pandemie hat dem guten alten Trimm-dich-Pfad zum Comeback verholfen. Leider sind in Berlin nicht alle im besten Zustand, über alle Pfade und Outdoor-Workout-Stationen informiert: *trimm-dich-pfad.com*

Sport für kleines Geld

Kleine Artist:innen

Die artistischen Nachmittagskurse für Kinder ab neun Jahren sind an den meisten der Cabuwazi-Standorte kostenlos. Es gibt offene Trainingsangebote zum Reinschnuppern, Familienzirkustage und auch der Besuch der Zirkusshows kostet kein Vermögen. *Cabuwazi-Standorte in Altglienicke, Hohenschönhausen, Kreuzberg, Marzahn, Tempelhof und Treptow, Seite 80*

Übers Flugfeld düsen

Wir werden nicht müde, das einstige Flughafengelände zu empfehlen, vor allem, wenn man bewegungshungrige Kinder sein eigen nennt. Dort kann gerollert, geskatet, gesportelt werden, was das Zeug hält. Wer kein eigenes Gefährt dabei hat, kann für nicht allzu viel Geld beim Mobilcenter Tretmobile, Pedal-Go-Karts, Tandems und Fahrräder ausleihen.

Fahrrad- & Tretmobil-Verleih, Haupteingang am Tempelhofer Damm, mobilcenterberlin.de; Tempelhofer Feld, Seite 103

Feiert den Sport

Im August 2021 fand das große kostenlose Sportvergnügen für die ganze Familie zum ersten Mal dezentral in vielen Berliner Kiezen statt. Ob das Familiensportfest des Landessportbunds 2022 wieder im Olympiapark veranstaltet werden kann, wird sich zeigen, aber eines ist sicher: Es wird ein Tag voller Spaß und sportlicher Highlights!

Olympiapark, Gretel-Bergmann-Weg 2, 14053 Berlin-CH, familiensportfest-berlin.de

Ferienspaß

Für sportliche Kinder ist er unverzichtbar – der Ferienpass des JugendKulturServices verschafft ihnen die ganzen Ferien über gratis Eintritt in die Schwimmbäder der Berliner Bäder Betriebe und weitere Vergünstigungen. *SuperFerienPass. Seite 94*

GEBURTSTAG FEIERN

Rätselhafte Spuren

Die Schnitzeljagd gehört zu den unangefochtenen Kindergeburtstagsklassikern. Mit den Touren von StattReisen lässt sich diese sogar noch mit echter Stadtgeschichte kombinieren. Vom Bahnhof Zoo aus können Kinder sich an die Fersen von Herrn Grundeis heften, sich auf Emils Spuren begeben und Kästners Berlin kennenlernen oder von der Museumsinsel aus auf Schatzsuche gehen. Dort wurden vor einigen Jahren wertvolle Münzen entwendet – sind sie mit Hilfe der Karte zu finden, die bei Bauarbeiten entdeckt wurden? Hier ist Spürsinn gefragt! Sogar eine Zeitreise ins Mittelalter ist möglich: Archäolog:innen graben in der Nähe des Nikolaiviertels nach Überresten aus dem Mittelalter, um zu erfahren, wie die Menschen vor 700 Jahren in Berlin gelebt haben. Die Teilnehmer:innen folgen den Spuren und erforschen, was es mit einer alten Stadtmauer, einer Kirche und einer Klosterruine auf sich hat. Eine Reise in eine Zeit, die gar nicht so dunkel war!

StattReisen

Ab 8 Jahren, bis 25 Kinder, ab 105 Euro

stattreisenberlin.de

Escape Games

Cat in the Bag

Bereits ab sieben Jahren können findige Kinder mit ihren Eltern auf gemeinsame Rätseltour gehen und in den Räumen von Cat in the Bag spannende Aufgaben lösen, um auszubrechen und sich den Weg nach draußen zu bahnen. Doch Achtung, dafür wird nicht nur Geschick und Spürsinn benötigt, die Teamarbeit steht an erster Stelle, denn die Zeit läuft gegen die Spieler:innen. *Chausseestr. 15, 10115 Berlin-MI, T: 62930727, catinthebag.de*

Escape Berlin

Rätselfans können in einer der größten Escape Locations weltweit auf spannende Missionen gehen, Schlösser knacken, Geheimwege finden und Rätsel lösen. Doch nur wer gut zusammenarbeitet, findet den Weg aus der Rätselwelt hinaus. Spiele wie „Big Päng" oder „Spielzeugladen" können bereits ab acht Jahren gespielt werden, aber auch alle anderen Spiele lassen sich dank variabler Schwierigkeitsgrade individuell an Kinder anpassen. Neu sind die Spiele für zu Hause wie „Sherlock Holmes Junior". *Landsberger Allee 117A, 10407 Berlin-PB, T: 346558033, escape-berlin.de*

TIPP Exit – Live Adventures

Rätselfreund:innen erleben bei EXIT ihr ganz eigenes Abenteuer. Während in den Escape Rooms spannende Missionen gegen die Zeit gespielt werden, um den Weg aus dem rätselhaften Raum zu finden, gehen Entdeckungslustige bei der Outdoor-Mission auf eine Schnitzeljagd mitten durch das Herz von Berlin entlang der ältesten und geschichtsträchtigsten Gebäude der Stadt. Für ein besonderes Erlebnis sorgen die Virtual Reality-Spiele, bei denen man ausgestattet mit einer VR-Brille auf Abenteuer geht und ein ganz neues Spielgefühl erlebt. *Klosterstr. 62, 10179 Berlin-MI, T: 208499070, exit-vr.de*

TIPP House of Tales

Mitten in Berlin reisen Knobelfans, die auf der Suche nach Spannung, Spiel und dem nächsten Abenteuer sind, in eine faszinierende Parallelwelt, die es in sich hat. Während furchtlose Familien im Escape Room „Der Fluch des Pharaos" auf die gefährliche Suche nach dem Stein der Iseths gehen, geht man im „Checkpoint Charlie" als Agent:in auf geheime Mission. Wer lieber auf Outdoor-Mission gehen möchte, bucht die Stadtralley „Operation Fuchsbau", bei der man dem Meisterdetektiv Fuchs das Handwerk legen muss, um das Versteck des kostbaren Diamanten zu finden. Ausgestattet mit einem Tablet und einem Missionskoffer haben die Nachwuchsdetektiv:innen drei Stunden Zeit, um das mysteriöse Rätsel zu knacken. *Zimmerstr. 90, 10117 Berlin-MI, T: 20888765, houseoftales.de*

Labyrintoom

60 Minuten Zeit, zahlreiche Rätselaufgaben und jede Menge Überraschungen – wer die Escape Räume des Labyrintoom betritt, geht auf eine spannende Knobeltour, die nur mit gemeinsamer Arbeit zu meistern ist. Versucht aus dem magischen Kabinett zu flüchten, den Heiligen Gral zu finden oder die verborgenen Geheimnisse des Würfels zu entschlüsseln ... doch gebt acht und seid schnell, denn die Zeit läuft gegen euch. *Wartenberg Str. 35/36, 10365 Berlin-LI, T: 97862954, labyrintoom.berlin*

The Room

Deutschland in den 80er Jahren – es herrscht Ost gegen West und euer Ausreiseantrag ist abgelehnt worden. Doch ihr habt von einer geheimen Quelle einen Tipp bekommen, dass es einen Weg in den Goldenen Westen gibt. Aber diesen müsst ihr erst mal finden. Gemeinsam geht ihr auf eine schräge Zeitreise mit kultig-nostalgischem DDR-Ambiente, auf der euch immer wieder kleine Rätsel begegnen, um die Mission zu lösen. *Ruschestr. 64-66, 10365 Berlin-LI, T: 37306511, the-room-berlin.com*

Erlebnisorte

TIPP Barfußpark Beelitz-Heilstätten

Vor den Toren Berlins in direkter Nachbarschaft zum Baumkronenpfad und den ehemaligen Beelitzer Heilstätten befindet sich der Barfußpark. Hier heißt es Schuhe aus und rein ins Vergnügen. Wandelt über die drei Kilometer lange Wegstrecke mit über 60 Stationen. Die verschiedenen Untergründe regen die Füße an und lassen euch einen herrlichen Tag in der Natur erleben. *Straße nach Fichtenwalde 13, 14547 Beelitz, T: 0162-2909999, derbarfusspark.de*

Barnim Panorama

Der ideale Ausgangspunkt für einen Ausflug in den Naturpark Barnim ist das Barnim Panorama im Dorfkern von Wandlitz. Hier begeben sich Besucher:innen auf eine Reise durch Landschaft, Natur und Agrargeschichte des Barnims. Im Außenbereich laden Entdeckerpfad, Baumhaus und Schaugarten zum Erkunden ein. *Breitscheidstr. 8/9, 16348 Wandlitz, T: 033397-360505, barnim-panorama.de*

TIPP Baum & Zeit

Auf dem Baumkronenpfad in den Beelitzer Heilstätten wird es abenteuerlich, denn dort geht es hoch hinaus! Auf dem Pfad könnt ihr wandern, wo sonst nur Vögel fliegen und einen faszinierenden Ausblick über die Stadt bis zum Fläming genießen. Durch den extrabreiten Pfad und den barrierefreien Zugang können auch Menschen im Rollstuhl an diesem Erlebnis teilnehmen. *Straße nach Fichtenwalde 13, 14547 Beelitz, T: 033204-634723, baumundzeit.de*

Berlin Dungeon

Wer auf die düstere Reise durch 800 Jahre Berliner Geschichte gehen möchte, ist im Dungeon gut aufgehoben. Da stockt einem schon mal der Atem, wenn man mit dem Fahrstuhl des Grauens in die Tiefe fährt und durch die Folterkammer wandelt. Auf Mutige wartet der Freifallturm mit einem Sturz ins Ungewisse. Nicht zu empfehlen ist der Besuch für Kinder unter zehn Jahren. *Spandauer Str. 2, 10178 Berlin-MI, T: 01806-255544, thedungeons.com*

Burg Storkow

Das Besucherzentrum des Naturparks Dahme-Heideseen in der Burganlage Storkow lädt zur Besichtigung ein. Ein Teil der Anlage ist die Erlebnisausstellung „Mensch und Natur – Eine Zeitreise“, die Besucher:innen die abwechslungsreiche Natur- und Kulturgeschichte in der Region näher bringt. *Schloßstr. 6, 15859 Storkow (Mark), T: 033678-73108, natur-schau-spiel.com*

El Dorado Templin

In Templin erleben Besucher:innen ein echtes Abenteuer, denn hier geht es zu wie im Wilden Westen. Wie ein echter Cowboy lernen Kinder, wie man ein Lasso wirft, gehen auf die Suche nach Gold oder erkunden mit der Postkutsche bequem den Park. Zudem gibt es ein spannendes Showprogramm, das unter anderem eine aufregende und actiongeladene Stuntshow zeigt. *Am Röddelinsee 1, 17268 Templin, T: 03987-2084303, eldorado-templin.de*

Erlebnisbahn

In der Uckermark und im Fläming kann man auf einer echten Hebeldraisine über stillgelegte Schienen rauschen. Dabei ist die Muskelkraft der ganzen Familie gefragt, denn ohne kommt man hier garantiert nicht vorwärts. Auch zum Kindergeburtstag sind die ausgelassenen Draisinenfahrten sehr beliebt. *An den Wulzen 23, 15806 Zossen, Am Bahnhof Mellensee 3, 15838 Am Mellensee, Weidendamm 5, 16798 Fürstenberg/Havel, Zehdenicker Str. 30, 17268 Templin, T: 03377-3300850, erlebnisbahn.de*

TIPP Familiengarten Eberswalde

Etwa 40 Kilometer nördlich von Berlin gelegen, befindet sich ein wahrer Erlebnisort für die ganze Familie, der zu einem vergnügten Tagesausflug einlädt. Auf dem weiträumigen Gelände gibt es allerhand spannende Attraktionen wie ein Tretauto-Parcours, der verwunschene Märchenwald, ein Sportplatz zum Austoben oder den Aussichtskran für Höhentaugliche. *Am Alten Walzwerk 1, 16227 Eberswalde, T: 03334-384910, familiengarten-eberswalde.de*

Filmpark Babelsberg

Hier können Besucher:innen hinter die Kulissen des berühmten Löwenzahn-Bauwagens gucken, einen Blick ins Hexenhaus werfen oder eine kleine Bootstour in Janoschs Traumland unternehmen. Für Action sorgt die Stuntshow im Vulkan, in der waghalsige Kämpfe und atemberaubende Stunts präsentiert werden. *Großbeerenstr. 200, 14482 Potsdam, T: 0331-7212345, filmpark-babelsberg.de*

TIPP Hurricane Factory

Wer selbst das Gefühl vom Fliegen erleben möchte, stattet der Hurricane Factory einen Besuch ab. Kinder ab dem fünften Lebensjahr können im größten Windkanal Deutschlands gemeinsam mit einem:einer erfahrenen Instruktor:in in die Lüfte abheben. Dabei erleben sie ein außergewöhnliches Erlebnis, bei dem sie Wind, Aerodynamik und das Phänomen des Fliegens am eigenem Körper spüren. *Waßmannsdorfer Allee 3, 12529 Schönefeld OT Waßmannsdorf, T: 03379-3217380, hurricanefactory.com*

Irrlandia

Suchen, verirren, entdecken – in den Labyrinthen und Irrgärten von Irrlandia haben Familien jede Menge Spaß. Zudem gibt es mehr als 50 Attraktionen, die zum gemeinsamen Spielen einladen sowie sportliche Herausforderungen und Lust an Bewegung bieten. *Lebbiner Str. 1, 15859 Storkow (Mark), T: 033678-41732, irrlandia.de*

JetSim

Kinder ab acht Jahren, die selbst mal ein Flugzeug steuern möchten, kommen im Flugsimulator auf ihre Kosten. Vor allem zum Kindergeburtstag ist der Ausflug ein Highlight. Nach einer Einweisung dürfen das Geburtstagskind und Gäst:innen nacheinander eine Flugroute fliegen. Dabei führt jedes Kind einen Start und eine Landung durch. *Reuchlinstr. 10/11, 10553 Berlin-TI, T: 34350650, jetsim.de*

Karls Erlebnis-Dorf

Wer das Erlebnis-Dorf im Elstal betritt kann sich auf einen Tag voller Abenteuer gefasst machen. Das ganze Jahr über warten viele spannende Attraktionen auf euch. Ob Ponyreiten, Achterbahn fahren, die spannende Eiswelt erleben, im Irrgarten wandeln, auf dem Hüpfkissen springen, auf den Spielplätzen toben oder die Kartoffelsackrutsche hinuntersausen – hier wird es niemals langweilig. Wem bei all dem Spaß dann mal der Hunger überkommt, kehrt ins Hofrestaurant ein und genießt allerhand Leckereien. *Döberitzer Heide 1, 14641 Elstal, T: 033234-243030, karls.de*

LEGOLAND Discovery Centre

Baufreund:innen, die es lieben mit LEGO zu spielen, sollten dem LEGOLAND Discovery Centre einen Besuch abstatten. Der ultimative Indoorspielplatz, in dem es über vier Millionen LEGOsteine gibt, besitzt verschiedene aufregende Bereiche wie Drachenbahn, Bauernhof oder Ninjago City, die mit spannende Attraktionen zum Toben, Spielen, Entdecken, Fahren und Bauen einladen. *Potsdamer Str. 4, 10785 Berlin-TI, T: 0180-666690220, legolanddiscoverycentre.de*

Little BIG City Berlin

Berlin ist und war schon immer eine interessante Stadt, die viel zu bieten hat. Im Little BIG City können große und kleine Besucher:innen in die letzten 750 Jahre Berlins eintauchen und die großen Momente und kleinen Geschichten erleben. Dabei werden durch die aufwendigen Projektionen, Hologramme und beeindruckenden 3D-Modelle selbst die größten Geschichtsmuffel in den Bann gezogen. *Panoramastr. 1A, 10178 Berlin-MI, T: 0180-6257106, littlebigcityberlin.de*

Im Havelland können Familien vergangene Zeiten entdecken. Ganz nebenbei lockt ein unbezahlbarer Blick in den Sternenhimmel.

Havelland

Schulweg 1
14728 Kleßen-Görne
T: 033235-29311
spielzeugmuseum-havelland.de

Sternenpark Westhavelland
Pareyer Dorfstr.
14715 Havelaue
T: 033872-7430
sternenpark-westhavelland.de

Blick in die Vergangenheit

Wer einen Trip in die Vergangenheit plant, aber weder DeLorean noch Fluxkompensator zur Verfügung hat, reist einfach schnöde per Bahn oder Auto ins kleine Örtchen Kleßen. Bereits 1280 erstmals urkundlich erwähnt, gehört es zu den ältesten Dörfern der Gegend und blickt auf eine wechselhafte Geschichte zurück, von der bis heute das Schloss Kleßen zeugt. Jahrhundertelang lag das Gut in der Hand der märkischen Adelsfamilie von Bredow, heute können Besucher:innen hier in den alten Stallungen fürstlich übernachten und wirklich gute Landesküche in der Speisekammer oder dem Café genießen. Die Ferienwohnung Lindenhaus bietet auch für Familien ausreichend Platz.

Lilienthal-Centrum Stölln
Otto-Lilienthal-Str. 50
14728 Gollenberg
T: 033875-90690
otto-lilienthal.de

Vom Gutshaus nur ein paar Schritte entfernt beherbergt die alte Dorfschule das Spielzeugmuseum im Havelland, das herausragende Beispiele der deutschen Spielzeugindustrie aus den vergangenen zwei Jahrhunderten sein Eigen nennt. Nicht nur Kinder geraten hier ins Staunen über historische Spielzeug-Eisenbahnen und Puppenküchen, Papiertheater, Plüschtiere und Metallbaukästen ebenso wie über Kasperle-Theater oder Kinderspielzeug aus DDR-Produktion. Als echte Zeitzeugnisse verraten die Exponate viel über die Geschichte und wie sich Kindheit im Laufe der Zeit gewandelt hat. Noch mehr Geschichte gibt es eine Ortschaft weiter in Stölln zu erleben. Dort erfährt man im Lilienthal Centrum Wissenswertes rund um dem großen Traum vom Fliegen.

Nach dem Besuch des Museums sollte auf jeden Fall noch ein Spaziergang durch den umliegenden Naturpark Westhavelland mit eingeplant werden. Das weitläufigste Großschutzgebiet Brandenburgs gehört nicht nur zu den gewässerreichsten Gegenden Deutschlands, sondern lockt als Sternenpark auch zu einem sternenerleuchteten Nachthimmel, der den Bewohner:innen in der Stadt aufgrund der Lichtverschmutzung verwehrt bleibt.

Madame Tussauds Berlin

Wo kann man in Berlin Lionel Messi, Lady Gaga und Albert Einstein an einem Ort begegnen? Man findet ihn Unter den Linden, wo die Ausstellung eindrucksvolle Wachsfiguren in Lebensgröße von Berühmtheiten aus den Bereichen Musik, Politik, Fashion, Film oder Kultur präsentiert. Der neue 200 Quadratmeter große interaktive Themenbereich „Berlin 100!“ widmet sich den prägendsten Momenten der letzten 100 Jahre Berliner Geschichte mit Wachsfiguren von Persönlichkeiten sowie Kulissen, die Berlin geprägt haben. *Unter den Linden 74, 10117 Berlin-MI, T: 0180-6545800, madametussauds.com*

Malchower Labyrinthpark

Familien, die in den uckermärkischen Park kommen, genießen eine ausgiebige Pause vom schnelllebigen Alltag. Gemeinsam wandern sie durch das Schnecken-Labyrinth, den Großen Irrgarten, oder das Stroh-Labyrinth. Während man im Sandhexagon sein eigenes Labyrinth entwirft, lässt sich im Chartres-Labyrinth der herrliche Duft des wachsenden Lavendels genießen. Für noch mehr Spiel und Spaß sorgen das Riesensudoku und das Tangram. *Dorfmitte 1A, 17291 Göritz OT Malchow, T: 039851-629942, malchower-labyrinthpark.de*

Modellpark Berlin-Brandenburg

Habt ihr schon mal die Goldelse aus nächster Nähe gesehen oder von oben in die Reichstagskuppel hineingeschaut? Im Modellpark Berlin-Brandenburg in der Wuhlheide kann man gemütlich innerhalb einer Stunde einige der wichtigsten Sehenswürdigkeiten Berlins und Brandenburgs aus nächster Nähe betrachten. Von April bis Oktober stehen die 80 Gebäude, die in einem Verhältnis von 1:25 nachgestellt wurden, für Groß und Klein zur Besichtigung bereit. Bei Kreativbastel- und Ferienkursen werden Kinder in den Modellbau eingeführt. *An der Wuhlheide 81, 12459 Berlin-KÖ, T: 36446019, modellparkberlin.de*

TIPP Museumspark Rüdersdorf

Direkt vor den Toren Berlins gelegen, ist das Freilichtmuseum und Industriedenkmal gut mit öffentlichen Verkehrsmitteln zu erreichen, die Tramlinie 88 fährt fast direkt vor den Museumspark. Das 17 Hektar große Gelände lässt Geschichte lebendig werden. Von den Rumfordöfen bis zu der Schachtofenbatterie gibt es viel zu bestaunen, das einen Blick in andere Zeiten erlaubt. Noch weiter in die Vergangenheit können Besucher bei den geologischen Führungen schauen: Tatsächlich finden sich im Steinbruch versteinerte Tiere des einstigen Trias-Meeres, die man bei den Touren selbst bergen kann. *Heinitzstr. 9, 15562 Rüdersdorf, T: 033638-489910, museumspark.de*

Naturerlebnis Uckermark

Auf einer Fläche von rund 12,5 Hektar bietet das Naturerlebnis Uckermark eine gelungene Verbindung zwischen Tierwelt, Erlebnis und Natur. Verschlungene Pfade führen durch die verschiedenen Themengärten, vorbei an herrlich duftenden Kräutern und bunt blühenden Blumen. Im Haustierpark leben Schafe, Esel, Ziegen und andere heimische Tiere, bei denen Streicheln gerne erlaubt ist. *Am Scharfrichtersee 2A, 17291 Prenzlau, T: 03984-806000, naturerlebnis-uckermark.de*

Sommerrodelbahn Scharmützelbob

Auch wenn kein Schnee fällt oder dieser schon geschmolzen ist, muss auf den Rodelspaß nicht verzichtet werden. Auf der Sommerrodelbahn Scharmützelbob bei Bad Saarow geht es ganzjährig mit Action und Nervenkitzel bergab. Per Lift fährt man auf die Rauenschen Berge, von wo man durch zahlreiche Kurven und mit ordentlich Speed bis ins Tal flitzt. Mitfahren dürfen alle, die das dritte Lebensjahr erreicht haben. Ohne eine erwachsene Begleitung darf man ab einer Größe von 1,45 Metern die Bahn heruntersausen. *Am Fuchsbau 7, 15526 Bad Saarow, T: 03361-736035, scharmuetzelbob.de*

TIPP DER REDAKTION

Kleine Oase

Tipp von Antje mit Finja (12), Juri (8) und Joscha (4)

Gemeinschafts-Gärtnern auf dem Friedhof? Für meine Kinder das Größte: beim Abendspaziergang hier vorbeischauen und noch schnell Maiskolben fürs Abendbrot ernten. Alle, die mögen, können einfach mitmachen, kleine Besucher:innen entdecken die Natur bei regelmäßigen Workshops. ElisaBeet, Seite 104

TIPP Spargel- und Erlebnishof Klaistow

Ob Erdbeer-, Heidelbeer-, Spargel- oder Kürbissaison – in Klaistow ist immer was los. Kinder können auf der riesigen Rutsche runtersausen, auf dem Hüpfkissen um die Wette springen, zahme Ziegen auf der Streichelwiese liebkosen, und im Wildgehege Damwild beobachten. Höhentaugliche klettern im Kletterwald herum, sausen mit der Seilrutsche durch den Wald oder vergnügen sich auf dem Kidsparcours. Sehenswert ist im Herbst die Kürbisausstellung, bei der jedes Jahr unter einem anderen Motto riesige Kürbisfiguren gestaltet werden. Von Mitte Juli bis Oktober lockt das große Maislabyrinth. *Glindower Str. 28, 14547 Beelitz OT Klaistow, T: 033206-61070, spargelhof-klaistow.de*

Spiegellabyrinth

Im Spiegelmuseum am Checkpoint Charlie gehen Familien auf eine kleine Abenteuertour. Gemeinsam wandelt ihr durch die Gänge und versucht den Weg aus dem Labyrinth herauszufinden. Doch die Spiegel tricksen euch aus und zeigen euch Wege, die es gar nicht gibt. *Friedrichstr. 207, 10969 Berlin-KR, spiegellabyrinth.com*

Studio of Wonders

500 Quadratmeter, 20 Erlebniswelten, optische Täuschungen – am Leipziger Platz könnt ihr eine wundersame Welt eintauchen und mit verrückten Bildern von euch wieder auftauchen. *Leipziger Platz 14, 10117 Berlin-MI, studioofwonders.com*

WINDOBONA Berlin

Im Lichtenberger Windkanal können Besucher:innen ab vier Jahren ihrem Traum vom Fliegen ganz nah kommen. Einfach einen Termin buchen, saubere Sportschuhe mitbringen und schon kann das Flugerlebnis starten. Nach einer Einweisung geht es mit der richtigen Schutzkleidung in die 4,3 Meter breite und 17 Meter hohe verglaste Flugkammer, die dank des künstlichen Luftstroms das Fliegen ermöglicht. *Landsberger Allee 268, 10367 Berlin-LI , T: 809334140, windobona.berlin*

TIPP Ziegeleipark Mildenberg

Während hier früher Milliarden Ziegel für Berlins Bauten hergestellt wurden, können Familien heute auf spannende Entdeckungstouren gehen. Dort erwarten euch multimediale Ausstellungen zur Ziegelei- und Technikgeschichte, spannende Führungen, Fahrten mit den Schienenfahrrädern, eine große Spielwiese mit Kleintierzoo sowie tolle Events. Darüber hinaus kann man an den alten Streichtischen ausprobieren, wie man Ziegel herstellt. *Ziegelei 10, 16792 Zehdenick, T: 03307-310410, ziegeleipark.de*

Abenteuerspielplätze

AKiB-Landesverband

Der AKiB ist der Landesverband der Abenteuerspielplätze und Kinderbauernhöfe und hat sich unter anderem als pädagogisches Ziel gesetzt, ein Verständnis für ökologische Zusammenhänge zu entwickeln sowie die Entfaltung von individuellen Fähigkeiten, wie beispielsweise handwerkliche Betätigungen und den verantwortungsvollen Umgang mit Tieren zu fördern. Auf der Website findet man eine nach Bezirken geordnete Liste von Berliner Abenteuerspielplätzen und Kinderbauernhöfen, die darauf warten, erkundet zu werden. *T: 75764797, akib.de*

Abenteuer- und Bauspielplatz Forcki

Abenteuer, Spannung, Action – die Freizeiteinrichtung hält für Besucher:innen zwischen sechs und 14 Jahren ein tolles Angebot bereit, bei dem sie frei spielen, Hütten bauen oder sich an der Lehmarbeit ausprobieren. Dabei spielt der Umgang mit den Elementen – Erde, Wasser, Luft und Feuer – eine tragende Rolle. *Eldenaer Str. 12, 10247 Berlin-FR, T: 453056690, forcki.de*

Abenteuer- und Bauspielplatz KUHFUß

Auf dem Abenteuerspielplatz können Kinder zwischen sieben und 14 Jahren vielfältigen Angeboten nachgehen, experimentieren und ihrer Fantasie freien Lauf lassen. Ein besonderes Augenmerk liegt auf dem gemeinsamen Hüttenbau. Durch den Umgang mit Werkzeug und Materialien, sowie beim Planen und Konstruieren, erfahren die Kinder mathematisch-physikalisches Denken, soziale Kommunikation und handwerkliche Fähigkeiten. Darüber hinaus wird hier gegärtnert, gespielt, bei den Hausaufgaben geholfen, in der Werkstatt gebastelt oder im Winter in der Teestube entspannt. *Karl-Kunger-Str. 29, 12435 Berlin-TR, T: 53699069, kinderring-berlin.de*

TIPP Abenteuerlicher Bauspielplatz Kolle 37

Kinder brauchen Freiräume, in denen sie sich entfalten können, um eigene Erfahrungen zu sammeln. Diesen Freiraum bietet ihnen der Kolle 37. Von Dienstag bis Freitag können Kinder und Jugendliche zwischen sechs und 16 Jahren nach der Schule durch Spielen und Experimentieren Neues entdecken und lernen. Dabei fördert sie das Team durch ein vielfältiges Angebot, das sich vor allem mit dem traditionellen Handwerken und der Bearbeitung von Naturmaterialien sowie den vier Elementen beschäftigt. Das Hüttenbaufestival ist jedes Jahr ein Highlight! *Kollwitzstr. 35, 10405 Berlin-PB, T: 4428122, kolle37.de*

Abenteuerspielplatz Fort Robinson

Direkt an den Falkenberger Krugwiesen ist der integrative Abenteuerspielplatz zu finden, der Kindern zwischen sechs und 14 Jahren die Möglichkeit bietet, gemeinsam Hütten zu bauen, mit Naturmaterialien zu basteln oder sich verantwortlich um die Hoftiere zu kümmern. *Wartiner Str. 75-77, 13057 Berlin-HO, T: 9208192, kietzfuerkids.de*

Abenteuerspielplatz Humboldthain

Im hügeligen Humboldthain liegen nicht nur viele Geschichten versteckt, sondern auch der gleichnamige Abenteuerspielplatz. Mit Gruppenräumlichkeiten, einer Holz- und Fahrradwerkstatt, großer Feuerstelle, Gemüsegarten und einem Lehmbackofen wird hier ein reichhaltiges Programm zum Austausch und Aktivwerden angeboten. Seilbahn, Schaukel, Rutsche, Tischtennisplatte und die Sportaktivitäten laden zum Austoben ein. *Gustav-Meyer-Allee 4, 13355 Berlin-WE, T: 4644762, asp-humboldthain.de*

Abenteuerspielplatz im Güntzelkiez

Wilmersdorfer Kinder treffen sich auf dem zentral gelegenen, kunterbunten Abenteuerspielplatz, der mit einer Fläche von rund 1.700 Quadratmetern viel Platz zum Spielen bietet. Ob Hütten bauen, Urban Gardening, Kreativ- und Handwerkskurse oder ein gemütliches Lagerfeuer, an dem sich ausgetauscht werden kann – hier wird Freiraum für viel Fantasie, Begegnungen und Spaß geboten. *Holsteinische Str. 45, 10717 Berlin-WI, T: 86394033, asp.nusz.de*

Abenteuerspielplatz Königshorster Straße

Im Märkischen Viertel wird Kindern der Umgebung ein Ort geboten, an dem sie eine spannende Freizeit erleben können. Auf dem großen Freigelände können sie der Fantasie freien Lauf lassen und an zahlreichen Aktivitäten teilnehmen wie Hütten bauen, Tischtennis und Fußball spielen, in der Holz- und Metallwerkstatt werkeln, filzen, malen, basteln oder einfach nur spielen. *Königshorster Str. 1-9, 13439 Berlin-RE, T: 4158011, berliner-naturfreundehalle.de*

TIPP Abenteuerspielplatz MARIE

Im Winsviertel auf der Grünfläche vor der Grundschule an der Marienburger Straße liegt der Abenteuerspielplatz. Hier können Kinder ab fünf Jahren nicht nur selbst mitbestimmen, sondern auch Hütten bauen, schmieden, mit Holz werkeln und in Kunstkursen kreativ werden. Im dazugehörigen Garten wird der Umgang mit der Natur geschult und vom Samen bis zur Möhre im Salat gelernt sowie verstanden, wie Nahrungsmittel angebaut werden. *Marienburger Str. 42-46, 10405 Berlin-PB, T: 44041163, an-der-marie.de*

TIPP Abenteuerspielplatz Sonnenhaus

Ausprobieren, sich entfalten und neue Lernerfahrungen sammeln – Kinder und Jugendliche, die den rund 3.500 Quadratmeter großen Erlebnis- und Erfahrungsort betreten, landen in einem wahren Abenteuerland. Hier kann man auf einem großen Piratenschiff herumklettern, Hühner, Schweine und Bienen beobachten, im Kräuter- und Beerengarten auf Entdeckungstour gehen oder in der Outdoor-Kinderwerkstatt werkeln. In den Ferien bietet der Hof spannende Workshops an, bei denen zum Beispiel die Tiere des Hofs versorgt und gleichzeitig auch noch neue Futterpflanzen gepflanzt werden. Dabei lernen die Kinder, was die Tiere benötigen und welche Pflanzen sie mögen. *Teltower Damm 310, 14167 Berlin-ZE, T: 26567033, sonnenhaus.berlin*

Abenteuerspielplatz Spirale

Nicht nur die kleinen Schnecken tragen ein Haus in Spiralform, auch das Kräuterbeet ist wie ein ansteigendes Schneckenhaus angelegt, um auf kleinstem Raum den verschiedenen Klimazonen der Kräuter und ihrer Bodenkultur gerecht zu werden. Auf dem Abenteuerspielplatz nahe des U-Bahnhofs Konstanzer Straße kann aber auch Gemüse angebaut, die Tiere gefüttert, das Hüttendorf gestaltet oder sich auf dem Sportfeld und der Spielwiese ordentlich ausgetobt werden. *Westfälische Str. 16A, Eingang: Münstersche Str., 10709 Berlin-WI, T: 8616068, spirale-abenteuerspielplatz.nbhs.de*

Abenteuerspielplatz Waslala

Abenteuerliebende Kinder können auf dem Abenteuerspielplatz eine eigene Hütte bauen und anschließend darin spielen, etwas über die Umwelt lernen, sich im Garten betätigen oder sich um die großen und kleinen Ponys kümmern. In der Pandemie-Zeit können an den Angeboten nur Kinder teilnehmen, die sich vorher angemeldet haben. *Venusstr. 88, 12524 Berlin-TR, T: 67909356, aspwaslala.de*

Abenteuerspielplatz Wildhüterweg

Am Rande der Gropiusstadt gibt es ein reichhaltiges Spielangebot für Kinder. Neben dem Holzspielplatz am Wildhüterweg bietet der anliegende Abenteuerspielplatz tolle Aktivitäten wie einen Niedrigseilgarten, Holz- und Töpferwerkstätten, Gesellschaftsspielrunden sowie ein vielseitiges Programm auf dem Spaß garantierenden Sportbereich für Bewegungsbegeisterte. Alle Bereiche werden von pädagogischen Mitarbeiter:innen betreut und gestaltet. *Wildhüterweg 1-3, 12353 Berlin-NK, T: 6041078, wildhueterweg.de*

TIPP Archäologie- und Abenteuerspielplatz Moorwiese

Kinder und Jugendliche zwischen sechs und 16 Jahren, die Nachmittags Lust auf ein aufregendes Abenteuer haben, statten der Moorwiese direkt am S-Bahnhof Buch einen Besuch ab. Hier können große und kleine Entdecker:innen Hütten bauen, mit den vier Elementen spielen oder sich an altem Handwerk erproben – und das alles an der frischen Luft. Wem das noch nicht genug ist, lernt spielerisch etwas über die Stein-, Eis- oder Bronzezeit sowie das Frühmittelalter. Zudem steht Bogenschießen, das Rekonstruieren kleiner Gebäude aus den früheren Zeitaltern sowie das Gießen aus Zinn auf dem Programm. *Wiltbergstr. 29A, 13125 Berlin-PA, T: 0176-57266053, mooor.de*

Kinderfreizeiteinrichtung Känguruh

Wer nach der Schule nicht nur zu Hause rumsitzen möchte, stattet der Freizeiteinrichtung zwischen Ostkreuz und Boxhagener Platz einen Besuch ab. Je nach Wochentag können in der Holzwerkstatt Segelschiffe gebastelt, im Malraum neue Kunstwerke erschaffen oder im Computerraum Trickfilme hergestellt werden. Wer es gerne etwas sportlicher hätte, tobt sich am Boxsack aus, springt auf dem Trampolin herum oder hangelt sich den Kletterturm hinauf. *Konitzer Str. 2, 10245 Berlin-FR, T: 29350589, kfe-kaenguruh.de*

Moabiter KinderHof

Spiel, Spaß und Spannung – auf dem Moabiter Kinderhof bekommen Kinder zwischen sieben und 13 Jahren ein abwechslungsreiches Programm geboten. Je nach Wochenplan wird hier Fußball gespielt, gegärtnert, sich akrobatisch bewegt, Musik gemacht oder sich um die Hoftiere gekümmert. Wer Probleme mit den Hausaufgaben hat, bekommt hier Hilfestellung. *Seydlitzstr. 12, 10557 Berlin-TI, T: 3946662, moabiterkinderhof.de*

Naturspielplatz Pauli

Direkt am Landwehrkanal des Paul-Lincke-Ufers befindet sich der Naturspielplatz Pauli, der sich von den herkömmlichen Spielplätzen in der Umgebung unterscheidet: Außer einer Rutsche gibt es hier nämlich keine konventionellen bzw. vorgefertigte Spielgeräte und das aus einem guten Grund. Hier können Kinder der Fantasie vollkommen freien Lauf lassen und die Natur ganzjährig begreifen. So kann nach Lust und Laune im Sand gespielt, den Hügel rauf und runtergerannt, die Baumstämme erforscht oder sich zwischen den Büschen versteckt und mit Steinen gebaut werden. *Paul-Lincke-Ufer 12, 10999 Berlin-KR, T: 22503041, komsu-kinder.de*

Radelnd durch die Uckermark

Felder, Wiesen und unzählige Seen machen die Uckermark zum beliebten Ausflugsziel. Unsere Tourempfehlung ist auch mit jüngeren Kindern gut zu schaffen.

Fürstenberg

AHOI Shop, Rad und SUP
Bahnhofstr. 31
16798 Fürstenberg
ahoisup.de

Wenn es draußen grünt und blüht und die Sommersonne lockt, dann zieht es Stadtmenschen hinaus ins Umland, vorzugsweise zu ausgedehnten Fahrradtouren durch die weite Landschaft. Dass das zu den liebsten Wochenendbeschäftigungen der Berliner:innen gehört, davon zeugt regelmäßig das Gedränge im überfüllten Regionalexpress, und die Erholung ist schnell vergessen, wenn man sich mit Kindern, Rädern und Gepäck in die Waggons zirkeln muss. Entspannter gelingt die Reise ohne Räder, die man dann einfach vor Ort mietet. Direkt am Bahnhof Fürstenberg gelegen, hat der AHOI Shop (der übrigens auch tolle SUP-Touren anbietet) sowohl Erwachsenen- als auch Kinderräder sowie Helme zum Verleih im

Mühlenwirtschaft
Stabenstr. 2
17279 Lychen
T: 039888-524876
muehlen-mahlzeit.de

Angebot, auch ein wirklich guter Kaffee und kleine Leckereien sind hier zu bekommen. Von dort aus lässt sich die Uckermark hervorragend erradeln, zahlreiche Radwege führen durch Wiesen, Felder und vorbei an Seen und der Havel.

Auch mit jüngeren Kindern ist ein Trip von Fürstenberg bis Lychen als Tagestour gut zu schaffen. Vorbei am Schwedtsee und am Stolpsee führt der Himmelpforter Weihnachtsweg am Postamt des Weihnachtsmanns vorbei, dort lässt sich gut ein Stopp an den Badestellen des Stolp- oder Haussees einlegen. In Lychen angekommen lohnt sich neben einem Spaziergang durch das hübsche Ortszentrum ein Besuch in der Mühlenwirtschaft. Wo sich einst das Mühlrad drehte und die Mehlsteine das Getreide mahlten, sind heute ein Restaurant und ein Café zu finden. Von deftigen Mittagsspeisen bis zum selbstgemachten Kuchen findet sich hier alles, um nach dem Radeln in historischer Kulisse Kraft zu tanken. Derart gestärkt geht es dann wieder zurück nach Fürstenberg und von dort nach Hause – ganz entspannt.

Spielhaus Schillerstraße

Das Spielhaus macht seinem Namen alle Ehre, denn auf dem großzügigen Abenteuerspielplatz kann nach Lust und Laune getobt, geklettert, gerutscht, gehüpft und gespielt werden. So stehen große und kleine Spielmöglichkeiten, wie Schaukeln, eine Riesenrutsche, ein Trampolin, Tischtennisplatten, zwei Ballspielplätze sowie verschiedene Klettergeräte bereit. Ein besonderes Highlight sind die verschiedenen Go-Karts und Rollerblades, mit denen man über die eigene Fahrstrecke sausen kann. Bei verschiedenen Workshops erhalten Besucher:innen zwischen sechs und 12 Jahren die Möglichkeit zu tanzen, sich am Kochen zu üben oder kreative Erfindungen zu basteln. *Schillerstr. 86, 10627 Berlin-CH, T: 34334485, spielhaus-berlin.de*

TIPP Spielplatz Wilde Rübe

Auf dem pädagogisch betreuten ökologischen Spielplatz wird Schulkindern viel geboten. Ob verschiedene Bewegungsspiele, Gestaltungsmöglichkeiten, Klangkreationen, Kinosamstage, Nähangebote, Gartenarbeit oder der Versorgung der hier lebenden Tiere – das Programm ist so vielfältig, dass man gerne öfter hierher kommt. *Wildenbruchstr. 25, 12045 Berlin-NK, T: 56827845, wilde-ruebe.de*

Spielplatzinitiative Marzahn

Das Motto ist eindeutig: „Spiel, Platz und Initiative – diese drei Dinge sind für Heranwachsende so wichtig wie das Licht für die Blume." Umgesetzt wird es von der Spielplatzinitiative in mehreren Projekten: So können sowohl auf dem ASP West als auch auf dem AUSP Nord Kinder tolle Abenteuer erleben, sich kreativ entfalten und neue Herausforderungen meistern. Im SpieleWald können die jungen Besucher:innen auf eine spannende Entdeckungsreise gehen, Tiere beobachten und die heimische Pflanzenwelt kennenlernen. *Eichner Chaussee 3, 16356 Ahrensfelde, T: 0174-8182002. ASP Nord, Schorfheidestr. 52, 12689 Berlin-MA, T: 93498192,* ASP West, *Ahrensfelder Chaussee 26, 12689 Berlin-MA, T: 93491882, spielplatzinitiative.de*

Stadt der Kinder

Mitten in Berlin finden Heranwachsende zwischen sechs und 14 Jahren eine Oase, die es ihnen ermöglicht, ein Stück Freiheit und Wildheit zu erleben. Mit großer Eigenverantwortung kann man hier seine eigenen Ideen planen und umsetzen und an spannenden Angeboten wie der Pflege der hier lebenden Tiere, bei der Arbeit im Garten, dem Bauen oder Kochen teilnehmen. Auch der hauseigene Kiosk wird von den Kindern eigenständig geführt. *Rosenthaler Str. 59, 10119 Berlin-MI, T: 28387837, stiftung-spi.de/asp*

Bowling

3D Schwarzlicht Bowling

Wer die Schwarzlichtinsel betritt, der landet auf einer Bowlingbahn der ganz besonderen Art. Hier sind die Bahnen nicht nur kürzer als gewohnt, was das Spielen für Kinder erleichtert, sie sind zudem noch mit fluoreszierenden Farben und 3D-Motiven geschmückt, die durch das Schwarzlicht erst richtig zur Geltung kommen. Auch 3D-Minigolf kann man hier spielen. *Goerzallee 190, 14167 Berlin-ZE, T: 86203180, schwarzlicht-insel.de*

Big Bowl

Am Sonntag ist Familiensonntag auf der Lichtenberger Bowlingbahn. Dann können große und kleine Bowlingfreund:innen zum Preis von einer Stunde die doppelte Zeit um die Wette bowlen und versuchen, die meisten Kegel zu treffen. Aber auch zu Kindergeburtstagen ist das Bowling-Center eine beliebte Anlaufstelle. *Bornitzstr. 105, 10365 Berlin-LI, T: 55009966, big-bowl-berlin.de*

Bowlero

Familien, die sich an verregneten Tagen aktiv bewegen wollen, statten dem Friedrichshainer Bowlingcenter einen Besuch ab. Einfach eine Bahn reservieren, Bowlingschuhe mitbringen oder ausleihen und schon kann der Familienspaß losgehen. Auch für Kindergeburtstage ist der Bowlingtreff gerüstet. Unter der Woche haben Schüler:innen die Möglichkeit, zu deutlich ermäßigten Preisen ihrer Bowling-Leidenschaft nachzugehen. *Samariterstr. 19/20, 10247 Berlin-FR, T: 2939930, bowling-in-berlin.de*

Bowling World

Geburtstagskinder, die ihren Ehrentag sportlich feiern wollen, kommen auf die Bowlingbahn am Mercedes Platz. Während sich Eltern entspannt zurücklehnen können, spielt die Geburtstagsgesellschaft eine spannende Partie auf der kindgerechten Bahn, bevor sie sich mit leckerem Essen stärken. *Mercedes Platz, 10243 Berlin-FR, T: 81825901, berlin.bowlingworld.de*

Das Bowlingstudio am ICC

18 Bowlingbahnen stehen im Bowlingstudio am Kaiserdamm bereit und laden Familien zu einer lustigen Partie ein. Für Kinder wurden extra automatische Bumper eingebaut, die sich ausklappen, sodass der Ball nicht mehr in den Rinnen landet und dem Spaß kein Abbruch getan wird. *Kaiserdamm 80/81, 14057 Berlin-CH, T: 3027094, bowlingstudio.de*

Strike Lanes

Das Bowlingcenter befindet sich in der dritten Etage des Shopping Centers Alexa. Hier können Familien lustige Kindergeburtstage feiern oder einen aktiven Familiensamstag verbringen. Spezielle Bumper sorgen für gute Laune, denn sie verhindern, dass die bunten Kugeln in die Rille am Rand der Bahn rollen. Wer bei der rasanten Bowlingpartie Hunger verspürt, kann hier auch leckere Snacks erwerben. *Grunerstr. 20, 10179 Berlin-MI, T: 290280270, strikelanes.de*

Minigolf

Dockx Schwarzlicht Minigolf

Eine Minigolf-Partie der besonderen Art bekommen Familien auf der Anlage Dockx am Tempelhofer Hafen geboten. Hier darf jede:r, die:der bereits einen Schläger halten kann, in die Welt des Schwarzlichts eintauchen und auf der kunstvollen 18-Bahnen-Anlage den Ball ins Loch befördern. Neben Minigolf gibt es auch die Möglichkeit, Lasertag zu spielen oder auf dem Indoor-Spielplatz herumzutoben. *Ordensmeisterstr. 1-3, 12099 Berlin-TE, T: 72012228, dockx-berlin.de*

TIPP Minigolf am Hertzbergplatz

Wer einen lustigen Nachmittag an der frischen Luft erleben und sich dabei sportlich betätigen möchte, stattet der Minigolf-Anlage am Hertzbergplatz einen Besuch ab. Hier kann man sowohl eine Partie Minigolf als auch Pit-Pat spielen. Pit-Pat wird auf einer 18-Bahn-Anlage gespielt, die auf 80 cm hohen Tischen montiert ist. Das Spiel stellt eine Mischung aus Miniaturgolf und Billard dar und bereitet sowohl großen als auch kleinen Besucher:innen jede Menge Spaß. *Sonnenallee 165, 12059 Berlin-NK, T: 0176-93698551, hertzberg-golf.de*

Minigolf am Insulaner

Mitten im begrünten Insulaner-Park findet man die Minigolfanlage, auf der Familien einen vergnügten Nachmittag verbringen können. Nach einer erfolgreichen Partie kann man es sich auf der Liegewiese oder der Sonnenterrasse gemütlich machen und erfrischende Getränke, Eis oder kleine Snacks genießen. Wer noch nicht ausgepowert ist, kann auf dem riesigen Klettergerüst herumtoben oder eine Runde Beach-Volleyball auf dem angrenzenden Feld spielen. Neben Minigolf können Besucher:innen hier auch Pit-Pat spielen. *Munsterdamm/Prellerweg, 12169 Berlin-SB, T: 7961558, minigolf-insulaner.de*

Minigolf Hasenheide

Seit mehr als 30 Jahren können Hobby-Minigolfer:innen auf der Anlage am Nordrand des Neuköllner Volksparks Hasenheide unter begrünten Bäumen eine Partie spielen. Für besonders schnelle Spieler:innen sind einige Bahnen doppelt angelegt, sodass es auch die Möglichkeit gibt, zu überholen. Besucher:innen können aber auch in der Zeit eine Pause auf den Bänken der Anlage einlegen und den anderen beim Spielen zuschauen. *Hasenheide 81, 10967 Berlin-NK, T: 6931362, minigolfplatz-hasenheide.de*

Minigolf im Stadtpark Steglitz

Dass Minigolf keine eingestaubte Sportart ist, sondern vor allem einen Riesen-Spaß für die ganze Familie bringt, zeigt die Minigolf-Anlage im Stadtpark Steglitz. Besucher:innen ab vier Jahren können unter den Schatten spendenden Bäumen den Schläger schwingen und ihr Glück probieren, den Ball ins Loch zu befördern. Für eine Verschnaufpause sorgt das Gartencafé, in dem man kühle Erfrischungen bekommt. Kinder, die nach der Partie noch genug Energie haben, toben sich auf den Spielplätzen im Stadtpark aus. Von Mai bis September findet am ersten Samstag im Monat ein Flohmarkt unter dem Motto „Minigolf Meets Flohmarkt“ statt. *Albrechtstr. 44, 12167 Berlin-ST, T: 0179-1056027, minigolf-steglitz.de*

TIPP Nuture Mini ART Golf

Mitten auf dem Tempelhofer Feld stehen auf einer Fläche von rund 1800 Quadratmetern 18 interaktive Kunstinstallationen, die Kunst, Klima, Nachhaltigkeit, Energie und Ressourcen auf eine einzigartige Weise verbinden. Doch nicht nur das, auf ihnen kann man eine Partie Minigolf spielen. Dabei reagieren die Installationen auf die Spielzüge, bewegen sich, leuchten, machen Töne oder speien Wasser. *Tempelhofer Feld, Eingang Columbiadamm, 10965 Berlin-TE, T: 0177-7829973, nuture-art.de*

Schwarzlichtinsel Berlin

Wer die Hallen der Lichterfelder Indoor-Minigolf-Anlage betritt, darf sich auf eine Partie der ganz besonderen Art freuen. 18 künstlerisch gestaltete Bahnen warten darauf, von den Spieler:innen bezwungen zu werden. Mithilfe der 3D-Brille bilden die fluoreszierenden Farben eine faszinierende, bunte Traumwelt, in der die Objekte zum Greifen nah erscheinen. Doch nicht nur zum Minigolf lädt die Schwarzlichtinsel ein, Besucher:innen können zudem in der spannenden Schwarzlichtwelt auch bowlen, Lasertag spielen oder mit einer VR-Brille in eine virtuelle Welt eintauchen. *Goerzallee 190, 14167 Berlin-ZE, T: 86203180, schwarzlicht-insel.de*

SHOPPING

CH Charlottenburg
FR Friedrichshain
HE Hellersdorf
HO Hohenschönhausen
KÖ Köpenick
KR Kreuzberg
LI Lichtenberg
MA Marzahn
MI Mitte
NK Neukölln
PA Pankow
PB Prenzlauer Berg
RE Reinickendorf
SB Schöneberg
SP Spandau
ST Steglitz
TE Tempelhof
TI Tiergarten
TR Treptow
WE Wedding
WI Wilmersdorf
WS Weißensee
ZE Zehlendorf

Baby und Schwangerschaft

9 Monate Berlin

Wenn der Babybauch wächst, schwindet die Anzahl der passenden Anziehsachen. Es lohnt sich, etwas fürs eigene Wohlbefinden zu tun und sich für die Schwangerschaftsmonate gemütliche und ausgehtaugliche Sachen zu gönnen. 9 Monate Berlin kleidet Schwangere und Stillende in schönste Gewänder. Eigens für den Shop produzieren zahlreiche verschiedene Hersteller:innen in Europa Schickes und Bequemes für aufregende Zeiten. *Schivelbeiner Str. 41, 10439 Berlin-PB, T: 44036604, 9monateberlin.de*

NEU ANGELCAB Brandstore

Bei Angelcab gibt es Alleskönner im Sortiment. Die braucht es auch, schließlich sind die Ansprüche an einen Kinderwagen hoch. Wendig soll er sich im Stadtgetümmel schieben lassen und im Gelände Stabilität bieten. Die Wagen sind nicht nur funktional, sondern auch super schick und noch dazu frei von Schadstoffen und fair produziert. So überzeugen ungewöhnliche Materialien wie Rhabarberleder oder Schafschurwolle im alltäglichen Gebrauch. Auch Babytragen stellt das Label aus Biobaumwolle her und führt auch eine kleine, aber feine Auswahl an Babyspielsachen. *Wörther Str. 27, 10405 Berlin-PB, T: 41209555, angelcab.de*

BABYBOX by Winzig & Klein

Der Flagstore am Zionskirchplatz bietet auf seinen stilvoll eingerichteten Quadratmetern Erstausstattung für Neugeborene. Neben ausgewählten Einzelteilen gibt es Geschenksets und Erstlings-Boxen, die mit viel Feingefühl zusammengestellt werden. Die Mummy Box enthält eine sorgsam getroffene Auswahl an Dingen, welche die Zeit von Schwangerschaft, Geburt und Wochenbett verschönern. Beides eignet sich ganz hervorragend als Geschenk. *Fehrbelliner Str. 24, 10119 Berlin-MI, T: 01702200471, babyboxfamily.com*

baby-walz

Der bundesweit vertretene Fachmarkt hat es sich auch in der Berliner Filiale zur Aufgabe gemacht, die ersten Jahre des Nachwuchs professionell zu begleiten. Werdende Eltern sind hier gut beraten, denn der Laden hat zudem alles für Schwangerschaft und Erstausstattung zu bieten. Zudem findet sich im CYBEX-Shop der Charlottenburger Filiale alles rund um die Marke CYBEX. Auf 60 Quadratmetern kann das Sortiment aus Kinderwagen, Autositzen und Babytragen ausprobiert werden. *Knesebeckstr. 59-61, 10719 Berlin-CH, T: 8871680, baby-walz.de*

BabyOne

Wenn ein neuer Mensch erwartet wird, ist das eine aufregende Zeit. Vieles ist neu und die Erstausstattung für ein Leben mit Kind muss noch zusammengesucht werden. BabyOne hilft dabei, in all der Aufregung nicht den Kopf zu verlieren und übernimmt die Denkarbeit für frischgebackene Mamas und Papas. Die Produkte für Kinder bis drei Jahre sind sorgfältig ausgewählt und finden sich in Berlin gleich in vier Filialen. *Bundesallee 17, 10717 Berlin-WI, T: 8833007; Pankower Allee 47-49, 13409 Berlin-RE, T: 49989450; Nonnendammallee 117, 13629 Berlin-SP, T: 33006030; Alboinstr. 18-24, 12103 Berlin-TE, T: 75687120, babyone.de*

Bugaboo Brand Store

Auch wenn es sich hier um den Bugaboo unter den Kinderwagen handelt, empfiehlt es sich, das neue Gefährt zuallererst zu testen. Der Store in Mitte bietet sich dafür ganz besonders an. Nicht nur wegen der großzügig eingerichteten Räume oder der Tasse Kaffee, die man hier ganz nebenbei genießen kann. Es lohnt sich auch deshalb, weil es einfach Spaß macht, dieses Glanzstück an Kinderwagen auf seine Funktionalität zu prüfen. *Alte Schönhauser Str. 3, 10119 Berlin-MI, T: 54777038, bugaboo.com*

NEU Die Zwergperten

Der Berliner Shop ist umgezogen und berät nun an neuer Adresse rund um Transportfragen. In den hellen Räumen an der Prenzlauer Promenade findet sich ein breites Sortiment an Babyschalen, Reboardern und Kindersitzen. Auch für Zubehör-Bedürfnisse ist der Laden gerüstet. Ob Trittschutz, Kühlmatte oder Regenschutz für die Babyschale – wer mit Kind unterwegs sein möchte, muss schließlich vorbereitet sein. Fündig wird auch, wer Kindertransportmöglichkeiten fürs Fahrrad sucht. *Prenzlauer Promenade 26, 13089 Berlin-WS, T: 29777222, zwergperten-shop.de*

Familie Bär

Der erste Roadtrip mit Nachwuchs erfordert ein bisschen Vorbereitung. Familie Bär hilft bei der Wahl des passenden Kindersitzes und berät umfassend zu Babyschalen und speziell zu Reboardkindersitzen. Auch für Flugreisen stattet der Laden aus und bietet seine Expertise an. Von der Schwangerschaft bis zum Ende der Kindersitzpflicht wird man hier optimal begleitet. *Heinersdorfer Str. 23, 12209 Berlin-ST, T: 81052830, familiebaer.com*

Nestbau

—

Lieblingsläden für Kindermöbel

1

Baby Manufactur

Exklusive Kindermöbel, kuschelige Teppiche, stimmungsvolle Lampen – das Charlottenburger Urgestein unter den Kinderdesignläden präsentiert alles, um den Nachwuch ein schönes Heim zu bereiten und bietet auch Einrichtungsberatung bei euch zu Hause an. *Pariser Str. 21, 10707 Berlin-CH, T: 31805752, babymanufactur.com*

2

Kleine Fabriek

In den beiden Stores in Schöneberg und Mitte findet ihr eine Auswahl der hochwertigen Kindermöbelserien aufgebaut, zu denen euch das Team auch gerne berät. Vom Babybett über den Kinderschaukelstuhl bis zum Schreibtisch gilt: Es soll langlebig sein, wandelbar, mitwachsend und dabei gut aussehen. *Gotenstr. 64, 10828 Berlin-SB; Kastanienallee 63, 10119 Berlin-MI, Seite 164*

3

ekomia

Minimalistisches Design, zertifiziertes Holz, ökologische Farben und Öl prägen die Möbel des Berliner Labels. Babybett und Wickelkommode lassen sich so umbauen, dass sie lange nach der Babyzeit noch Verwendung finden. *Immanuelkirchstr. 23, 10405 Berlin-PB, T: 41761972, ekomia.de*

4

Fabienne Kid's Living

Bei den Kindermöbeln, die in dem freundlichen Laden im Helmholtzkiez angeboten werden, wird besonders auf eine hochwertige Fertigung aus Massivholz geachtet. Betten, Schreibtische und Stühle wachsen mit und können so über lange Zeit genutzt werden. *Senefelderstr. 33, 10437 Berlin-PB, T: 5458827, fabienne-kidsliving.de*

5

KLEIN-HOLZ

Das Kindermöbelhaus hat sich seit Jahrzehnten der Aufgabe verschrieben, Kinderzimmer vernünftig auszustatten. Massivholz, Schadstofffreiheit und hochwertige Fertigung sind hier die Kriterien. Zum Service gehört neben der kompetenten Beratung auf Wunsch auch die fachgerechte Montage. *Bamberger Str. 30/Ecke Berliner Str. 1, 10779 Berlin-WI, T: 86421278, klein-holz.de*

Firlefanz

Mehr als 500 Kinderwagen von Marken wie Emmaljunga, HESBA & HARTANG oder Naturkind Kinderwagen warten bei Firlefanz darauf, die Straßen unsicher zu machen. Ein ausgefeiltes Beratungskonzept sorgt dafür, dass auch garantiert das richtige Gefährt gewählt wird. Der Werkstatt-Service hilft bei Problemen aller Art und auch auf der Suche nach Tragesystemen, Babysachen und Spielzeug wird man hier fündig. *Grevesmühlener Str. 30-32, 13059 Berlin-HO, T: 88001222, firlefanz.com*

Girasol

Die wunderschönen Hängematten, Hängestühle und Tragetücher von Girasol sind direkt aus Guatemala und Mexiko importiert. Im Berliner Laden kann man sie bestaunen, ausprobieren und natürlich käuflich erwerben. Wer lieber zu anderen Tragesystemen greifen möchte, die unkomplizierter in der Anwendung erscheinen, ist hier auch gut beraten. Der MySol, das patentierte Tragesystem der Eigenmarke, ist eine gute Alternative zum Tragetuch. Auch ausgesuchtes Kunsthandwerk hat den Weg aus Mexiko direkt in den Laden gefunden und lohnt den Besuch. *Eisenacher Str. 71, 10823 Berlin-SB, T: 7811584, girasol.de*

TIPP Hug & Grow

Man merkt dem Laden an, dass es dem Team nicht nur um Dienstleistung geht, sondern vor allem um die ganzheitliche Begleitung von Kindern und Familien. Diese Linie spiegelt sich in der nachhaltigen Kindermode wieder, die Säuglinge bis Teenager von Kopf bis Fuß ökologisch einkleidet. Aber auch darüber hinaus findet sich hier vieles, was eine gute Kindheit braucht: Tragehilfen, Stoffwindeln und ganzheitliche Holzspielzeuge sowie Rucksäcke, Brotdosen und Naturkind-Kinderwagen. Die Ratgeber zur liebevollen Elternschaft sorgen inhaltlich für Input. *Kirchstr. 20, 10557 Berlin-TI, T: 75569769, hug-and-grow.de*

Hula Hup

Bei Hula Hup wird Beratung und eine große Auswahl an Umstands- und Stillmode angeboten. Ob stilvolle Fest- und Brautmode, Business Wear, gemütliche Freizeitkleidung oder Stillwäsche – das Sortiment ist breit gefächert. In ruhiger Atmosphäre kann das persönliche Outfit ausgewählt werden. *Uhlandstr. 131, 10717 Berlin-WI, T: 8737924, berlin-umstandsmode.de*

Kleine Fabriek

Zwei Berliner Stores füllt die Kleine Fabriek mit schönen und praktischen Dingen fürs Kinderzimmer und den Kleiderschrank. In Schöneberg und Mitte wird fündig, wer sich für schlichtes und schönes Design aus Skandinavien begeistert. Vom empfehlenswerten Kinderwagen über mitwachsende Kindermöbel und Deko bis hin zum Laufrad beweisen die Inhaber:innen Geschmack. Gute Beratung ist hier Ehrensache und orientiert sich an dem, was junge Familien wirklich brauchen. *Gotenstr. 64, 10829 Berlin-SB, T: 692055780, ; Kastanienallee 63, 10119 Berlin-MI, T: 692015130, kleinefabriek.de*

Knuddelkind Berlin

Wer in Lichterfelde nach einem fahrbaren Untersatz für den Nachwuchs sucht, findet diesen bei Knuddelkind. Kinderwagen, Buggys, Autositze und Hochstühle hat der Laden im Sortiment. Die eleganten Wägelchen sind von Marken wie Inglesina, mima oder Anex. Für Leute, die gerne mit leichtem Gepäck unterwegs sind, sind die ultrakompakten Buggys interessant. *Margaretenstr. 3, 12203 Berlin-ST, T: 55220123, knuddelkind.berlin*

TIPP Madame Jordan

Besonders in den ersten Monaten ist es oft am unkompliziertesten, sich den Nachwuchs kurzerhand auf Bauch oder Rücken zu schnallen. Madame Jordan bietet hervorragende Tragelösungen, die den Bedürfnissen von Eltern und Kind gerecht werden. Babytragen gibt es von Ergobaby, Tula, Manduca, Limas, Girasol und einigen anderen Hersteller:innen. Aber auch Ringslinge und Tragetücher sind beliebt und sollten als Variante durchaus in Betracht gezogen werden. Heiß begehrt sind bei Geschwisterkindern die Puppentragen und regelmäßige Aktionen wie das Wimpelketten-Nähen. *Pappelallee 44, 10437 Berlin-PB, T: 44312217, madamejordan.com*

TIPP MamaMotion

Wer den Nachwuchs in den ersten Monaten ganz nah am Körper tragen möchte, sollte sich um eine rückenschonende Trage bemühen. Das Familienunternehmen MamaMotion berät Mütter wie Väter kompetent und markenübergreifend. Die modulare Babytrage MaMo wurde eigens von MamaMotion entwickelt. Genauso wie die Jackenerweiterung Kumja, welche sowohl Träger:in als auch Tragling trocken hält. Stets gibt es hier neue, optimierte Modelle aus der eigenen Produktion. Ganz neu im Sortiment: die MaMo Bauchgurttasche. *Chodowieckistr. 32, 10405 Berlin-PB, T: 40500511, mamamotion.de*

Milchwiese

Rund um die allererste Nahrung versorgt die Milchwiese frisch gebackene Eltern und ihre Säuglinge. Wenn Schwierigkeiten beim Stillen auftreten, ist gute Beratung wichtig. In dem Berliner Shop haben stillende Mamas Priorität, in Notlagen sogar außerhalb der Öffnungszeiten. Das Konzept beinhaltet auch Milchpumpen zur Miete und allerlei Dinge, die die Zeit mit Säugling schön machen. *Kaiserdamm 19, 14057 Berlin-CH, T: 89402044, milchwiese.de*

mother

Shoppen mit dem Nachwuchs ist durchaus manchmal anstrengend. Wenn die Vorstellungen von Eltern und Sprösslingen auseinander gehen, können die Nerven mal blank liegen. Die schönen Teile von mother bringen den nötigen Coolnessfaktor mit, den größere Kinder brauchen, und genügen dennoch den elterlichen Ansprüchen. Auch Schönes für die Allerkleinsten gibt es in dem Laden im Bötzowkiez. Die vorrätigen Marken kommen aus Skandinavien und den Niederlanden. Unter anderem Bench, Minymo, Noppies, Sanetta, Sterntaler und Kikkid. *Hufelandstr. 30, 10407 Berlin-PB, T: 40393290, mother-shop.de*

Paula Janz Maternity

Die Damenbekleidung von Paula Janz Maternity ist für besondere Zeiten bestimmt. Die Umstands- und Stillmode ist so wunderschön, dass einem die Auswahl schwer fällt. Die Kleider im Sortiment zeigen, dass Babykugel und Stilbewusstsein sich keineswegs ausschließen. Stillmode mit unterschiedlichen Systemen überlässt der frischgebackenen Mama die Wahl. *Choriner Str. 32, 10435 Berlin-PB, T: 41717014, paulajanz.com*

Punkt und Pünktchen

Unweit des Savignyplatzes findet man Schwangerschafts- und Stillmode für Business, Freizeit und festliche Anlässe in großer Auswahl. Die kompetente und individuelle Beratung der werdenden Mütter ist den beiden Inhaberinnen sehr wichtig. Auch Kleidung für Säuglinge und Kinder bis acht Jahren von Loud und Proud, Engels, Petit Bateau und anderen Marken werden hier geführt. *Schlüterstr. 28, 10629 Berlin-CH, T: 3247890, punktpuenktchen.de*

sexymama

Die Mode von sexymama ist megabequem und kleidet werdende Mütter in schönste Designs. Die Auswahl ist groß, das Sortiment des Shops umfasst Stücke von über 30 verschiedenen Labels. Die Mode ist absolut erschwinglich und oft gibt es auch das eine oder andere reduzierte Teil zu ergattern. Wie gut, dass man viele Pullover, Kleider und Jacken nach der Geburt gar nicht aussortieren muss: Sie haben eine Stillfunktion und sind deshalb noch eine Weile verwendbar. *Lychener Str. 52, 10437 Berlin-PB, T: 54714338, sexy-mama.de*

Gesunde Kinderfüße

Anna Romach weiß aus eigener Erfahrung, wie wichtig richtige Beratung beim Kauf von Kinderschuhen ist.

Nach ihrem Studium der Englischen und Spanischen Philologie sammelte Anna langjährige Erfahrungen im Messebereich und als Damenmode-Brandmanagerin, bevor sie ihren eigenen Kinderschuhladen eröffnete. Anlass dafür war, dass ihre beiden Töchter sehr schmale Füße haben und Anna enttäuscht war, weder passende Schuhe noch die richtige Beratung zu finden.

Mittlerweile führt sie mehr als 20 Marken, dabei achtet sie bei der Auswahl des Sortiments darauf, dass sie die Schuhe in verschiedenen Breiten anbieten kann. Auch Nachhaltigkeit ist ein wichtiger Faktor, ebenso wie Kund:innenwünsche. Die individuelle Beratung steht bei Anna im Mittelpunkt, die Kinderfüße werden mit Geduld genau vermessen, um eine Auswahl an passenden Schuhen anzubieten. Schließlich sollen sie den Kindern gute Dienste beim Rennen, Toben, Klettern leisten!

Kinderschuhwelt

Bismarckstr. 69
10627 Berlin-CH
T: 31805142
kinderschuhwelt.de

Stilllounge

Nicht immer klappt das Stillen auf Anhieb, dann empfinden Frauen den Druck oft als groß, schließlich wird das Stillen als die natürlichste Art der Säuglingsernährung bewertet. Die Stilllounge sorgt für Entspannung und berät auch bei schwierigen Themen kompetent. Die enge Zusammenarbeit mit dem Geburtshaus Schöneberg macht es möglich, dass die Regale vor allem mit Produkten gefüllt sind, die auch in der Praxis als sinnvoll gelten. Rund ums Baby gibt es auch noch andere Produkte zu erstehen und die Kursangebote umfassen auch Geburtsvorbereitung und Rückbildung. *Dominicusstr. 25, 10823 Berlin-SB, T: 78719266, stilllounge-berlin.de*

Kinderkleidung

360° Outdoor

Wildniswanderung, Kanutour im Spreewald oder Trekking im Himalaya – 360° stattet Abenteuerwütige aus und zwar, wie schon der Name sagt, rundum. Der Fokus liegt auf Ausrüstung, die hier von den führenden Marken wie Fjällräven, Deuter, Marmot, Icebreaker, Mountain, Woolpower und vielen anderen über den Tresen geht. *Oranienstr. 164, 10969 Berlin-KR, T: 79789449, 360-outdoor.de*

TIPP C 37

Seit vielen Jahren eine der verlässlichsten Berliner Adressen für guten Geschmack! Die Mode für Neugeborene, Kinder und Jugendliche in dem Concept Store ist zeitlos stilvoll. Ihnen liegt Qualität und Nachhaltigkeit am Herzen, deshalb unterstützt das Team vor allem kleine und regionale Designer:innenlabels. Damit die Auswahl mit Nachwuchs stressfrei verläuft, können die Sachen zur entspannteren Anprobe auch mal mit nach Hause genommen werden. Aber nicht nur für Kleidung kommt man in die Choriner Straße, auch ausgewählt schöne Spielwaren und Wohnaccessoires kann man hier erwerben. *Choriner Str. 37, 10435 Berlin-PB, T: 41725741, c-37.de*

Camp4

Auf der Karl-Marx-Allee wird mit Leidenschaft ausgerüstet. Wer hier berät, ist selbst leidenschaftliche:r Kletterer:in, Wanderer:in, Radler:in oder Paddler:in. Kompetent wird den Suchenden alles Notwendige und Sinnvolle für Ausflüge in die nahe oder ferne Wildnis vermittelt. Bekleidung, Kletterequipment und Campingausrüstung gibt es auch für kleine Abenteurer:innen. *Karl-Marx-Allee 32, 10178 Berlin-MI, T: 3229660, camp4.de*

d.nik

Der Concept Store am Kollwitzplatz beherbergt jede Menge schöner Dinge rund ums Kind. Das Sortiment umfasst Mode, Möbel und Dinge fürs Kinderzimmer, die zu Bewegung und Kreativität anregen. Marken wie Petit Bateau, Salt-Water Sandals, Ocra, Bobo Choses oder Mini Rodini verknüpfen Nützlichkeit und Ästhetik. Junge Designs und bekannte Kindermöbel-Klassiker gibt es von Marken wie Kalon Studios, Angelpoise oder marimekko. Auch für die nächste Fete kann man sich hier hervorragend mit Produkten von Meri Meri eindecken. *Wörther Str. 14, 10405 Berlin-PB, T: 30648628, dnik-berlin.de*

Der Aussteiger KIDS

Wen es hinaus in die wilde Welt zieht, sollte sich darauf gut vorbereiten. Die Filiale des Aussteigers in Prenzlauer Berg hat sich auf den Abenteuerdrang kleiner Entdecker:innen bis 15 Jahre spezialisiert. Vom Krabbelkäferpflaster für die ersten Schnitzversuche über den Trekking-Rucksack bis hin zu Mikroskop und Teleskop findet sich im Shop Nützliches für die Welt da draußen. Absolutes Highlight ist die Raumfahrttestanlage für Teddys, welche die Kuscheltiere auf ihre astronautische Tauglichkeit prüft. *Danziger Str. 28, 10435 Berlin-PB, T: 38107180, der-aussteiger.de*

TIPP die kinderstube

An der Ecke Knaack- und Rykestraße kann man für den Nachwuchs alles, was ansteht, in einem fulminanten Rundumschlag eintüten. Herzensspielzeug und Schnuffeltücher sowie Vorlesebücher, Accessoires fürs Kinderzimmer, Lampen oder Bettwäsche und eine lange Stange ausgewählter Kinderkleidung gibt es am Wasserturm. *Knaackstr. 20A, 10405 Berlin-PB, T: 44352004, diekinderstube.com*

TIPP Dollyrocker

Genauso wie bei ihrem eigenen Upcyclinglabel DOLLYROCKER legen Gabi Hartkopp und Ina Langenbruch auch beim restlichen Sortiment den Schwerpunkt auf Kreativität und Nachhaltigkeit. So befindet sich nichts in den Regalen, was die Inhaberinnen des schönen Ladens am Boxhagener Platz nicht auch selbst kaufen würden. Das Ergebnis ist eine feine Auswahl skandinavischer Kindermode, schönen Teilen aus Wolle und Seide, sowie Accessoires für Kinder und nachhaltige Papeterie. *Gärtnerstr. 25, 10245 Berlin-FR, T: 54719606, dollyrocker.de*

Emil & Evelinchen

Ob Babykleidung, Bademode oder Buddelhose – von Schneeanzug bis Sonnenhut übernimmt Emil & Evelinchen die Komplettausstattung, und zwar nicht nur mit Notwendigem, sondern auch Schönem. Labels sind unter anderem Petit Bateau, Scotch & Soda, Sterntaler und Käthe Kruse. *Reichsstr. 92A, 14052 Berlin-CH, T: 3059993, evelinchen.net*

Erdbeerengel

In seinen hellen Räumen präsentiert der Laden vor allem skandinavische Kindermode von Marken wie Elkline, Done by Deer, Name It oder Minymo. Wer treu einkauft, profitiert von der Family Card: Je größer und häufiger der Einkauf, desto größer der Rabatt beim nächsten Mal. *Heinsestr. 27, 13467 Berlin-RE, T: 40502400, erdbeerengel.de*

TIPP finkid Store

Immer wieder ist es die finnische Mode, die im Nu überzeugt. Das Design der finkid-Kinderkleidung ist schlicht, schön und orientiert sich an dem, was funktional ist. So hat sich die Marke fürs Stadt- und Naturleben einen Namen gemacht und ist aus Berliner Kinderkleiderschränken gar nicht mehr weg zu denken. Die Filiale auf der Bundesallee rüstet zudem mit Kinderschuhen aus – für jede Saison das passende Paar. Viele der Gummisohlen sind ökologisch aus Naturkautschuk produziert. *Bundesallee 117, 12161 Berlin-WI, T: 85757645, finkid.de*

TIPP finkid- & finside-Outlet Store

Wer neidisch auf die finkid-Kindersachen schaut und sich auch gerne so schön, farbenfroh und gemütlich anziehen möchte, findet bei der finside-Kollektion schöne Kleidungsstücke für Frauen. Berliner:innen können sich glücklich schätzen, dass es hier einen Outlet-Store gibt, der beides zu günstigen Preisen anbietet. Öffnungszeiten beachten! *Manfred-von-Richthofen-Str. 20, 12101 Berlin-TE, T: 89640772, finkid-outlet.de*

Fräulein S.

Die handgefertigten Unikate aus der hauseigenen Kollektion kleiden kleine Menschen bis sieben Jahren auf fabelhafte Weise. Für die wunderschönen Stoffe nimmt Fräulein S. einiges auf sich und plündert die Flohmärkte dieser Stadt. Oft ist es deshalb nicht möglich, genau das gleiche Stück noch einmal anfertigen zu lassen. Ergänzend findet man Schönes fürs Kind von Noa Noa und WHEAT. Auch Mamas werden hier glücklich, denn es gibt auch Damenkleidung. *Hufelandstr. 18, 10407 Berlin-PB, T: 42802755, fraeulein-s.de*

Globetrotter Ausrüstung

In der Berliner Filiale wird schon die Reisevorbereitung zum Erlebnis. Fachkundig werden große und kleine Abenteurer:innen hier beraten und kriegen für jede Expedition

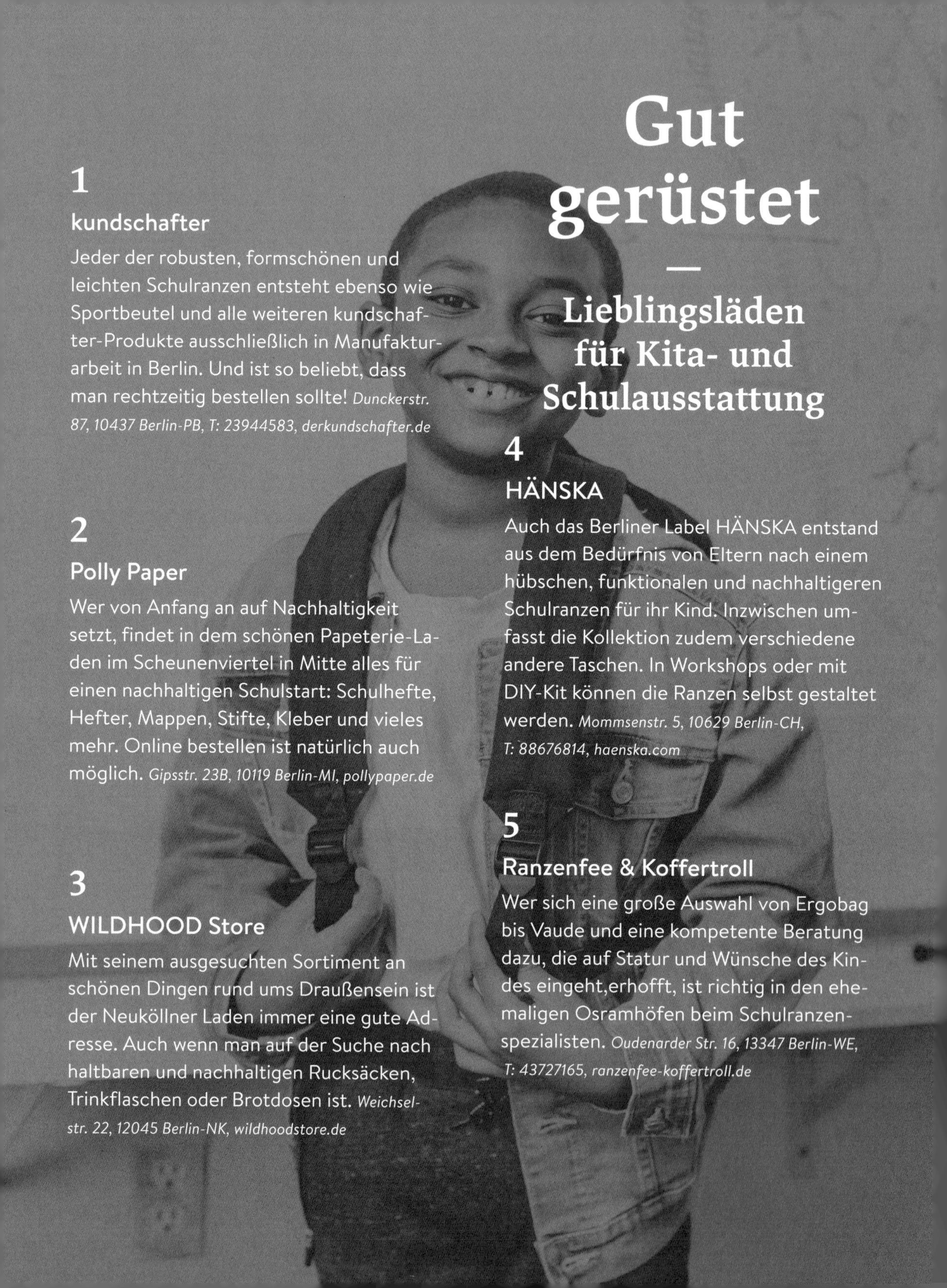

Gut gerüstet

—

Lieblingsläden für Kita- und Schulausstattung

1
kundschafter

Jeder der robusten, formschönen und leichten Schulranzen entsteht ebenso wie Sportbeutel und alle weiteren kundschafter-Produkte ausschließlich in Manufakturarbeit in Berlin. Und ist so beliebt, dass man rechtzeitig bestellen sollte! *Dunckerstr. 87, 10437 Berlin-PB, T: 23944583, derkundschafter.de*

2
Polly Paper

Wer von Anfang an auf Nachhaltigkeit setzt, findet in dem schönen Papeterie-Laden im Scheunenviertel in Mitte alles für einen nachhaltigen Schulstart: Schulhefte, Hefter, Mappen, Stifte, Kleber und vieles mehr. Online bestellen ist natürlich auch möglich. *Gipsstr. 23B, 10119 Berlin-MI, pollypaper.de*

3
WILDHOOD Store

Mit seinem ausgesuchten Sortiment an schönen Dingen rund ums Draußensein ist der Neuköllner Laden immer eine gute Adresse. Auch wenn man auf der Suche nach haltbaren und nachhaltigen Rucksäcken, Trinkflaschen oder Brotdosen ist. *Weichselstr. 22, 12045 Berlin-NK, wildhoodstore.de*

4
HÄNSKA

Auch das Berliner Label HÄNSKA entstand aus dem Bedürfnis von Eltern nach einem hübschen, funktionalen und nachhaltigeren Schulranzen für ihr Kind. Inzwischen umfasst die Kollektion zudem verschiedene andere Taschen. In Workshops oder mit DIY-Kit können die Ranzen selbst gestaltet werden. *Mommsenstr. 5, 10629 Berlin-CH, T: 88676814, haenska.com*

5
Ranzenfee & Koffertroll

Wer sich eine große Auswahl von Ergobag bis Vaude und eine kompetente Beratung dazu, die auf Statur und Wünsche des Kindes eingeht,erhofft, ist richtig in den ehemaligen Osramhöfen beim Schulranzenspezialisten. *Oudenarder Str. 16, 13347 Berlin-WE, T: 43727165, ranzenfee-koffertroll.de*

das richtige Equipment, ganz gleich, ob es in die Alpen oder nach Brandenburg geht. Im großen Laden kann viel ausprobiert und getestet werden. Wer plant, die Welt im großen Stil zu bereisen, der kann sich in der Reisepraxis rund um alle Impffragen beraten lassen. *Schloßstr. 20, 12165 Berlin-ST, T: 8508920, globetrotter.de*

Goldfish Kinderkaufhaus

Nur einen Katzensprung vom Weinbergspark entfernt haben stilbewusste Eltern eine Shopping-Anlaufstelle. Das Kinderkaufhaus führt eine große Auswahl an Kinderbekleidung und -schuhen von Marken wie Lilly Balou, Living Kitzbühel oder Naturino sowie Rucksäcke und Accessoires. Ausgewähltes Spielzeug und Schönes zum Einrichten und Leben mit Kindern runden die Auswahl ab. *Brunnenstr. 24, 10119 Berlin-MI, T: 40054326, goldfish.berlin*

Grashüpfer – Kinder Outdoor Shop

Für die großen Abenteuer in der Natur stattet der Outdoorladen kleine Entdecker:innen mit allem Notwendigen aus. Ausflüge in die weite Welt machen doch mehr Spaß, wenn die Füße trocken bleiben und die Buddelhose vor dem Gröbsten schützt. Was sich hier im Sortiment findet, ist langlebig und stammt von Marken wie Viking, Ducksday oder Crocodile Creek. Aber auch Schönes für zu Hause oder den Spielplatz bekommt ihr beim Wilmersdorfer Laden. *Rüdesheimer Platz 1, 14197 Berlin-WI, T: 81055234, grashuepfer-outdoor.de*

TIPP HAI

HAI Berlin ist einer von diesen Läden, in denen man gerne auf Schatzsuche geht. In den luftigen Regalen sind die Kostbarkeiten für Baby, Kind und Eltern so ausgewählt aufgereiht, dass schon das Ansehen eine Freude und genug Aufmerksamkeit da ist, um sich auf die einzelnen Stücke einzulassen. Der Laden unterstützt lokale Produzent:innen und wählt mit behutsamer Achtsamkeit Kleidung, Spielwaren und Accessoires für Kinder aus. *Kastanienallee 43, 10119 Berlin-MI, T: 0162-3388983, haiberlin.com*

HeimatKinder

Die HeimatKinder-Kollektion bietet Kleidung, die über drei Größen mitwächst. Wer seinen Lieblingsstoff aussucht und mitdesignt, kann alsbald sein eigenes Produkt abholen. Außerdem werden Stoffe wie Jersey, Sweat, Nicky und Jeans sowie Bündchenware angeboten – für zu Hause oder die Nähkurse im Laden-Atelier. Außerdem findet ihr bei Heimatkinder coole Tattoos und andere Accessoires wie Portemonnaies und Taschen. *Böckhstr. 49, 10967 Berlin-KR, T: 0176-41715972, heimatkinder.blogspot.com*

Hoppla Charlotte

Hier wird nur verkauft, was aus fairer und ökologischer Produktion stammt. Einkleiden können sich kleine und ganz kleine Kinder, aber auch die großen werden fündig. Der Laden regt dazu an, Infos über ökointelligentes Design und den Produktionsvorgang vor Ort zu erfragen und zu diskutieren. Schöne Accessoires und Spielsachen sowie eine Bücherecke ergänzen das Sortiment. *Alfredstr. 4, 10365 Berlin-LI, T: 22346360, hopplacharlotte.de*

Hucklebuck & Finja

Das Label hat sich von unseren skandinavischen Nachbarn vielleicht das eine oder andere abgeguckt, aber das ist ja wohl kein Wunder – in den nordischen Breitengraden weiß man schließlich ein bisschen besser darüber Bescheid, wie man mit windigen, stürmischen oder schneereichen Wetterlagen umgehen kann. So kommt es, dass die schicken Kinderklamotten kleine Rabauk:innen bis 14 Jahre wohlig warm und trocken halten. Accessoires und Spielbares für die Kleinsten gibt es obendrauf. *Dunckerstr. 22, 10437 Berlin-PB, T: 38106621, hucklebuck-finja.de*

NEU Junghans Kindermode

Der feine Laden für Baby- und Kinderbekleidung am Arnimplatz hat eine zweite Filiale eröffnet. Auch in Friedrichshain kann man nun in wunderschöner Atmosphäre nach Accesoires und Kleidung für die Allerkleinsten stöbern. An der Stange hängen ausgewählte Dinge von kleinen Labels wie Strampler aus Merinowolle von Henry and Grace. Stofftiere von Jellycat schmücken die Schaufenster genau wie Accessoires in schlichter, skandinavischer Art von Fabelab. *Schievelbeiner Str. 10, 10439 Berlin-PB, T: 49965667, Gärtnerstraße 8, 10245 Berlin-FR, T: 23308690, junghans-kindermode.de*

KaDeWe

Das Kaufhaus des Westens dürfte den meisten ein Begriff sein. Dort findet sich alles, was in der Designwelt Rang und Namen hat. Auch für den Nachwuchs gibt es Mode und Kinderschuhe ausgesuchter Marken von Bellerose bis Tartine et Chocolat. Immer ein Highlight: Die sechste Etage lockt große und kleine Feinschmecker:innen zu einem leckeren Abschluss des Shoppingausflugs. *Tauentzienstr. 21-24, 10789 Berlin-SB, T: 21210, kadewe.de*

Kleine Fische

Ein Kamel mit Kirschkernen im Bauch, ein Dampfschiff aus recycelten Milchflaschen oder ein Entenschnabel zum Umbinden – Stöbern lohnt am meisten, wenn man noch nicht weiß, was man findet. Das Sortiment wird nach einen einfachen Prinzip ausgewählt: Was in den Laden kommt muss überzeugen, lustig sein und Spaß machen. Und so ergibt sich eine bunte Mischung aus Kleidung und Spielwaren für Kinder. *Leonhardtstr. 21, 14057 Berlin-CH, T: 28833324, kleinefische.de*

kleiner knorsh

Der kleine knorsh hat sich ein paar ganz besondere Schnitte einfallen lassen. Die knorsh-Buxe beispielsweise wächst mit dem Nachwuchs mit und lässt sich in Sachen Gemütlichkeit und Haltbarkeit nichts vormachen. Wer mag, kann sich Farbe und Muster der gewünschten Sachen aussuchen und das ohne Aufpreis. Kindermode gibt es aber ebenfalls von anderen namhaften Hersteller:innen und auch ein paar Secondhand-Stücke. *Hufelandstr. 24, 10407 Berlin-PB, T: 55643723, knorsh.de*

TIPP klix – kleine Sachen

Bei klix gibt es Besonderes genauso wie Basics, die in keinem Kinderkleiderschrank fehlen dürfen. Die Marken des Shops sind vorwiegend ökologisch, darunter Cosilana, disana, Engel, loud + proud und PICKAPOOH. Im netten Ambiente kann man den Sprössling von Kopf bis Fuß einkleiden, denn bei klix gibt es auch Kinderschuhe. Gerade dabei kommt es natürlich auf gute Beratung an, die man hier ebenfalls findet. Wem die Auswahl an Schuhen nicht groß genug ist, dem ist zu einem Abstecher in die Filiale in Lichterfelde geraten. *Apostel-Paulus-Str. 1, 10823 Berlin-SB, T: 66652545; Curtiusstr. 13, 12205 Berlin-ST, T: 67463537, klix-berlin.de*

Krabbelfass

Der Zehlendorfer Laden setzt auf natürliche Materialien und regt dazu an, den Nachwuchs schon von Anfang an in diese zu kleiden. Wolle, Baumwolle und Seide findet sich unter den feinen Fasern der Klamotten. Buddelhose und Co. sorgen für einen trockenen Hintern an Regentagen. Neben der Auswahl an Kleidsamem findet sich zudem einiges an Spielwaren von ausgesuchten Marken zum Bauen, Sortieren, Zuordnen und auch für kleine Buchfreund:innen ist guter Lesestoff vorhanden. *Teltower Damm 40, 14167 Berlin-ZE, T: 8156793, krabbelfass.de*

La fraise rouge

Die rote Beere ist das Markenzeichen des bezaubernden Lädchens. Schon von weitem sieht man sie auf der roten Fahne neben den bunten Wimpeln leuchten. Das ungestüme Design für Kinder umfasst Kindertaschen mit unterschiedlichen Motiven und aufgestickten Namen aus Filz, sowie personalisierte Kissen und Körnerkissen. Auch große Menschen können Accessoires für sich entdecken und eine Auswahl an Möbelknöpfen fügt sich leuchtend bunt in die Auswahl an Dingen ein. *Großbeerenstr. 64A, 10963 Berlin-KR, T: 25359812, lafraiserouge.de*

Langbrett

Bei Langbrett werden keine halben Sachen gemacht. Alle Produkte des Shops sind kompromisslos nachhaltig und fair produziert. Die Skateboards sind aus regionalem Holz handgefertigt und die Kleidung aus Biobaumwolle sowie ohne chemische Zusätze. Boards fürs Wellenreiten gibts in großer Auswahl und vor Ort auch einen Reparaturservice. Die meisten Kleidungsstücke für Kids finden sich von Patagonia, aber auch die Eigenmarke Langbrett hat einiges für den Nachwuchs in petto. Genau wie Klean Kanteen, ECO Brotbox, Fjällräven, Millican und Opinel. *Kastanienallee 44, 10119 Berlin-MI, T: 41997155, langbrett.com*

Lilly & Leon

Mit viel Liebe zum Detail macht das Sortiment aus skandinavischer Kleidung, Kinderschuhen, Taschen und Accessoires Stöbernde zu Entdecker:innen in den beiden Läden. Markenkleidung von MONKIND, NOA NOA, Småfolk und Joha sind mit dabei, aber auch Ausstattungen für das Kinderzimmer sowie Holzspielzeuge und Kindergeschirr. Auch die Auswahl an Damenmode ist stilvoll und gar nicht mal so klein. *Grunewaldstr. 9, 10823 Berlin-SB; Mommsenstr. 41, 10629 Berlin-CH, T: 55959265, lillyundleon.com*

TIPP Lila Lämmchen

Als einer der ersten Läden für ausschließlich ökologische Kinderkleidung zählt das Lila Lämmchen fraglos zu den besten der Stadt. Inzwischen an zwei Standorten: Auch der Laden am Landwehrkanal wartet mit wunderbarer ökologischer Baby- und Kindermode auf. 2022 soll es hier zudem die Möglichkeit geben, geliebte Stücke auszubessern und zu flicken. Ebenfalls im Sortiment: Postkarten, Spielwaren, Geschenkartikel, Bücher und Hausschuhe. Der Ursprungsladen unweit des Helmholtzplatzes bietet zusätzlich auch Tragesysteme, Bettwäsche, Spielzeug, Bücher und direkt angrenzend den Lila Lämmchen-Schuhladen. *Dunckerstr. 79, 10437 Berlin-PB, T: 41722297, lilalaemmchen.de, Maybachufer 23, 12047 Berlin-NK, T: 23563125, lilalaemmchen-shop.de*

Limonadenbaum

Zwischen Landwehrkanal und Reuterplatz findet man den Limonadenbaum hinter einer gefliesten Fassade in Mintgrün und Gelb. Ausgesuchte Kinderkleidung teilt sich dort die Räumlichkeiten mit einer entzückenden Auswahl an

DREI FRAGEN AN …

Weitergeben!

Janine Dudenhöffer

Janine ist als Personal Stylistin mit nachhaltigem Ansatz tätig. „Kleiderschrankshopping" nennt sie es, wenn sie aus dem, was sie bei euch im Schrank vorfindet, neue Kombinationen stylt, auf die ihr selbst so vielleicht nicht gekommen wärt.

the-sustainable-stylist.com

Janines Tipps für Plattformen:
instagram.com/pomkaland
bubblemumsociety.com
instagram.com/jimmi_wow
instagram.com/minibazaar.berlin

Woran erkennt man nachhaltige Kindermode?

An anerkannten Siegeln wie GOTS, IVN, FairTrade, FairWear oder dem grünen Knopf, aber auch daran, dass Unternehmen transparent mit Infos zu Materialien und Produktion umgehen. Viele kennen das Siegel Ökotex Standard 100 – es steht aber nicht für Nachhaltigkeit, sondern bedeutet lediglich, dass alle Bestandteile dieses Artikels auf Schadstoffe geprüft wurden.

Welche Tipps für nachhaltigen Kleiderkauf hast du für Eltern?

Das Nachhaltigste, was wir tun können, ist das zu nutzen, was bereits vorhanden ist. Secondhand bzw. Upcycling ist nachhaltiger als ökofaire Mode, die neu produziert wird. Mein Tipp: Sucht euch feste Kinderkleidungs-Tauschpartner:innen in Kita oder Schule!

Was wünschst du dir für eine nachhaltigere Kleidungsbranche?

Von Unternehmen mehr echte Aufklärung, Transparenz, Fokus auf Qualität und faire Löhne. Von Konsument:innen mehr Verantwortungsbewusstsein dafür, dass ihr Kauf ein Stimmzettel ist. Kaufen sie fairer oder mehr Secondhand, wird das die Unternehmen pushen. Von der Politik die Weichen, damit beides baldigst möglich wird.

Spielsachen. Gut Erhaltenes aus zweiter Hand lässt sich hier genau so wie Neuware ergattern. Darunter einiges Feines von Cosiliana, Maximo, Barefood, Lanka Kade, HickUps, Loud + Proud oder CeLaVi. Die Rucksäcke von Affenzahn sind besonders heiß begehrt! *Nansenstr. 17, 12047 Berlin-NK, T: 95597415, limonadenbaum.de*

Me & my Mum

Das kleine Lädchen in der Marienburger Straße ist bunt und vielfältig wie eh und je. Kleidung, Accessoires und Dekorationen teilen sich die Regale mit Schmuck, Stoffen und Mal-, Bastel- und Näh-Utensilien. Die Idee hinter dem Sortiment ist eine Mischung aus bezahlbarer Grundausstattung und besonderen Teilen. Ein kleiner Raum direkt nebenan beherbergt kleine Geschenke und Spielzeuge, sowie Dekoartikel für die gelungene Party. *Marienburger Str. 2, 10405 Berlin-PB, T: 25095621, meandmymum.de*

NEU Mia und Leo

Die schönen Ladenräume haben erneut Inhaber:in und Namen gewechselt, aber weiterhin wird hier der Nachwuchs über mehrere Lebensphasen hinweg mit allem Notwendigen versorgt. Säuglinge, Krabbelkinder, Grundschulkinder und Teenager:innen werden hier eingekleidet. Die Produkte sind handgefertigt und stammen von skandinavischen und spanischen, aber auch brasilianischen Marken. Trotz des Fokusses auf nachhaltige, faire Produktion und Verarbeitung bleiben die schönen Stücke erschwinglich. *Stargarder Str. 20, 10437 Berlin-PB, T: 44676748*

Minipünktchen

Die originelle Kinderkleidung von Minipünktchen ist fetzig, frech und farbenfroh. Mode holländischer, schwedischer, englischer und deutscher Labels macht den Nachwuchs glücklich. Das Sortiment wird durch Accessoires fürs Kinderzimmer, personalisierbare Babyartikel und Spielwaren ergänzt, darunter finden sich Taschen, Rucksäcke, Krabbelschuhe, Mützen, Tücher, Schmuck und Haarspangen. *Chausseestr. 12, 14109 Berlin-ZE, T: 0174-7094392, minipuenktchen.de*

TIPP mjot

Bei der Marheineke-Markthalle liegt eine schier unerschöpfliche Fundquelle für Schönes. Beim Ausflug in den Bergmannkiez unbedingt genug Zeit einplanen, um hier zu stöbern! Von lässig bis festlich gibt es Kinder- und Damenmode französischer, belgischer und spanischer Labels, dazu Spielzeug, Deko und Accessoires. Einige der hier vertretenen Marken findet man sonst selten in Berlin. *Friesenstr. 5, 10965 Berlin-KR, T: 62901346, mjot.de*

TIPP MONKIND

Das Berliner Modelabel ist bekannt für seine unaufgeregt zeitlosen und stilvollen Designs für Kinder und Erwachsene. Die organische Kleidung aus der eigenen Produktion bringt nachhaltig Wunderschönes in den Kleiderschrank. Im Store in der schönen Crellestraße lassen sich die tollen Kleidungsstücke probetragen. Damit nicht genug: Die liebenswerten Illustrationen von Gretas Schwester und das Label Amy & Ivor gibt es hier auch zu entdecken. 2022 vergrößert sich die Kollektion. Das Sortiment berücksichtigt dann stärker größere Kinder und Erwachsene. *Crellestr. 3/4, 10823 Berlin-SB, T: 81726803, monkind.com*

Petit Bateau Boutique

Ein französischer Kinderreim war einst namensgebend für dieses Label, das vor allem für seine qualitative Kindermode bekannt ist, die auch in vielen schönen Berliner Shops zu finden ist. In Steglitz liegt die Petit Bateau Boutique, in der man in großer Auswahl die ganze Kollektion entdecken kann. *Schloßstr. 27, 12163 Berlin-ST, T: 79708851, petit-bateau.de*

petit cochon

Diese Mode kommt aus Berlin. Hier wurde sie in Handarbeit und mit viel Sinn fürs Praktische gefertigt. Was keineswegs bedeutet, dass die schönen Schnitte auch nur einen Millimeter an Eleganz und zeitlosem Chick einbüßen. Schlicht, bequem und nachhaltig – zum Glück wachsen die Lieblingsstücke mit, so kann man sich lange daran erfreuen. *Manfred-von-Richthofen-Str. 15, 12101 Berlin-TE, T: 64434126, petit-cochon.de*

Rehwinkel

Der Laden versammelt mit Marken wie Naya, Reset, Powell Craft, Babidu oder Condor klassische Kindermode aus Spanien, Dänemark, Großbritannien und Deutschland in seinen Räumen. Und auch für die Mama gibt es eine Auswahl an klassischer und modischer Kleidung ebenso wie Accessoires für Klein und Groß. *Nehringstr. 18, 14059 Berlin-CH, T: 36418906, rehwinkel-boutique.de*

ScHöNeS fÜr Kinder

Der bunte Laden, der den Ansprüchen von großen und kleinen Kindern gerecht wird, teilt sich die Räume mit dem schönsten Bioladen des Viertels. Im Sortiment findet sich lokale Kleidung mit ökologischem Anspruch, Spiel- und Bastelbedarf für Kreativlinge und Secondhand-Artikel. Regionale Bioprodukte gibt es aufgrund der Lage on top und auch leckeren Kaffee und Kuchen für die Shoppingpause. *Tegelerstr. 30, 13353 Berlin-WE, T: 23967918*

SCHOOL SET
unique
SO EINZIGARTIG WIE DU!

CODEN
Der nette Computer von nebenan
Gib mir Befehle!
ZEIT FÜR EIN STATEMENT.

Coden für Minis

Die Digitalisierung der Schulen ist ein riesengroßes Thema. Der Calliope Mini-Computer eine großartige Idee.

Franka Futterlieb (links im Bild) und Jørn Alraun (zweiter von rechts) sind als Gründer:innen von Unternehmen, die sich digitalen Bildungsprogrammen und Lernspielzeugen widmen, Profis, wenn es um Fragen der Digitalisierung geht. Mit dem Calliope-Team haben sie ein bundesweites Projekt für Kinder ab der dritten Klasse mittels anwender:innenfreundlicher Mikrocontroller ins Leben gerufen, die man am Helmholtzplatz in Augenschein nehmen kann. Die Calliope minis sind keine fertigen Computer, sie müssen im Editor programmiert werden, dazu gibt es verschiedene Projekte, die in der Schule oder privat umgesetzt werden können.

„Digitale Souveränität und Spaß beim Coden" lautet das Motto auch, wenn im Kids Lab gebastelt, programmiert und gehackt wird. Das Team ist überzeugt, dass Bildung für alle leicht erreichbar sein sollte, daher sind die Kids Lab-Workshops kostenlos und viele der Schulmaterialien als Open Educational Resources frei lizenziert.

Calliope

Raumerstr. 11
10437 Berlin-PB
T: 48492030
calliope.cc

Seeweißchen

Der kleine Laden in Weißensee ist zugleich Atelier der Inhaber:innen, die stetig neue Einzelstücke für kleine Stadtkinder und auch ein paar für deren Eltern ins Sortiment bringen. Die Auswahl ist schön, bunt und gemütlich. Und da sie nicht alles selber machen können, finden sich auch Kleinigkeiten von anderen Labels wie Schmuck, Stempel, Kinderbettwäsche oder -geschirr. *Lindenallee 56, 13088 Berlin-WS, T: 92372934, seeweisschen.de*

Snugata

Für die Kleinsten nur vom Feinsten: Bei Snugata im Samariterkiez wird der Nachwuchs nur in Kleidung gesteckt, die aus nachhaltiger und fairer Produktion stammt. Darüber hinaus gibt es Bambusgeschirr, Edelstahlflaschen und Taschen – gut für Umwelt und ästhetisches Empfinden. *Bänschstr. 34, 10247 Berlin-FR, T: 29381075, snugata.de*

TIPP standard saubere sachen

Fair und nachhaltig soll Standard sein. Diesem Motto ist das Team selbst bedingungslos treu. Die Kleidung für die ganze Familie, die es hier zu erstehen gibt, ist aus ökologischen Materialien produziert und stammt von kleineren nachhaltigen Labels. Über die jeweiligen Produktionsbedingungen informiert der Shop gerne, denn der Kontakt zu den Designer:innen ist eng. Auch auf der Suche nach kleinen Geschenken für Baby und Co. wird man fündig. In Zukunft soll der Kinderbereich im Laden noch vergrößert werden. *Reuterstr. 53, 12047 Berlin-NK, T: 0177-5503525, standard-saubere-sachen.de*

Tulipas Berlin

Die Boutique für Baby- und Kindermode führt alles, was es braucht, um Kinder mit hübschen und haltbaren Sachen auszustatten. Dazu wird großen Wert auf eine umweltfreundliche Produktion gelegt. Zusätzlich findet sich ausgesuchtes Spielzeug aller Art in den Regalen und die entzückenden Accessoires zeigen Charme und Witz. *Schlieper Str. 68, 13507 Berlin-RE, T: 0177-6069106, tulipas-berlin.de*

vincente

Die Strickmode für Babys und Kinder sind aus feinsten Naturmaterialien wie Wolle, Seide und Kaschmir gefertigt. Bei der Herstellung der Jäckchen, Hosen, Schals und Mützen hat das Tierwohl einen hohen Stellenwert. Die Designs sind fullyfashioned – das bedeutet: Die Kleidungsstücke werden schon beim Stricken geformt, für eine bessere Passform. Im Ladenatelier im Graefekiez findet man auch reduzierte Einzelteile. *Dieffenbachstr. 15, 10967 Berlin-KR, T: 24612010, vincente.de*

Walking the Cat

Der hübsche Laden im Scheunenviertel sorgt für kurze Wege zu den hochwertigen Labels aus Skandinavien, Spanien, Frankreich oder England. Ausgestattet mit Kleidung von Mini Rodini, Bobo Choses, Soft Gallery, Monkies oder Sunchild geht der Nachwuchs auf den Catwalk der Nachbarschaft. *Mulackstr. 32, 10119 Berlin-MI, T: 20658458, walkingthecat.de*

TIPP WARENHAUS Bouchon & Sooth

Das Warenhaus bietet einen Mix aus Dingen zum Anziehen, Wohnen, Wohlfühlen und Verschenken. Die Mode ist fair produziert und in Bioqualität für Erwachsene und Kinder zu haben. Für fleißige Schulkinder hat der Laden außergewöhnliche Schreibtischdesigns in petto. Die Modelle sind höhenverstellbar und können wie der Nachwuchs größer werden. *Südwestkorso 70, 12161 Berlin-SB, T: 52687711, warenhaus-berlin.com*

Wunschbaum

Am Rüdesheimer Platz steht tatsächlich ein kleiner, hölzerner Baum mitten im Geschäft. Rund herum finden sich schöne und nützliche Dinge für Kinder. Das Sortiment setzt sich zusammen aus besonderer Kindermode, hochwertigen Kinderschuhen, Spielzeug und Accessoires. Selbst Kinderwagen gibt es beim Wunschbaum zu erstehen und das Sortiment bekommt stetig Zuwachs. Die Stickmaschine sorgt für viele wunderbar gestickte Motive und personalisierte Geschenke. *Rüdesheimer Platz 1, 14197 Berlin-WI, T: 23943083, wunschbaum-berlin.de*

Kinderschuhe

avesu – Vegan Shoes

Hier gibt es Schuhwerk aus nachhaltigen Materialien, für die kein einziges Tier leiden musste. Darunter auch einige Modelle für Kinder, die unserer Erfahrung nach heutzutage oft schon zu Grundschulzeiten in erwachsene Schuhgrößen vorstoßen. Ab Größe 36 bietet sich bei avesu eine vielfältige Auswahl veganer Schuhe, die unter fairen Bedingungen produziert wurden und von schick bis lässig alle Ansprüche bedienen. *Warschauer Str. 33, 10243 Berlin-FR, T: 29044317, avesu.de*

Brüderchen und Schwesterchen

Der kleine Fuß steht im Mittelpunkt. Ausgemessen wird er aufs Gründlichste, bevor es auf die Suche nach dem rechten Schuhwerk geht. Glücklicherweise dauert diese nicht lange, denn das Personal steht bei allen Fragen kompetent zur Seite. Neben Lauflernschuhen von Marken wie Däumling oder Richter gibt es auch Sneaker für etwas größere Kinder im Sortiment. *Breite Str. 12, 13187 Berlin-PA, T: 48490050, bruederchenundschwesterchen.info*

TIPP Der Kinderschuh am Platz

Kleine Kinderfüße werden hier gut bedient. Krabbelkinder kriegen weiche Prewalker an die Füße oder Füßlinge von Marken wie Froddo oder Däumling. Etwas ältere Kinder werden mit Material zum Laufenlernen und von da bis ins Teenie-Alter beglückt. Bis Größe 42 findet sich tolles Schuhwerk in allen Farben. Auch die angrenzende Piñata-Manufaktur ist immer einen Besuch wert! *Schönleinstr. 8, 10967 Berlin-KR, T: 61659926, derkinderschuhamplatz.de*

Der Kinderschuh im Hof

Ausmessen ist gut – aber Anprobieren ist besser! Das Motto hat sich bewährt und so werden in dem schönen Kinderschuhladen im Hinterhof jeden Tag viele Schuhe anprobiert. Das Team hat die richtige Passform mittlerweile im Gefühl und hilft mit Augenmaß, Daumen und Fingerspitzengefühl. Schuhwerk gibt es nicht nur für Laufanfänger:innen, sondern auch für ältere Kinder, Jugendliche und Erwachsene. *Kastanienallee 11, 10435 Berlin-PB, T: 44351715, derkinderschuhimhof.com*

Grimmel Kinderschuhe

Der Laden bietet genug Raum, dass man mit dem neuen Schuhwerk Pirouetten drehen kann. Dazu hat man auch allen Grund: Lieblingsstücke finden sich von Naturino, Camper, froddo, Nanga und Co. Auch Kinderkleidung hängt hier an der Stange. *Körtestr. 27, 10967 Berlin-KR, T: 81408365, grimmel-kinderschuhe.de*

Hermelinchen Kinderschuhe

Spätestens wenn der Nachwuchs die ersten Anstalten macht, sich in die Senkrechte zu begeben, tauchen neue Fragen auf. Was braucht ein Fuß, der gerade laufen lernt? Glücklicherweise gibt es Menschen, die eine Antwort auf diese und andere Fragen wissen. Wählen kann man den neuen Schuh bei Hermelinchen aus einer großen Auswahl von Marken wie Naturino, New Balance, Däumling, Lowa oder Froddo. *Hermsdorfer Damm 181, 13467 Berlin-RE, T: 20622371, hermelinchen-kinderschuhe.de*

Ka-vali

Nicht weit vom Müggelsee ist man bemüht, das passende Schuhwerk an große und kleine Kinderfüße zu bringen. Wählen darf man aus Schuhen der Marken Bisgaard,

In bester Bastelmanier

—

Lieblingsläden für DIY-Fans

1

WE LIKE MONDAYS Studio

Andrea Potocki ist ein schier unerschöpflicher Quell grandioser DIY-Ideen. Im WLKMDYS-Onlineshop bekommt ihr die passenden Zutaten zum Selbermachen, 2022 soll endlich auch ihr Laden im Bergmannkiez eröffnen. *Arndtstr. 13, 10965 Berlin-KR, wlkmndys.com*

2

Werken Spielen Schenken

Grenzenloses Basteln verspricht der alteingesessene Steglitzer Familienbetrieb, der ein umfangreiches Sortiment an Bastel- und Künstler:innenbedarf auf 1.200 Quadratmetern Fläche führt. Auch Heimwerker:innen werden hier fündig. *Schloßstr. 110B, 12163 Berlin-ST, T: 7908090, werken-spielen-schenken.de*

3

boesner

Die boesner-Läden verstehen sich als Orte zwischen Idee und Kunst. Kunstschaffende jedes Genres und Alters werden gut beraten, egal wie groß oder klein das kreative Projekt ist. *Franklinstr. 12, 10587 Berlin-CH, T: 96060690; Nunsdorfer Ring 3, 12277 Berlin-TE, T: 7565670; Karl-Marx-Str. 110, 12043 Berlin-NK, T: 7565670; Marienburger Str. 16, 10405 Berlin-PB, T: 40504260, boesner.com*

4

Modulor

Das absolute Material-El Dorado für alle Selbermacher:innen! Auf zwei Etagen versammelt der Fachmarkt am Moritzplatz alles, was kreative Profis, Hobbykünstler:innen und Bastelwütige brauchen, vor allem jede Menge Inspiration. *Prinzenstr. 85, 10965 Berlin-KR, T: 690360, modulor.de*

5

Hobbyshop Wilhelm Ruether

Berlins Bastelspezialgeschäft bietet an mehreren Standorten alles, was das kleine oder große Bastler:innenherz begehrt. Seit neuestem auch in den Schönhauser Allee Arcaden. *Golzstr. 37, 10781 Berlin-SB, T: 2363683; Breite Str. 30, 13597 Berlin-SP, T: 33001874; Berliner Str. 90/91, 13507 Berlin-RE, T: 43775400; Schönhauser Allee 80, 10439 Berlin-PB, T:48492107, hobbyshop.de*

Naturino, Meindl, Belly Button, Froddo, Ricosta und vielen anderen. Mit viel Liebe und Zeit wird dafür gesorgt, dass Kinderfüße das Geschäft in bequemen, hochwertigen Schuhen wieder verlassen. *Bölschestr. 116, 12587 Berlin-KÖ, T: 25562228, ka-vali.de*

TIPP Kinderschuhwelt

Dieser Schuhladen bietet genügend Platz, um das neue Schuhwerk gleich ausgiebig zu testen. Im Sortiment finden sich hochwertige und nachhaltige Schuhe zum Krabbeln und Laufenlernen. Halbschuhe, Sneakers, Barfußschuhe, Gefüttertes für den Winter und auch Regendichtes gibt es hier von mehr als 20 Marken wie Bisgaard, bLIFESTYLE, Bungaard, Däumling, Dianetti, Falcotto, Froddo, Naturino, Ricosta oder Zecchino d'Oro. *Bismarckstr. 69, 10627 Berlin-CH, T: 31805142, kinderschuhwelt.de*

Klein Eppenpriem

Um neue Pfade zu gehen und die Welt zu erobern, braucht es Schuhwerk, das optimal passt und die Kinderfüße bei ihrer Entwicklung unterstützt. Krabbelkinder und Laufler-ner:innen werden bei Klein Eppenpriem mit ihrem ersten Schuhwerk ausgestattet. Für alle weiteren Schritte gibt es Stoff-, Leinen- und hochwertige Lederschuhe. Auch zum Pfützenspringen ist das passende Schuhwerk zu haben. Unter der Eigenmarke finden sich niedliche Baby- und Kinderhosen Mützen und Halstücher. *Kopernikusstr. 34, 10243 Berlin-FR, T: 91481545, eppenpriem.berlin*

TIPP Kleine Helden

Nichts ist beim Kauf eines Kinderschuhs wichtiger als eine umfassende und gute Beratung. Hier wird dafür gesorgt, dass jeder kleine Fuß seine passende Sohle findet – und zwar auch dann, wenn der Nachwuchs noch nicht selber sagen kann, wo es drückt. Von Größe 18 bis 42 findet sich bei Kleine Helden qualitativ hochwertiges Schuhwerk in cooler Optik. *Güntzelstr. 43, 10717 Berlin-WI, T: 88929794, kleineheldenberlin.de*

Kleine Schritte

Aus mehr als 15 verschiedenen Labels kann sich in den drei Filialen jeder kleine Fuß den passenden Schuh suchen. Unter den Marken finden sich Froddo, Ricosta, Primigi und Naturino. Auch einige Barfußsohlen sind im Sortiment und die Auswahl an coolen Sneakers wächst beständig. Wer sich für einen neuen Schuh entschieden hat, kann ihn auf Ästen, Bambus, Steinen und Rasen probelaufen. *Hufelandstr. 24, 10407 Berlin-PB, T: 42025556, Florastr. 20/21, 13187 Berlin-PA, T: 88668787, Berliner Allee 88, 13088 Berlin-WS, T: 30360272, kleine-schritte.com*

Kleiner Schuhbladen

Der Schuhbedarf im Kiez ist riesig und so finden unentwegt kleine Füße ihren Weg zum kleinen Schuhbladen. Von Größe 18 bis 35 ist alles da und sogar Mamas werden hier fündig. In Sachen Nachhaltigkeit werden dabei keine Kompromisse gemacht. Produziert wird ausschließlich mit natürlichen und schadstofffreien Materialien. *Seumestr. 12, 10245 Berlin-FR, T: 70339884, kleiner-schuhbladen.de*

Kleines Schuhwerk

Durch Pfützen hüpfen, über Wiesen flitzen oder über Waldboden wandern – das Kleine Schuhwerk hilft bei der Auswahl des richtigen Kinderschuhs und stellt sicher, dass es bei all den Abenteuern nirgendwo drückt. Von Größe 19 bis 42 gibt es schönste Schuhe in schickem Design, hochwertig und nachhaltig produziert. Neben Kindern und Jugendlichen werden auch Frauen fündig. *Grunewaldstr. 9A, 10823 Berlin-SB, T: 55526461, kleinesschuhwerk.de*

klix – kleine Schuhe

Von der Mütze bist zum Winterstiefel oder eben vom Sonnenhut bis zu den Sandalen – hier wird der Nachwuchs eingekleidet. Die Kinderfüße werden genau gemessen, um den passenden Schuh zu finden. Das klix-Team verfügt über einen Reichtum an Fachwissen, von dem man auch profitiert, wenn man Spezielles sucht. *Curtiusstr. 13, 12205 Berlin-ST, T: 67463537, klix-berlin.de*

TIPP Kokami

Der Kinderschuhladen mit den Regalen aus Naturholz im Kollwitzkiez ist immer eine erstklassige Adresse, wenn man den Nachwuchs aus einem tollen Sortiment auswählen lassen möchte, das ausschließlich geschmackvolles und gut verarbeitetes Schuhwerk bis Größe 41 zu bieten hat. Kindersocken von Falke kann man hier gleich mit einkaufen und vielleicht findet auch die Mama etwas für sich bei der Auswahl an hübschen Damenschuhen. *Sredzkistr. 54, 10405 Berlin-PB, T: 23390895, kokami.de*

TIPP Lieblinge

Beim Barfußlaufen werden die Muskeln, Sehnen und Bänder des Fußes am unverfälschtesten angesprochen und die sensorische Entwicklung wird optimal gefördert. Lassen Umgebung, Wetter und Jahreszeit allerdings nicht zu, dass der Nachwuchs unbesohlt umhertollt, bietet Lieblinge den perfekten Lauflernschuh. Aber auch Schuhwerk mit robusterer Sohle steht hier in den Regalen, natürlich angelehnt an die ergonomischen Kriterien des Barfußschuhs. *Schönfließer Str. 1, 10439 Berlin-PB, T: 44737644, lieblinge.com*

TIPP Lila Lämmchen

In der Dunckerstraße findet man zwei Shops des Lila Lämmchens direkt nebeneinander. Während in der Hausnummer 79 ökologische Kinderkleidung über den Tresen geht, gibt es in der Nummer 78 den passenden Schuh dazu. Das Sortiment umfasst Schuhwerke bis Größe 40. Von Marken wie Bundgaard, Froddo, Telyoh und Emel sind sie allesamt nachhaltig produziert. Auch Mütter werden in dem schönen Laden fündig! *Dunckerstr. 78, 10437 Berlin-PB, T: 24174110, lilalaemmchen.de*

Loveco

Loveco ist die Adresse für nachhaltige Schuhe und faire Sneaker in Kreuzberg. Viel Schuhwerk für große Menschen füllt die Regale, aber auch Kinder ab neun Jahren werden fündig. Besonders beliebt sind die Schuhe der französischen Marke Veja, deren veganes Schuhwerk aus recycelten PET-Flaschen, Biobaumwolle und Abfällen der Getreideindustrie hergestellt ist. *Manteuffelstr. 77, 10999 Berlin-KR, T: 69579796, loveco-shop.de*

pantinchen

Hier gibt es keine Geschmacksverirrungen – pantinchen sorgt für eine gute Ausgangslage für den Schuhkauf mit Kindern. Der Laden ist klar sortiert und bietet viel Raum zum Probelaufen. Schuhe finden sich in den Größen 18 bis 41 von Marken wie bellybutton, Living Kitzbühel, Naturino oder beberlis. Auch die ein oder andere coole Klamotte lässt sich erstehen, nicht zu vergessen die schönen Schulranzen von zweijk in schlichtem Design. *Pücklerstr. 19, 10997 Berlin-KR, T: 81865908, pantinchen.de*

Paraplü

Der schicke Shop versorgt Kinderschuhsuchende mit Schirm, Charme und Qualität. Das Schuhwerk wird hier kompetent an die kleinen Füße gebracht. Aber nicht nur die Schuhe können sich sehen lassen. Wer möchte, kann sich gleich das komplette Outfit zusammenstellen und Kinderklamotten von Fredis World, Engel, Pickapooh und minymo shoppen. Die schönen Schirme, denen der Laden seinen Namen zu verdanken hat, sind nicht nur dekorativ als Deckenlampen, sie können auch für den Regenschutz erworben werden. *Greifenhagener Str. 19, 10437 Berlin-PB, T: 44714764, paraplü.de*

TIPP POLOLO

Das Berliner Schuhlabel verkauft seine ökologischen Kinderschuhe nicht ohne Grund in alle Welt. Ob für Laufanfänger:innen oder große Kinder – alle POLOLO-Schuhe haben eines gemeinsam: Aussehen und Qualität stimmen. Das Naturleder, das bei der nachhaltigen Produktion verwendet wird, ist mit dem IVN Naturleder-Siegel zertifiziert. Aber auch Alternativen sind vertreten: Wer auf Leder verzichten möchte, bekommt einen veganen Schuh aus Materialien wie Feigenkaktus, Bio-Baumwolle oder Upcycling-Meeresplastik. *Onkel-Tom-Str. 3, 14169 Berlin-ZE, T: 79709866, pololo.com*

Sapataria

Der Concept Store stellt sein Sortiment unter dem Motto „Schuhe und Schönes“ zusammen. Das Ergebnis ist ungewöhnlich und kann sich sehen lassen. Die Auswahl an Accessoires wird ergänzt durch Feinkost aus Portugal und natürlich finden sich auch schöne Kinderschuhe von Marken wie Timberland oder Telyoh in den kunstvoll sortierten Regalen. *Breisgauer Str. 4, 14129 Berlin-ZE, T: 80499700, sapataria.de*

Schuhschaukel

Kein Fuß gleicht dem anderen – und deshalb ist es umso wichtiger sich bei der Auswahl des passenden Kinderschuhs Zeit zu lassen. Das Schuhschaukel-Team berät gerne rund um das umfangreiche Sortiment qualitativer Treter. Hergestellt ist das Schuhwerk vorwiegend aus natürlichen Materialien wie Filz, Naturkautschuk und Leder. Highlight bei jedem Besuch ist die namensgebende Schaukel in Form eines Fußes. *Neufertstr. 24, 14059 Berlin-CH, T: 3225686, schuhschaukel.de*

Stadt Land Fluss

Wer die Welt erobern will, braucht zuallererst einmal das passende Schuhwerk. Schließlich beginnt jedes Abenteuer mit dem ersten Schritt. Stadt Land Fluss hat eine feine Auswahl an Erstlingstretern und Kleinkindsohlen, mit denen man sich in jeder Umgebung hervorragend zurecht findet. Zusätzlich zum guten Schuh gibt es auch noch Mützen, Hüte, Strümpfe oder Handschuhe. *Bänschstr. 46, 10247 Berlin-FR, T: 42086327, stadtlandflussberlin.de*

Tip Toe Shoes

Kleine Zehen brauchen genügend Platz zum Wackeln, Wachsen, Laufen und Rennen. Das Wachstum und die Entwicklung der Füße soll unterstützt werden, auf keinen Fall aber gestört oder gar behindert. Der Schuhladen in Reinickendorf hilft euch bei der gewissenhaften Wahl des neuen Schuhwerks. Die Auswahl an Markenschuhen aus natürlichen Materialien ist groß. Auch orthopädisch wird Hilfestellung in Form von Beratung und passenden Einlagen geboten. *Gorkistr. 24, 13509 Berlin-RE, T: 43603574, tiptoe-shoes.de*

Gemeinsam geht's besser

DREI FRAGEN AN …

Marie Zeisler und Isabel Robles Salgado

Marie und Isabel betreiben zusammen nicht nur little years, die digitale Plattform für moderne Eltern, sondern haben auch „Fifty-fifty-Eltern: Raus aus der Mama ist für alles da Falle. So gelingt euch die gleichberech tigte Elternschaft" geschrieben. Beides unbedingt lesenswert!

littleyears.de

Was hindert Familien an gleichberechtigter Elternschaft?

Es gibt viele Fallstricke vom Gender Pay Gap bis zu gesellschaftlichen Erwartungen. Uns ist aber ganz wichtig:
1. Man kann in jeder Phase der Beziehung den Schalter umlegen und für mehr Gleichberechtigung sorgen.
2. Jede Familie ist anders. Es muss nicht immer streng 50/50 sein, man muss nicht zwingend die Stunden akkurat aufteilen. Aber die Bedürfnisse und Wünsche des:der anderen zu sehen, wahrzunehmen und zu unterstützen – das ist immer die Basis.

Was sind die Vorteile einer 50/50-Aufteilung?

Wir glauben fest daran, dass es für die Eltern-Beziehung gut ist, wenn beide Elternteile das Leben mit Kindern und Haushalt kennen, wissen, wie anstrengend ein Tag mit Kindern sein kann. Eigentlich wünschen sich alle Eltern „alles": Zeit mit den Kindern, berufliche Entfaltung, finanzielle Sicherheit und genug Zeit für sich selbst. Das kann man am besten mit einer guten Aufteilung erreichen – dazu gehören natürlich auch unbeliebte Aufgaben. Aber am Ende profitieren in der Regel alle!

Was braucht es für eine familiengerechtere Welt?

Abschaffung des Ehegattensplittings – es ist einfach ungerecht Familien gegenüber (die ja sehr divers sind!), denn hier wird die Ehe und nicht die Tatsache, dass man Kinder versorgt, subventioniert. Die Elternzeit aufzuteilen ist ein wichtiges Fundament für eine gleichberechtigte Partnerschaft, wir finden sogar Pflichtmonate für Väter keine schlechte Idee. Die Arbeitswelt sollte für alle Eltern familienfreundlicher und flexibler werden.

Echte Schätze

„Weniger ist mehr“ wird wohl nirgendwo so schön in Szene gesetzt wie im Store von Yue Xing und Na Zhang.

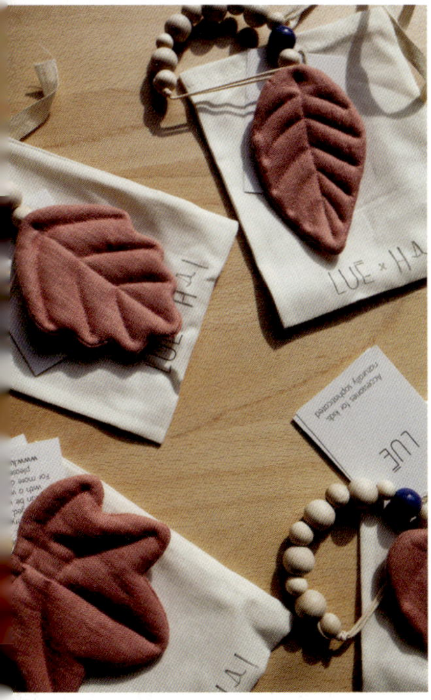

Mehr wie eine Galerie besonders ästhetischer Kindersachen wirkt der stilvoll gestaltete Laden auf der Kastanienallee, in dem sorgsam kuratierte ökologische Kindersachen in Regalen und an Kleiderstangen ausgestellt werden. Yue und Na wählen nur Dinge aus, die ihrem Geschmack entsprechen und ihren Ansprüchen an Nachhaltigkeit, Qualität und Optik genügen. Die Leidenschaft für Schönes und die Schwangerschaft mit ihrem Sohn brachten Yue zur Gründung des Kids Concept Stores, den sie inzwischen gemeinsam mit Na führt.

Obwohl mitten in der Pandemie eröffnet, hat sich unter designliebenden Eltern längst herumgesprochen, dass sich hier besondere Schätze für Babys und Kinder bis zwölf Jahren finden lassen. Ganz Getreu des Ladenmottos „Little treasures for loved ones“. Eine eigene HAI-Kollektion ist in Planung und auch sonst sind hier vor allem kleine Labels von ADADA über MABLI bis Studio Bumbuli vertreten. Wie Yue sagt: „Buy less, buy better!“

HAI Berlin

Kastanienallee 43
10119 Berlin-MI
T: 34509953
haiberlin.de

Wildling

Nicht nur der physische, sondern auch der ökologische Fußabdruck wird von der Wahl des Schuhs beeinflusst. Wildling hat dem konventionellen Schuh den Rücken gekehrt und stellt mit seinen Minimalschuhen wieder Nähe zum Boden her. Der Fuß kann sich so auf die Bodenverhältnisse einstellen und eine stärkere Muskulatur ausbilden. Der Schuh aus nachhaltigem Material ist deshalb eine gute Wahl für erfahrene Spaziergänger:innen sowie Lauflerner:innen. *Kollwitzstr. 81, 10435 Berlin-PB, wildling.shoes*

TIPP Zitrone Berlin

Hier gibt es Schuhwerk bis Größe 36. Der Laden hat sich etabliert und verkauft Schuhe an alle Kinder im Kiez und darüber hinaus. Teil des Sortiments sind die Marken Naturino, Bundgaard, New Balance, Falcotto und Nanga. Das Sortiment an Kinderkleidung hat sich zugunsten der Auswahl an Schuhwerk verkleinert. Trotzdem gibt es noch Accessoires sowie Regenbekleidung. *Reichenberger Str. 63, 10999 Berlin-KR, T: 23883514, zitrone-kinderschuhe.de*

Secondhand

Amitola

Ausgewähltes Secondhandsortiment, neue Markenbekleidung und jede Menge Spielzeug und Bücher für kleines Geld, das alles bietet Amitola an gleich zwei Standorten in Berlin und ist zudem ein kreativer Treffpunkt für alle, die sich für Keramikmalerei begeistern können. *Treskowallee 86, 10318 Berlin-LI, T: 86204984, Krossener Str. 35, 10245 Berlin-FR, T: 29361871, amitola-berlin.de*

Anna och Larson

Im gut sortierten Laden findet jede:r etwas Passendes. Hübsche Kindersachen hängen hier in den Größen 50 bis 152 an der Stange. Auch Spielzeuge und Kinderbücher finden sich im Sortiment. Besonders angenehm zu tragen, sind die Woll- und Kaschmirhosen aus recyceltem Material. *Graefestr. 1, 10967 Berlin-KR, T: 6939614*

TIPP Bella Bimba

Wenn man vom Bergmannkiez zum Viktoriapark will, lohnt sich der Schlenker über die Hagelberger Straße, denn Bella Bimba bietet schon seit Jahrzehnten verlässlich gut erhaltene, ausgewählte Kinderkleidung. Hier zu stöbern ist sich immer eine gute Idee! Spielecke und der Eisladen nebenan sorgen für Kurzweil bei den Kleinen. *Hagelberger Str. 4, 10965 Berlin-KR, T: 7868494*

Bimbö

Das große Angebot des Secondhand-Ladens enthält vor allem Marken- und Designerkleidung. Die schönen Teile von Finkid, Mini Boden, Petit Bateau, Scotch & Soda, Superdry oder Hilfiger gibt es hier deshalb gut erhalten für kleines Geld. Spielzeug findet sich ebenso aus zweiter Hand und zur Freude aller kleinen Aktivlinge auch Fahrräder, Laufräder, Roller und Rutschautos. *Clayallee 323, 14169 Berlin-ZE, T: 8118878, bimboe.de*

Collect Boutique

Aus zweiter Hand kommt hier nur an die Stange, was für stilvoll befunden wird. Viele schöne Vintagestücke für Große und einiges für Kleine gibt es zu ergattern, dazu Designerware und Wohnaccessoires. Auch Neuware für die Jüngsten in Form von Holzspielzeug, Schnullerketten und kleinen Geschenken findet ihr unweit des Oranienplatzes. *Oranienstr. 44, 10969 Berlin-KR, T: 22051676, collectboutique.de*

Drei Käse Hoch

Unweit vom Innsbrucker Platz muss man für hochwertige Kinderbekleidung gar nicht tief in die Tasche greifen. Der Secondhandladen ist so gut sortiert, dass man für Spielzeuge, Kinderwagen, Reisebetten und Autositze nicht erst auf große Suche gehen muss. Ein besonderer Fokus liegt auf Wickeltischen, Stillecken und Bugaboos. *Hauptstr. 73, 12159 Berlin-SB, T: 85401614, drei-kaese-hoch.de*

Filou

Seit gefühlten Ewigkeiten beherbergt Filou ein gut sortiertes Sammelsurium an Nützlichkeiten für Kinder und Eltern. Mode für Schwangere und Babys ist hier genau so vertreten wie praktische Hochstühle, Autositze, Kinderwagen und Babytragen. Bollerwagen können vor Ort ausgeliehen werden und bei kleineren Reparaturen an Wagen oder Buggy hilft das Personal gerne mit Werkzeug und Ersatzteilen weiter. *Florastr. 45, 13187 Berlin-PA, T: 53017997, filou-pankow.de*

Frauen und Kinder zuerst

Im schönen Kollwitzkiez lockt einiges zu einem ausgiebigen Shoppingbummel, bei dem man unbedingt auch diesem Secondhand-Laden einen Besuch abstatten sollte. „Frauen und Kinder zuerst“ präsentiert Kinder- und Frauenmode aus zweiter Hand, die hier dennoch so gut wie neu von der Stange hängt. Für den Nachwuchs gibt es auch Neuware. Diese wird in Handarbeit hergestellt, mit qualitativen Materialien und pfiffigen Schnitten. *Kollwitzstr. 92, 10435 Berlin-PB, T: 75568564*

Spielteppich „BERLIN“ von HappyCityKids, samtweich und waschbar. *happycitykids.de*

Der Schulranzen-Klassiker. Immer noch handmade in Berlin. *kundschafter.net*

Unisex-Kinderbrille aus Acetat, erhältlich bei *Lunettes Selection, Marienburger Str. 11, lunettes-selection.de*

Mehr Bewegung und Fantasie für Kinder. Spiel-Elemente in vielen Farben. *stapelstein.de*

Helm mit Magnetverschluss und warme Fahrradhandschuhe mit reflektierendem Logo. *woom.com*

Leclerc Baby-Kinderwagen „Hexagon“: Elternschaft einfach gemacht! *leclercbaby.com*

Kuschelkissen in Handarbeit, in Berlin gefertigt. *nuukk.com*

HÄNSKA fertigt nachhaltige Schultaschen aus recycltem PET und Bio-Baumwolle. haenska.com

Kuschelige Freunde von Jellycat. *Goldfish – Das Kinderkaufhaus Brunnenstr. 24, 10119 Berlin*

Egal, was ihr vorhabt,
zusammen ist es schöner.
znkg.de

ZAUNKÖNIG

Der Zaunkönig ist Lernturm, Hochstuhl und Spielmöbel/Sitzbank in einem. Für kleine Entdecker, die sich nichts entgehen lassen wollen. Für Eltern, die die Zeit mit ihren Kindern so richtig genießen möchten. Ausgezeichnet mit Green Product Selection 2020 & Universal Design Award 2020.

znkg.de

Nachhaltig, multifunktional, mitwachsend. Stuhlbaukunst aus dem Erzgebirge. *znkg.de*

Giant Lady Beetle.
Junghans Kindermode, Schivelbeiner Str. 10, 10439 Berlin

Ökologisches Holzspielzeug von Wooden Story. *Junghans Kindermode, Gärtnerstr. 8, 10245 Berlin*

Brotboxen, Trinkflaschen und mehr aus Edelstahl. Fair und nachhaltig.
ecobrotbox.de

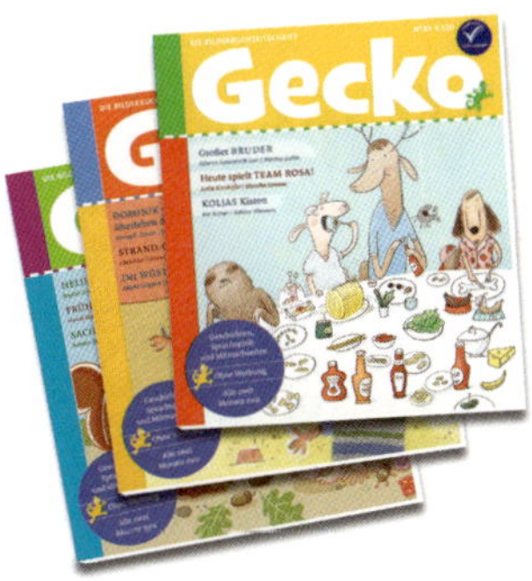

Drei Bilderbücher in einem Magazin, einmal gratis testen:
gecko-kinderzeitschrift.de/himbeer

Conscious school bags. Simply cool. Ökologisch, ergonomisch und zeitlos schön. *canopist.de*

SWEBE – das Familienbett in 240 oder 270 cm Breite. Jetzt mit Rausfallschutz. *ekomia.de*

TIPP Hilly's

Der schone lange im Kollwitzkiez verwurzelte Secondhandladen ist eine verlässliche Quelle für Guterhaltenes. An die Stange kommen nur Stücke von Qualitätsmarken, die noch in einem Top-Zustand sind. Da findet sich unter anderem Schönes von Søstjernen, hessnatur, Boden, Salt Water Sandals oder Petit Bateau. Neben Kinderkleidung für Kinder gibt es auch eine Damenabteilung, die sich mit Mode fair produzierender Labels schmückt. *Kollwitzstr. 39, 10405 Berlin-PB, T: 44328671, 123secondhandberlin.de*

TIPP Kalle, Clara & Co.

Groß steht der Name des Secondhand-Ladens in weißer Schrift auf dem Schaufenstern. Kleine Rabauk:innen werden besonders von der Auswahl an tollem Spielzeug ins Innere gelockt. Ausgewählte Kleinigkeiten gibt es aus zweiter Hand oder nagelneu. Auch für den alltäglichen Bedarf decken Kalle, Clara & Co. die Neuköllner:innen ein. Neben gut erhaltener Kinderkleidung kann man auch mit spezielleren Wünschen im Laden fündig werden und Schlafsack oder Bademantel mit nach Hause nehmen. *Kienitzer Str. 109, 12049 Berlin-NK, T: 23937086*

Kindermarktplatz

Im Kindermarktplatz nahe des U-Bahnhofs Karl-Marx-Straße gibt es das volle Programm an Gebraucht- und Neuware – die Regale sind voll von Babykleidung, Kindersachen sowie Klamotten für Jugendliche. Aber auch Mama und Papa werden am unteren Ende der Rollbergsiedlung fündig. Wer schon genug Kleidung im Schrank hat, kann mit der großen Auswahl an Lego und Playmobil glücklich werden. *Briesestr. 8, 12053 Berlin-NK, T: 0172-3041926, kindermarktplatz.de.tl*

Kleiderwald

Im Helmholzkiez lässt es sich auf der Stargarder Straße hervorragend bummeln. Viele kleine, individuelle Läden locken mit ihrem Sortiment. Darunter auch der Kleiderwald. Mit der Secondhand-Mode, die hier an den Stangen hängt, kleiden sich Kinder und Frauen, mit oder ohne Schwangerschaftsbauch, gerne ein. Dabei ist das Sortiment vielfältig und zwischen hochwertigen, fair gehandelten Öko-Teilen finden sich viele feine Basics. Wer eher auf der Suche nach etwas Schönem fürs Kinderzimmer ist, kann hier auch nach Accessoires, Spielzeug oder interessanten Kinderbüchern stöbern. *Stargarder Str. 65/66, 10437 Berlin-PB, T: 60928013, die-stargarder.de*

TIPP Lilli & Paul

Bei Lilli & Paul wurde Platz geschaffen, um mehr Sortiment in den Räumen des Lädchens unterzubringen. Aus zweiter Hand gibt es hier die beliebten Stokke Tripp Trapp Stühle und Kleidung für Kinder und Teenager. Zudem ist der Laden eine der wenigen Adressen in Berlin, die für transsexuelle Jungs die Möglichkeit bietet, Binder direkt im Laden auszuprobieren. *Wegenerstr. 18, 10713 Berlin-WI, T: 8612202, lilli-und-paul.de*

Männekieken

Wenn der Nachwuchs seinen Kleidern schon wieder entwachsen ist, finden sich bei Männekieken echte Schnäppchen, mit denen man sie wieder ausstaffieren kann. Gut sortiert hat der Laden viel für Babys und Kinder zu bieten. Besonders pfiffig ist der Verleih von Autositzen, Buggys und Kinderwagen. Kostengünstig und umweltschonend! *Georg-Wilhelm-Str. 7, 10711 Berlin-WI, T: 66402070, maennekieken.de*

TIPP NochMall

Das Gebrauchtwarenkaufhaus der BSR hat im August 2020 neu eröffnet, um aussortierter Kleidung, Möbeln, Elektrogeräten, Haushaltswaren und Spielzeug zu neuer Nutzung zu verhelfen. Darüber hinaus finden in dem mehr als 2.000 Quadratmeter großen Erlebnisort Workshops und Veranstaltungen rund um Kreislaufwirtschaft und Abfallvermeidung statt. *Auguste-Viktoria-Allee 99, 13403 Berlin-RE, T: 3149330, nochmall.de*

Paulinchen

Paulinchen ist klein, aber fein und hat für den Nachwuchs echte Schnäppchen zu bieten. Bei freundlicher Beratung kann man sich das Passende aus dem Angebot an Kinderkleidung und -schuhen heraussuchen. Auch Kinderwagen, Kindersitze und ein bisschen Spielzeug sind im Sortiment vorhanden. Neu sind die schönen Stücke von Little Dutch, die auch als Neuware ihren Weg in die Regale gefunden haben und die auf Wunsch personalisiert werden können. *Leonhardtstr. 11, 14057 Berlin-CH, T: 32303502*

Pfeil & Piefke

Der Seemannspullover aus reiner Schurwolle von der Eigenmarke des kleinen Lädchens ist so gut geschnitten, dass er jedem Körper schmeichelt. Ausgewählte Marken und echte Fundstücke aus zweiter Hand ergänzen das Sortiment der kleinen Schneider:innenwerkstatt. *Böckhstr. 46, 10967 Berlin-KR, T: 95613767, pfeilundpiefke.de*

Pusteblume

Hübsche Baby-und Kinderbekleidung, Kinderschuhe sowie Spielwaren kann man in dem Laden nahe des Arnimplatzes erwerben. Aber nicht nur das, Pusteblume bietet zudem eine tollen Reparaturservice für Kinderwagen und vermietet Autoliegewannen, Babytragen, Jogger, Sportwagen, Reisebetten sowie Hochstühle und sogar Kinderkostüme für den nächsten Fasching oder das Halloweenfest. *Paul-Robeson-Str. 3, 10439 Berlin-PB, T: 44715907, pusteblume-kindersecondhand.de*

rosarot und himmelblau

Die große Auswahl an Kinderkleidung aus zweiter Hand wird ergänzt durch Spielwaren, die auf neue Besitzer:innen warten. Alles ist gut sortiert und so lassen sich potentielle Schnäppchen leicht aufspüren. Auch das eine oder andere handgefertigte Spielzeug kann man in den Regalen entdecken. Tipp: Im Laden werden auch lädierte Holzspielzeuge repariert und wieder aufbereitet. Einfach mitbringen und nachfragen! *Stubenrauchstr. 73, 12161 Berlin-SB, T: 01723232508, rosarotundhimmelblau.de*

rosenrot

Die Fassade des niedlichen Lädchens erstrahlt stellenweise in Rosenrot. Und auch das Innere des Ladens macht dem blumigen Namen alle Ehre. Im schönen Ambiente finden sich Lieblingsstücke aus zweiter Hand für Schwangere und Kinder. Aber auch brandneue Stücke von Marken wie Cosilana und Reiff Strick oder Kinderwagen-Fußsäcke aus Lammfell erfreuen sich großer Beliebtheit und gehen hier regelmäßig über den Tresen. *Eisenbahnstr. 48, 10997 Berlin-KR, T: 69518349, rosenrot-in-kreuzberg.blogspot.de*

Sachensucher

Wer es Pippi Langstrumpf gleichtun will und sich selbst zu Sachensucher:innen erklären will, wird hier ganz bestimmt fündig. So gut wie neu sind die Regale bestückt mit all den Dingen, die ein gutes Kinderleben braucht. Nicht nur Kleidung, sondern auch Spielzeug sowie Umstandsmode hat der Laden in petto. *Waidmannsluster Damm 193, 13469 Berlin-RE, T: 40375403, sachensucher-secondhand.de*

Siebenstern

Wenn auch der heißgeliebteste Pullover irgendwann zu klein ist, hat Siebenstern eine kleine Rettungsstation eingerichtet, um den schönen Stücken zu einem neuen Zuhause zu verhelfen. Neben Kinderkleidung aus Erstbesitz umfasst das Sortiment ausgesuchte Spielwaren, vorrangig aus Holz, alles für den Kindertransport sowie schöne Bücher. *Florastr. 26, 13187 Berlin-PA, T: 49907446, siebenstern-berlin.de*

Stadtkind

Das wilde Stadtleben verlangt nach vernünftiger Stadtkleidung – auch in Berlin regnet und schneit es ab und an und für die Wuhlheide braucht es bitteschön die richtige Buddelhose. Glücklicherweise finden echte Großstadtrabauk:innen in der Winsstraße gut erhaltene Kleidung bis Größe 146. Hin und wieder verirrt sich auch absichtlich ein bisschen Neuware ins Sortiment: Regensachen, Gummistiefel, Mützen und funkelnde Glitzerschläppchen gibt es brandneu. *Winsstr. 28, 10405 Berlin-PB, T: 42027456*

TIPP Trollby

In dem schönen Laden nahe des U Bahnhofs Eisenacher Straße bekommt man Hochwertiges für kleines Geld. Von der Still- und Umstandsmode über die Baby-Erstausstattung bis hin zur Kinder- und Jugendkleidung bis Größe 176 kann man bei Trollby alles finden. Darüber hinaus wird man auch auf der Suche nach Kinderwagen und -betten, Babyschalen, Autositzen und Tragesystemen fündig. *Eisenacher Str. 78, 10823 Berlin-SB, T: 37587445, trollby.com*

Spielwaren

AllerleiSpiel

Das kleine Lädchen auf der Prenzlauer Allee birgt mehr hinter seinem kleinen Schaufenster als man zunächst vermuten mag. Genau so sollte ein Spielzeugladen sein – bunt, voller Abenteuer und trotzdem mit der nötigen Struktur, um das Ersehnte dennoch schnell finden zu können. Was hier die Herzen höher schlagen lässt ist von Hersteller:innen wie Djeco, Haba, Brio, Käfer und Partner oder Selecta. *Prenzlauer Allee 211, 10405 Berlin-PB, T: 4428254, allerleispiel.de*

Balloonerie

Mit Luft gefüllte Freude in allen Formen und Farben – die federleichte Vielfalt der Balloonerie ist ein kleines Wunderland. Luftballons können hier auch bedruckt und für den besseren Aufstieg mit Helium befüllt werden. Die hier erhältlichen Naturlatexballons sind biologisch abbaubar und sogar um eine nachhaltigere Verpackung der Lieferungen bemüht sich der Laden. *Eberswalder Str. 31, 10437 Berlin-PB, T: 4481064, balloonerie.de*

Brettspielgeschäft

Spiele fördern Kreativität, Sozialkompetenz, Konzentration und strategisches Denkvermögen, bringen Menschen allen Alters zusammen und machen einfach Spaß. Im Brettspielgeschäft an der Eberswalder Straße gibt es eine reichhaltige Auswahl an Kinder-, Karten-, Brett- Würfel- und Aktivspielen. Beraten wird auf Deutsch, Englisch oder Spanisch. *Eberswalder Str. 27, 10437 Berlin-PB, T: 54714570, brettspielgeschaeft.berlin*

TIPP Der kleine Zirkusladen

Darf es ein Einrad sein? Oder ein paar Jonglierbälle? Der kleine Zirkusladen stattet Zirkuskinder und solche, die es werden wollen, gleich an zwei Berliner Standorten mit dem nötigen Equipment aus. Besonders in Sachen Feuerjonglage ist man hier versiert. Was im Sortiment noch fehlt, wird kurzerhand in Eigenproduktion hergestellt. Workshops vermitteln den Umgang mit Diabolo, Hula-Hoop und Einrad. *Schillerstr. 70, 10627 Berlin-CH; Kopernikusstr. 10, 10245 Berlin-FR, T: 0177-3131380, zirkusladen.com*

Die kleine Gesellschaft

Ganz zentral, zwischen Tacheles und Friedrichstadtpalast, sowie am zweitem Standort im Kollwitzkiez, findet sich die kleine Gesellschaft. Bevölkert werden die Regale des hinreißenden Spielzeugladens von Drachen, Prinzessinnen, Feen und anderen Spielfiguren. Auch zum Basteln und Malen findet sich hier reichlich und das Sortiment an Spielwaren für Babys und Kleinkinder ist immens. Die Berlin-Sandformen bringen die Hauptstadt an den Sandstrand, ein Sortiment an Kostümen ist vorhanden und allerlei Neues von Marken wie BRIO, Siku oder Djeco gibt es ohnehin zu entdecken. *Rykestr. 41, 10405 Berlin-PB, T: 56734850, Friedrichstr. 129, 10117 Berlin-MI, T: 13893400, kleinegesellschaft.com*

TIPP Die wilden Schwäne

Der Laden ist bis zum Rand gefüllt mit Spielwaren aller Form und Farbe. Vieles darf angefasst und ausprobiert werden. Gute Beratung gibt es inklusive. Die zwei Filialen stehen sich in nichts nach, obwohl der Shop auf der Schönhauser Allee etwas größer ist. *Breite Str. 39, 13187 Berlin-PA, T: 48098899, Schönhauser Allee 63, 10437 Berlin-PB, T: 47080812, wildeschwaene.de*

NEU Diversity Spielzeug

Der Onlineshop hat inzwischen auch ein Ladengeschäft, in dem man sich ein gutes Bild davon machen kann, wie ein wirklich vielfältiges Spielzeug- und Kinderbuchsortiment aussieht. Von Hautfarbenstiften über empowernde Geschichten bis zu diversen Puppen – hier bekommt ihr schöne und sinnvolle Kindersachen. *Emser Str. 27, 12051 Berlin-NK, T: 0160-2022222, diversity-spielzeug.de*

TIPP Flying Colors

Dieser Laden ist wirklich ein besonderer Ort. Das Sortiment ist spezialisiert auf Dinge, die es mit der Schwerkraft nicht so ernst nehmen. Jonglierartikel und Drachen in allen erdenklichen Formen und Farben kann man hier erstehen. Bei Fragen rund um das luftige Equipment steht das Ladenteam mit Expertise zur Seite. Für den Powertag im Park gibt es zudem Frisbees, Slacklines, Federbälle und Co. im Sortiment. Kleinere Kinder werden glücklich mit Beißringen, Kugelbahnen und netten Kleinigkeiten. *Eisenacher Str. 81, 10823 Berlin-SB, T: 78703636, flying-colors.de*

Frau Luna

Einmal hereinspaziert, kommt man nicht so schnell wieder hinaus, ohne in das verspielte Sortiment des Ladens einzutauchen. Das Kinderzimmer wird es danken, denn all die schönen Dinge machen sich dort bestimmt ausgezeichnet. Besonders niedlich sind die Lampenschirme mit bunter Bemalung, die an große Lampions erinnern. Für das angehende Schneiderlein bietet der Altglienicker Laden kindgerechte Nähkurse. *Alter Schönefelder Weg 1, 12524 Berlin-KÖ, T: 63314375, frauluna.com*

Mit Kinderblick

—

Lieblingsläden für Kinderbrillen

1

Kinderbrillen in Berlin

Für den nötigen Durchblick sorgt das Fachgeschäft im Bötzowkiez, wo ein ausgewähltes Sortiment an hübschen und hochwertigen Kinderbrillen auf design- und qualitätsbewusste Familien wartet. *Bötzowstr. 27, 10407 Berlin-PB, T: 49780321, kinderbrillen-inberlin.de*

2

Brillenwerkstatt

In Kreuzberg, Mitte und Charlottenburg berät die Brillenwerkstatt alle, die auf Sehhilfen angewiesen sind. Für Kinder finden sich dort erwachsen anmutende ebenso wie fröhlich bunte Brillenmodelle. *Dircksenstr. 48, 10178 Berlin-MI, T: 28096740; Oranienstr. 32, 10999 Berlin-KR, T: 6147318; Mehringdamm 66, 10961 Berlin-KR, T: 7863013; Kaiserdamm 5, 14057 Berlin-CH, T: 3216860, brillenwerkstatt.de*

3

Bursche Brillen

Die Augenoptiker:innen sind Spezialist:innen für Kinderbedürfnisse und so gibt es hier nicht nur eine große Auswahl an Kinderbrillen, sondern auch Schwimm- und Taucherbrillen. *Reinhardtstr. 10, 10117 Berlin-MI, T: 2814125; Bahnhofstr.33–38, 12555 Berlin-KÖ, T: 65070637; Berliner Allee 51, 13088 Berlin-WS, T. 9246422 , bursche-brillen.de*

4

Augenoptik Friedemann Bruske

Dem erfahrenen Augenoptiker liegt das Sehvermögen vor allem der Jüngsten am Herzen, die in den auf Kinderbesuch ausgerichteten Räumen kompetent beraten und mit schönen Brillen ausgestattet werden. Das Sortiment an Fassungen und die Glasauswahl, selbst für extreme Sehkorrekturen, ist umfangreich. *Hauptstr. 75, 12159 Berlin-SB, T: 8735505, augenoptik-bruske.de*

5

Lunettes Selection

Bei den Vintage-Spezialist:innen findet ihr auch für Kinder echte Highlights: Dior-Sonnenbrillen aus den frühen 80ern, fröhliche Vichykaro-Rahmen von Les Halles aus den 90ern, bunte Gestelle von Tintin & Milou sowie Kinderbrillen von Pariser Marken wie Very French Gangsters oder Caroline Abram. Speziell für Kids gibt es bruchfeste Polycarbonat-Gläser zum kleinen Preis. *Marienburger Str. 11, 10405 Berlin-PB, T: 44718050, lunettes-selection.de*

Glaube und Wahrheit

Hinter dem bedeutungsschweren Titel verbirgt sich ein Shop, der nichts geringeres im Angebot hat, als einen Freund fürs Leben. Die ausgefallenen Kuscheltiere, die man im Laden begutachten kann, sind allesamt Unikate. In sorgsamer Handarbeit werden hier außerdem Kissen, Fernsehturmrasseln, Kirschkernfrösche, Spieluhren, Bodys und Geschirrtücher gefertigt. Besonders beliebt sind die Buchstaben- oder Namenskissen. *Schliemannstr. 30, 10437 Berlin-PB, T: 017634075090, glaubeundwahrheit.de*

TIPP GroßstadtPony

Das Leben ist vielleicht kein Ponyhof, aber der üppig und bunt gefüllte Friedrichshainer Laden ist definitiv ein Wunschkonzert. Spielzeug aller Couleur, Luftballons und am Wochenende Popcorn – so schnell kommt man hier nicht mehr weg. Wer bald Geburtstag hat, füllt eine der ladentypischen Holzkisten mit all seinen Geschenkewünschen für die Geburtstagsgesellschaft. *Simplonstr. 27, 10245 Berlin-FR, T: 23916176, grossstadtpony.de*

Heidi's Spielzeugladen

Für viele Charlottenburger:innen ist Heidis Laden ein Sehnsuchtsort, der aus Kindheitstagen noch allzu gut in Erinnerung geblieben ist. Der traditionsreiche Spielzeugladen kommt nicht nur im Kiez gut an, auch darüber hinaus hat sich Stammkundschaft entwickelt, die das Sortiment des Ladens zu schätzen weiß. Was das angeht, wird auf Spielzeuge aus unbehandeltem Holz gesetzt, hochwertig und schnörkellos. *Kantstr. 61, 10627 Berlin-CH, T: 3237556*

Jibboo

Jibboo bietet eine feine Auswahl an Spielwaren für große und kleine Kreativlinge. Besonderes von Marken wie Brio, Schleich, Sigikid, Djeco und Selecta geht hier über den Tresen und auch ein paar spezielle Designs von Santoro, Lilliputiens, Jellycat oder Bako. Die Heliumballons in allen Farben und Formen sorgen für Höhenflüge. *Bänschstr. 53, 10247 Berlin-FR, T: 45305245, jibboo.de*

Juno

Kieziger geht es kaum. Auf der Bergmannstraße tobt das bunte Leben und mittendrin ist Juno, das Tor zu einer Vielzahl bunter Spielwaren. Alles Nötige und vielleicht auch einfach Schöne zum Basteln und Malen, Puzzeln und Spielen, Kramen und Finden füllt die hohen Regale. Hier könnte man wahrlich Stunden verbringen, eh man all die tollen Kleinigkeiten entdeckt hat. Direkt nebenan gibt's Torten bei Frau Behrens. *Bergmannstr. 3, 10961 Berlin-KR, T: 23617564, spielwaren-juno.de*

NEU Just Juggling

Der etablierte Laden hat sich wenige hundert Meter vom alten Standort entfernt ein neues Domizil gesucht. Der bunte Inhalt der Regale wartet nur darauf, erworben und in die Luft geschleudert zu werden. Die Keulen, Diabolos, Bälle, Flowersticks und Feuerrequisiten gibt es von den führenden Hersteller:innen. Darunter Gora, Henrys, UNICYCLE, Juggle Dream und flowtoys. Auch Zirkusartikel und hochwertiger Artist:innenbedarf ist zu haben. *Mittenwalder Str. 6, 10961 Berlin-KR, T: 23547731, justjuggling.com*

TIPP Katalka Spielwaren

Dort, wo ein Laden schöner als der andere ist, leuchtet einem die Wimpelkette den Weg in ein farbenfrohes Nest aus Spielwaren. So lange das Windrad draußen hängt, ist hier geöffnet und man ist eingeladen, die Regale zu durchstöbern, Holzspielwaren, Experimentierkästen, Postkarten, Kinder-Werkzeuge und Plüschwaren zu entdecken. Aus eigener Produktion gibt es stoffbezogene Schultüten. *Raumerstr. 22, 10437 Berlin-PB, T: 49853377, katalka.de*

Kind & Kegel

Die handgefertigten Pumphosen gehen hier über den Tresen wie warme Semmeln. Kein Wunder, schließlich wachsen die guten Stücke mit und können so für lange Zeit zum Lieblingsstück werden. Aber auch die anderen Nähereien für Kind und Kinderzimmer können sich sehen lassen. Auf Bestellung sind Sonderanfertigungen möglich. Ergänzt wird das Sortiment durch eine umfangreiche Auswahl an Holzspielzeug und Heliumballons in ausgefallenen Formen und Farben. *Weitlingstr. 37, 10317 Berlin-LI, T: 81721910, abinskindundkegel.de*

TIPP Kindersause

Hier wird nur als spielbar gehandelt, was auch den ökologischen Ansprüchen des Ladens entspricht. Betritt man das kleine, aber feine Schöneberger Spielwarengeschäft wird schon auf den ersten Blick klar, wo der Schwerpunkt liegt: Holzspielzeuge aller Art schmücken die Regale. Die Auswahl an schönen Dingen für das Kinderzimmer wird ergänzt durch Mode und Schuhe von Marken wie Disana, Loud + Proud und Anna und Paul. *Grunewaldstr. 16, 10823 Berlin-SB, T: 78891856*

LEGO Store

Ein Paradies für alle Liebhaber:innen des kleinen Steins. Dieser Einkauf wird garantiert erlebnisreich. Ist man auf der Suche nach besonderen Bausteinen, findet man wahrscheinlich an der Pick & Build Wall genau das passende Stück. Wer statt Einzelteilen lieber ein ganzes Set mit nach Hause nehmen will, kann mit Hilfe der Digital-Box einen Vorgeschmack vom fertigen Bauwerk bekommen. Und man kann sich seine ganz persönliche Lego-Figur zusammenstellen. *Tauentzienstr. 20, 10789 Berlin-CH, T: 21016222, lego.com*

Levy's Contor

Messinglampen und Kerzenleuchter, Spieluhren und Becher, Blechspielzeuge, Meditationskissen und Handwerkskunst – all das gibt es in dem gut sortierten, nostalgischen Laden in den Hackeschen Höfen. Abwechslungsreiche Einkaufserlebnisse mit Fundstücken, die das Internet einfach nicht hergibt, sind hier garantiert. *Rosenthaler Str. 40/41, 10178 Berlin-MI, T: 2808203, levyscontor.de*

Lilofee

Lilofee ist über zwei Etagen vollgepackt mit guten Dingen. Man schaut und schaut und staunt und unversehens ist aus dem Sortiment an Spielwaren der eine oder andere Gegenstand im Einkaufskorb gelandet. Das Sortiment wird stetig erneuert und ergänzt und passt wie aus Zauberhand immer zur aktuellen Jahreszeit. Die Marken werden nach ihren ökologischen und sozialen Standarts ausgewählt, deshalb finden sich schönste Dinge von Stockmar, goki, Ostheimer, Haba, Grimm‘s und Co. *Spreewaldplatz 4, 10999 Berlin-KR, T: 6175135, lilofeespielwaren.de*

Löwenzahn

Der Spielzeugladen am Kranoldplatz bemüht sich, vor allem schöne Dinge kleinerer Labels und Hersteller anzubieten. Das spiegelt sich auch in der Qualität der Dinge, die hier die Regale füllen. In bunter und freundlicher Atmosphäre will man mit dem Stöbern kaum mehr aufhören. Kult hat mittlerweile schon der Schnullerbaum, dem die Kinder ihren letzten Nuckel übergeben können, wenn sie ihm entwachsen sind. *Ferdinandstr. 35, im Ferdinandmarkt, 12209 Berlin-ST, T: 76683316, loewenzahn-berlin.de*

TIPP Nordliebe

Lange Sommer in den Schären, Kaffeetrinken am Strand mit noch ofenwarmen Kanelbullar, Mitsommar feiern. Die ausgeprägte Nordliebe der Inhaber:innen schlägt sich in den wunderschönen und zugleich praktischen Designs für Kinder und Erwachsene nieder. Unter dem Überbegriff Wohnaccessoires ist eine Sammlung feinster Dinge von Marken wie Bloomingville, Strömshaga, Meri Meri, HAY oder Meraki entstanden. Das Sortiment in den zwei Berliner Filialen wird stets durch Reisen in den hohen Norden inspiriert und erweitert. *Goltzstr. 18, 10781 Berlin-SB, Schloßstr. 129, 12163 Berlin-ST, nordliebe.de*

Digital gestalten

DREI FRAGEN AN …

Verena Pausder

Verena ist Unternehmerin, Expertin für Digitale Bildung, Gründerin von Fox & Sheep und den HABA Digitalwerkstätten. 2017 hat sie den Digitale Bildung für alle e.V. gegründet, 2020 den Bildungs-Hackathon #wirfürschule initiiert und „Das Neue Land: Wie es jetzt weitergeht!" geschrieben.

verenapausder.de

Was sind die dringlichsten Aufgaben im Bildungssystem?

Lehrer:innen und Schulen brauchen mehr Freiräume. Wir müssen das Curriculum ausmisten und deutlich mehr Platz für projektbasiertes Lernen und digitale Bildung schaffen und die Voraussetzungen dafür: schnelles WLAN an den Schulen, genug Endgeräte und vor allem unkomplizierte Fortbildungen für Lehrkräfte.

Was empfiehlst du Eltern?

Kinder sind heute digitale Konsument:innen. Wir müssen aber alles daransetzen, sie zu digitalen Gestalter:innen zu machen. Das heißt: Statt YouTube-Videos nur zu gucken, lieber selbst Stop-Motion-Filme produzieren. Statt Games nur zu spielen, Grundlagen im Game Design lernen. Als Eltern können wir vor allem unterstützen, indem wir neugierig sind. Ein tolles Format dafür ist eine „Zukunftsstunde": Einmal die Woche verabredet man sich als Familie und jede Woche darf jemand anderes bestimmen, wie die Stunde aussieht: Mal lässt man sich von den Kindern Minecraft zeigen, mal schaut man sich zusammen an, wie man einen Podcast aufnimmt.

Was können wir alle tun, um den Wandel voranzutreiben?

Wir müssen unsere politische Agenda und unsere Haltung als Gesellschaft neu denken. Es braucht einen klaren Fokus auf die großen Themen Digitalisierung, Klimaschutz, Chancengerechtigkeit. Wir können es uns nicht mehr leisten, im Kleinklein mit Minimalkompromissen zu handeln. Wir haben in der Politik keinen Ideenmangel, sondern ein Umsetzungsproblem. Ich wünsche mir deshalb als Haltung, dass wir für diese Umsetzung alle zusammen Verantwortung übernehmen.

Piñateria

Piñatas kommen nicht nur in Lateinamerika gut an. Die witzigen Figuren, die man zerschlagen muss, um an ihre Füllung zu gelangen, sind auch in Berlin zu Hause. In Kreuzberg werden Piñatas aller Art hergestellt. Für kleinere Kinder gibt es eine Version, bei der die Piñata durch das Ziehen an einem Faden geöffnet wird. Der absolute Hit auf jedem Kindergeburtstag! *Schönleinstr. 8, 10967 Berlin-KR, T: 017696981421, pinateria.de*

Playmobil Fun Store

In der Mall of Berlin befindet sich auch der Playmobil Fun Store, in dem sich auf 111 Quadratmetern das gesamte Sortiment der begehrten Marke findet. Und auch ein paar exklusive Extras hat der Shop im Sortiment. Stetig werden die Sets in den Regalen gegen spannende Neuheiten ausgetauscht. *Leipziger Platz 12, 10117 Berlin-MI, T: 0911-96662384, playmobil.de*

TIPP Ratzekatz Spielzeugland

Hier schlagen Kinderherzen höher und Erwachsene fühlen sich in ihre Kindheit zurückversetzt. Wer gerne stöbert und Spielwaren liebt, sollte dem Laden am Helmholtzplatz definitiv einen Besuch abstatten, denn er ist die ideale Anlaufstelle für Spielwarenwünsche aller Art. Im Sortiment finden sich die Marken der führenden Hersteller:innen und zusätzlich jede Menge Angebote, die weder im Internet noch im Kaufhaus zu haben sind. *Raumerstr. 7, 10437 Berlin-PB, T: 6819564, ratzekatz.de*

Sandmann-Shop im rbb-Shop

Das Sandmännchen ist eine Kultfigur, die schon einige Jahre deutsche Geschichte und mehrere Generationen begleitet hat. Liebhaber:innen der drolligen Figur sollten ihren Weg unbedingt in die Nähe des Theodor-Heuss-Platz finden. Dort kann man Kuschelkissen, Kalender, Nachtlichter und viele andere Fanartikel mit Sandmannmotiv erwerben. Die Sandmännchen-Geburtstagsbox macht kleine Geburtstagskinder glücklich. Auch andere bekannte Charaktere aus den kurzen Filmchen kann man hier wiedertreffen. *Kaiserdamm 80, 14057 Berlin-CH, T: 9799384999, sandmann-shop.de*

siebenschön

Nahe des Boxhagener Platzes lockt das bunte Sortiment des Lädchens die Laufkundschaft an. Zu Recht! Dort wird viel Liebe und Sorgfalt in die Auswahl der schönen Spielwaren gelegt. Vor allem jüngere Kinder werden hier fündig und freuen sich über griffiges Holzspielzeug. *Gärtnerstr. 26, 10245 Berlin-FR, T: 74078833, siebenschoen.de*

TIPP Sönneken

Wer den Laden am Lausitzer Platz betritt, findet sich in einem gut sortierten Kinderparadies wieder. Sönneken ist aus dem Kiez mittlerweile nicht mehr wegzudenken, sorgt aber trotz Kultstatus stets für Abwechslung. Kommunikation wird groß geschrieben und die Fachberatung erst recht. Nicht fehlen dürfen gutes Holzspielzeug, Naturmaterialien und die Konzentration auf kurze Lieferwege. Auf der lebendigen Friedelstraße befindet sich der Ableger des Kreuzberger Spielzeugladens. Zwar ist der Neuköllner Laden etwas kleiner, an Liebe und Sorgfalt fehlt es hier aber definitiv nicht. *Friedelstr. 29, 12047 Berlin-NK, T: 62728928, Lausitzer Platz 13, 10997 Berlin-KR, T: 69564190, soenneken-spielzeug.de*

NEU Souq Dükkan

Wo in der Kollwitzstraße lange eine Hobbyshop Rüther-Filiale beheimatet war, findet sich seit Herbst 2021 ein wundervoller neuer Laden mit ausgesucht schönen und nachhaltigen Dingen für Groß und Klein. Geht man die innenliegende Treppe hoch, steht man mitten hübscher Sachen zum Spielen, Lesen. Anziehen und Einrichten für Kinder. *Kollwitzstr. 54, 10405 Berlin-PB, T: 0173-6494994 souqdukkan.de*

TIPP Spielbrett

Alte Spieleklassiker finden sich in beiden Filialen genauso im Sortiment wie Neuerscheinungen und ausgefallenere Spielideen. Wer seiner Familie den Konkurrenzdruck abtrainieren will, wählt aus einer der Spielvarianten, die durch ihre Spielstruktur das Teambuilding stärken. Auch eine Auswahl an Baby- und Kinderspielzeugen führt der Wilmersdorfer Laden in der Berliner Straße. Eine weitere unversiegbare Quelle an neuen und alten Gesellschafts- und Kartenspielen findet sich unweit vom U-Bahnhof Südstern in der Kreuzberger Filiale in der Körtestraße. *Berliner Str. 132, 10715 Berlin-WI, T: 86421081 Körtestr. 27, 10967 Berlin-KR, T: 6924250, spielbrett-berlin.de*

Spielplatz

In der Nähe des S-Bahnhofs Friedenau befindet sich ein ganz besonderer Spielplatz. In dem gemütlichen, traditionsreichen Spielwarengeschäft am Renee-Sintenis-Platz darf angefasst, bestaunt, ausprobiert und gespielt werden. Hier kann man hochwertiges Holzspielzeug, Babyartikel, Puppen und Plüschtiere, Spiele, Bastelartikel, Experimente und sogar Hörbücher entdecken. Und wer mit seiner Bonuskarte Punkte sammelt, darf sich mit einem vollen Heft etwas aussuchen. *Handjerystr. 76, 12159 Berlin-SB, T: 8513000, spielplatz-spielzeug.de*

KLIMA
STREIK
24.09.

Spielfalt!

Als Mutter Schwarzer Kinder störte es Mirjam Schröter selbst, wie stereotyp Familien oft dargestellt werden.

Mit der Suche nach Büchern und Spielzeugen, die die Realität ihrer Kinder widerspiegeln, verbrachte Mirjam viele Stunden, bevor sie kurzerhand ihren eigenen Onlineshop gründete und dann auch das Ladengeschäft „Diversity Spielzeug" in Neukölln eröffnete. Dort finden sich Puppen, Bücher, Poster, Spiele und Bastelsachen, die die Vielfalt unserer Gesellschaft und der in Berlin lebenden Familien repräsentieren. Was, wie Mirjam und Expert:innen wissen, für eine positive Identätsentwicklung von Kindern wichtig ist.

Dabei geht es um Hautfarben, aber auch Kinder, die auf Rollstuhl, Brille oder andere Hilfsmittel angewiesen sind, tauchen noch viel zu selten auf. Stereotype Darstellungen von Familienmodellen und Geschlechterrollen sind hingegen im Spielzeug- und Kinderbuchmarkt nach wie vor verbreitet, doch allmählich findet ein Wandel statt. In Mirjams Laden kann man sich davon ein Bild machen und viel Schönes für ein vielfältiges Kinderzimmer einkaufen.

Diversity Spielzeug

Emser Str. 27
12051 Berlin-NK
T: 700906710
diversity-spielzeug.de

Spielwiese Ludothek

Im Boxhagener Kiez kann gespielt werden, was das Zeug hält. Lediglich eine kleine Spielegebühr verlangt die Ludothek und gewährt dann vollen Zugriff auf ein umfangreiches Spielesortiment. Verloren geglaubte Spielschätze tauchen hier auf, aber auch die allerneuesten Spielehits sind kurz nach dem Erscheinen bespielbar. Alle Spiele sind auch ausleihbar. *Kopernikusstr. 24, 10245 Berlin-FR, T: 28034088, team-spielwiese.de*

Spielzeugladen an der Kaisereiche

Besonders LEGO-Liebhaber:innen werden beim Anblick des Sortiments große Augen bekommen. Rund um den kleines Stein gibt es Neuware, aktuelle Sets, Gebrauchtes und auch Einzelteile. Fündig wird man ebenso auf der Suche nach Pokémon, Schleichtieren und Matchbox-Autos. *Saarstr. 2, 12161 Berlin-ST, T: 74071630, sadk-berlin.de*

Steffis Lädchen

Der freundliche Laden hat eine solche Fülle an bunten, schönen Dingen in den Regalen, dass man kaum weiß, wohin man zuerst gucken soll. Der Spielzeugladen bleibt trotz stetig wechselndem Sortiment einigen Klassikern treu. Wer mit der vollen Wundertüte den Laden verlässt, sollte sich unbedingt noch Zeit für einen Streifzug durch den Kiez nehmen. *Knesebeckstr. 18/19, 10623 Berlin-CH, T: 3123339, steffis-laedchen.de*

Steiff Shop

Dass die kuscheligen Tiere von der Firma Steiff in hervorragender Qualität produziert werden, muss eigentlich nicht mehr erwähnt werden. Am Hackeschen Markt beansprucht der Knöpfling gleich 150 Quadratmeter. Diese sind gut gefüllt mit einer Vielzahl der hübschen Stofftiere.. Sogar individualisierte Exemplare kann man in Auftrag geben und für aktuelle Kindermode bis Größe 122 und Geschenkideen ist auch noch Platz. *Oranienburgerstr. 4, 10178 Berlin-MI, T: 20214778, Kurfürstendamm 40/41, 10719 Berlin-CH, T: 88625006 steiff.com*

Tam Tam und New Tam Tam

Die Spielwaren mögen sich im Laufe der Zeit wandeln, bei Tam Tam bleibt alles so gut, wie es immer war. Bei den Büchern, Spielen und Bastelartikeln für Kinder wird auf Qualität gesetzt. Und trotz der hoch gehängten Messlatte schafft der Laden es, dass Kinder in allen Altersstufen zwischen null und zwölf Jahren glücklich werden. Wie gut, dass es diesen schönen Shop gleich zwei Mal in Berlin gibt. *Knesebeckstr. 59-61, 10719 Berlin-CH, Belziger Str. 25, 10823 Berlin-SB, T: 8821454, newtamtam.de*

Tam Tam Spielwaren

Im Zehlendorfer Laden kann man sich auf die gute Auswahl an Qualitätsspielwaren mit pädagogischem Mehrwert verlassen. Viele der angebotenen Spielsachen sind aus Holz, aber auch Bücher, Gesellschaftsspiele und Bastelartikel kann man bei Tam Tam erstehen. *Teltower Damm 32, 14169 Berlin-ZE, T: 8013035, tamtam-spielwaren.de*

Trommler

In Moabit findet man nicht nur hochwertiges Spielzeug von HABA, Fridolin oder Sigikid, sondern auch Kinderkleidung von finkid, Serendipity oder Tragwerk. Spannende Kinderliteratur und hübsche Schuhe warten ebenfalls auf neue Besitzer:innen. Neu im Sortiment sind die Holz-U-Bahnen, die den gängigen Berliner Linien nachempfunden sind. *Jagowstr. 40, 10555 Berlin-TI, T: 3917222, trommler.org*

Viel Spiel

Hier füllt die Regale, was in der Welt des Spielzeugs Rang und Namen hat. Neben dem qualitativen Holzspielzeug bekannter Hersteller hält Viel Spiel aber immer auch Überraschendes bereit und das Stöbern lohnt. Selbst der literarische Hunger kleiner Leseratten wird mit einem kleinen, aber ausgewählten Sortiment gestillt. Highlight des Ladens ist die Kleinkram-Ecke, die alles für den Kindergeburtstag bereit hält. *Große Hamburger Str. 28, 10115 Berlin-MI, T: 96065266, vielspiel.de*

Walters Holzspielzeuge

Der nachwachsende Rohstoff wird hier gekonnt in Form gebracht. Die Holzspielzeuge stammen aus liebevoller Handarbeit und sind detailreich angefertigt. Gut bestückte Werkzeugkoffer, Kugelbahnen und Puppenhäuser gehören zu den Lieblingsstücken des Schöneberger Spielzeugladens. *Langenscheidtstr. 5a, 10827 Berlin-SB, T: 51051492, walters-holzspielzeug.de*

TIPP Zambomba

Wer den Nachwuchs als Krabbelkind mit Regenmacher und Xylophon experimentieren lässt, hat quasi schon den ersten Teil musikalischer Früherziehung selbst übernommen. Zambomba hat sich auf Musikalisches und Klangvolles spezialisiert, führt aber auch andere Spielwaren, die zum kreativen Spiel anregen. *Florastr. 40, 13187 Berlin-PA, T: 49912009, zambomba.de*

TIPP Zauberkönig

Seit 1884 fühlt sich der Zauberkönig für das Unmögliche zuständig. Der Laden besitzt eine große Anziehungskraft, schließlich kann man dem magischen Sortiment in den

Regalen so einiges zutrauen. Neben dem begehrten Zauberzubehör führt das Traditionsgeschäft auch Scherzartikel, Bücher, Dekoration und Süßes. Ganz neu ist das Zauberkabinett, in dessen vier Wänden echte Magie geschieht. Kinderzauberkurse und Shows für Klein und groß verlangen nach Publikum. *Herrfurthstr. 6a, 12049 Berlin-NK, T: 49205751, zauberkoenig-berlin.de*

TIPP Zuckerfrei

Der Concept Store will sich dem Wahn der Wegwerfgesellschaft entgegenstellen und hat es sich aus diesem Grund zur Aufgabe gemacht, Spielzeug in die Welt zu tragen, an dem man ein Leben lang seine Freude haben kann. Zeitloses und schickes Design ist bei den angebotenen Spielwaren ebenso wie bei den Kinderklamotten die Prämisse. *Anzengruberstr. 12, 12043 Berlin-NK, T: 23936107, zuckerfrei.berlin*

Kinderbücher und Comics

TIPP Bilder-Buch-Laden

Hier gibt es alles zu erstehen, was sich in Wort und Bild an Kinder richtet. Die Inhaberinnen haben nicht nur ein Händchen für die Auswahl wunderschön illustrierter Seiten, sondern auch für die Gestaltung der Schaufenster. Der Laden hat bietet auch christliche Literatur an und hat eine Auswahl an Titeln parat, die jungen Menschen das Thema Tod, Sterben und Trauer kindgerecht näher bringen. Als Station der Flotte Berlin verleiht der Laden außerdem kostenlos Lastenräder für größere, autofreie Transporte. *Zossener Str. 6, 10961 Berlin-KR, T: 6911080, bilder-buch-laden.de*

TIPP BUCHBOX!

Gleich drei Filialen laden Leseratten freundlich dazu ein, sich in Literaturnähe zu begeben. Denn diese Buchhandlung will Bücher nicht nur verkaufen: Literatur soll erlebt werden – bei regelmäßigen Lesungen, Kinder-Events, Straßenfesten und Workshop-Angeboten. Die erste Filiale am Boxi hat schnell Zuwachs bekommen und so gibt es die Buchbox glücklicherweise auch in der Kastanienallee und am Helmholtzplatz sogar mit integriertem Café. *Greifswalder Str. 33, 10405 Berlin-PB, T: 42803245, Lettestr. 5, 10437 Berlin-PB, T: 43659091, Kastanienallee 97, 10435 Berlin-PB, T: 44308385, Grünberger Str. 68, 10245 Berlin-FR, T: 20078243, buchboxberlin.de*

TIPP Buchhandlung Alphabet

Im besten Fall verlaufen die Grenzen von Lesen, Lernen und Spielen fließend. Damit das gelingen kann und Kinder Spaß am Lernen finden, die sich die Welt in langsamerem Tempo aneignen, braucht es die richtigen Materialien. Die didaktische Buchhandlung hat sich auf solches Lehr- und Lernmaterial spezialisiert. Familien können hier eine individuelle Lernberatung in Anspruch nehmen, die die Verantwortung nicht allein aufs Kind auslagert. Mit diesem Konzept ist die Buchhandlung in Berlin bisher einzigartig. *Winsstr. 33, 10405 Berlin-PB, T: 4421012, alphabet-berlin.de*

Buchhandlung Moby Dick

Die Stargarder Straße lädt zu der ein oder anderen Bummelei ein. Unbedingt sollte man dabei seinen Weg in die Buchhandlung mit der türkis-grünen Fassade finden. Der namensgebende Klassiker der Weltliteratur wurde ganz bewusst gewählt. Moby Dick ist Beispiel und Statement zugleich – so sollten gute Bücher beschaffen sein: Spannend, informativ, abenteuerreich! *Stargarder Str. 67, 10437 Berlin-PB, T: 40045757, buchhandlung-moby-dick.de*

TIPP BuchSegler

Eine Kinderbuchhandlung, die so gut ausgestattet ist wie der BuchSegler, ist gar nicht so leicht zu finden. Alle Bücher werden eigens auserwählt, um in den Regalen ihre großen und kleinen Leser:innen zu erwarten. Der Laden im Florakiez hat einen besonderen Fokus auf anspruchsvolle Literatur für den Nachwuchs gelegt und berät beim Buchkauf mit Expertise und Belesenheit. *Florastr. 88/89, 13187 Berlin-PA, T: 43724120, buchsegler.de*

Comics & Graphics

Die Auswahl an bebilderten Geschichten ist hier groß. Kein Wunder, schließlich bedient auch das Format der Graphic Novels und Comics fast alle Genres, die man auch aus Literatur und Film kennt. Surreales, Persönliches, Lustiges, Dokumentarisches oder Trauriges – all das findet sich im Laden auf illustrierten Buchseiten. *Prenzlauer Allee 46, 10405 Berlin-PB, T: 66408157, bluetoons.de*

Der Divan

Die Allerjüngsten finden beim Divan ihr erstes robustes Bilderbuch, während ältere Geschwisterkinder sich schon an der Kinder- und Jugendliteratur erfreuen können. Auch für Erwachsene stehen hier Bestseller, Romane und Krimis im Regal. Zum Schmökern darf es für die Eltern gerne ein leckerer Kaffee sein, während der Nachwuchs die Kinderabteilung entdeckt. *Reichsstr. 104, 14052 Berlin-CH, T: 3022057, divan.de*

TIPP Dussmann – Das Kulturkaufhaus

Wer die Pforten des Kulturhaufhauses an der belebten Friedrichstraße betritt, landet in einem wahren Bücherparadies, das das Herz jedes Bücherwurms und aller Musikliebhaber:innen höher schlagen lässt. Hier kann man stundenlang stöbern, denn auf den fünf Etagen wird alles angeboten, was zwischen zwei Buchdeckel, auf CD, Vinyl oder Notenblätter passt. Die Kinder- und Jugendbuchabteilung wartet vom Kinderkrimi bis zum Klimaschutzsachbuch mit allem auf, was junge Leser:innenherzen und erwachsene Vorleser:innen begehren. Wer sich bei all der Auswahl nicht entscheiden kann, , erhält hier stets fachkundige Beratung und die neusten Literaturtipps. *Friedrichstr. 90, 10117 Berlin-MI, T: 20251111, kulturkaufhaus.de*

TIPP Extra-Buch

Hier gibt es frischen Lesestoff für wenig Geld. Bücher aller Genres und Themen finden sich oft für den halben Preis oder sogar weniger. Die langen Regalreihen sind gefüllt mit Büchern zweiter Wahl, Verlagsresten und Sonderproduktionen, wobei auf Stapelware und Ramsch verzichtet wird. Der Abstecher lohnt sich immer, vor allem für Viel-Leser:innen. *Mehringdamm 66, 10961 Berlin-KR, T: 78951797, extra-buch.de*

Grober Unfug

Wer glaubt, „Asterix und Obelix" wäre das letzte Brauchbare aus der Comicwelt gewesen, liegt glücklicherweise falsch. Grober Unfug präsentiert die Neuerscheinungen der Szene und hat stets den richtigen Riecher. Das Sortiment ist handverlesen und reicht vom Graphic Novel bis zum Manga – einiges ist auch in Originalsprachen vorrätig. Glücklicherweise gibts den Shop nicht nur im hippen Kreuzberg, sondern auch im Herzen der Hauptstadt. *Torstr. 75, 10119 Berlin-MI, T: 2817331, Zossener Str. 33, 10961 Berlin-KR, T: 69401490, groberunfug.de*

TIPP Krumulus

„Lieber kleiner Krumulus, lass mich niemals werden groß." So sagt es Pippi Langstrumpf in der Hoffnung für immer ein Kind bleiben zu können. Die Buchhandlung in Kreuzberg bezieht sich nicht ohne Grund auf diesen Zauberspruch. Hier steht die Fantasie im Vordergrund. Mit Hilfe einer großen Auswahl an Kinder- und Jugendliteratur, sowie Bilderbüchern und Illustrationskunst wird sie geweckt und kultiviert. Die Druckwerkstatt bietet Kindern die Gelegenheit, ihrer Fantasie Ausdruck zu verleihen und kreativ mit den verschiedesten Drucktechniken zu herumzuexperimentieren. *Südstern 4, 10961 Berlin-KR, T: 25051140, krumulus.com*

Libelle

Unter dem gleichen Namen gibt es in Berlin zwei unterschiedliche Buchläden. Die Libelle in Friedrichshain ist auf Kinder- und Jugendbücher spezialisiert und lässt, was das angeht, kaum einen Wunsch offen. Die Klassiker teilen sich die Regale mit Neuentdeckungen und auch ein kleines Angebot für Erwachsene gibt es. Geschenke und Spielsachen lockern die Bücherwände auf und oft sind es die Helden aus Roman und Bilderbuch selbst, die einem beim Stöbern begegnen. *Bänschstr. 44, 10247 Berlin-FR, T: 41724996, libelle-fhain.buchhandlung.de*

Libelle

Lesenswertes für Kinder sowie Schönes und Nützliches hat die Libelle im Angebot. Die Bilderbücher, Romane und Graphic Novels begeistern selbst Lesemuffel. Wer dem geschriebenen Wort überdrüssig ist, kann sich hier mit der Auswahl an Spielzeug und Kreativmaterial vergnügen. Das Sortiment an bunten Dingen wurde nachhaltig produziert und kommt aus Berlin. *Karl-Kunger-Str. 63, 12435 Berlin-TR, T: 53600353, libelle-berlin.de*

Modern Graphics

Graphic Novels und Comics erfreuen sich so großer Beliebtheit wie noch nie. Bei Modern Graphics können sich Liebhaber:innen mit englischen und deutschen Werken der Comic-Kunst eindecken. Besonders stark sind Titel des Panini Verlags vertreten, ergänzt von einem großen Sortiment an Mangas und Merchandise. Fest steht: Ein vollständigeres Sortiment an Büchern im Wort-Bild-Duktus wird sich kaum finden lassen. *Kastanienallee 79, 10435 Berlin-PB, T: 27493630, Tauentzienstr. 9-12, 10789 Berlin-CH, T: 85999054, Oranienstr. 22, 10999 Berlin-KR, T: 6158810, modern-graphics.de*

TIPP Mundo Azul

So viele gute Gedanken sind in das Konzept dieses Buchladens geflossen, dass man es schon beim Stöbern merkt. Hinter seinen Türen hält Mundo Azul illustrierte Kinderbücher und besondere Buchprojekte aus aller Welt bereit. Stets ist der Laden auf der Suche nach dem Unbekannten, forscht nach kleinen Verlagen und unabhängigen Autor:innen, um Ungewöhnliches zu entdecken, das auf Papier gebannt wurde. Was hier in Buchform zusammengetragen wird, soll natürlich auch nach außen hin seine Wirkung entfalten. Und so ist Mundo Azul auch als ein Ort der Begegnung bekannt, an dem Vorträge und Seminare zu verschiedenen Themen wie Vielfalt und Inklusion gehalten werden. *Choriner Str. 49, 10435 Berlin-PB, T: 49853834, mundoazul.de*

ocelot

In der Buchhandlung gegenüber vom Weinbergspark ist viel Platz, um sich ungestört umzuschauen. Gibt es doch eine Frage, ist gleich ein:e Mitarbeiter:in zur Stelle und freut sich, mit literarischer Kompetenz aushelfen zu können. Der wirklich gute Kaffee macht das Schmökererlebnis auf allen Ebenen perfekt. Durch eine Glastür ist der Buchladen mit der Philipp-Schaeffer-Bibliothek verbunden. Eine architektonische Membran, welche eine literarische Osmose ermöglicht. *Brunnenstr. 181, 10119 Berlin-MI, T: 97894592, ocelot.de*

TIPP Pankebuch

Die Buchhandlung an der Panke im Norden Berlins ist die beste Adresse für alle Liebhaber:innen nordischer Literatur und Kultur. Im Angebot ist alles, was sich um den Norden dreht. Und mit Norden ist dabei all das gemeint, was nördlich der Buchhandlung angesiedelt ist. Nordberlin, Brandenburg, Norddeutschland, Baltikum und die nordischen Länder sind literarisch vertreten. Auch in den Originalsprachen der jeweiligen Regionen ist Literatur vorhanden, brandneu oder aus zweiter Hand. Zeit, sich einnorden zu lassen! *Wilhelm-Kuhr-Str. 5, 13187 Berlin-PA, T: 48479013, pankebuch.de*

Prior & Mumpitz

Den Buchhandlungspreis 2021 hat sich Prior & Mumpitz wirklich verdient. Hier können Nachwuchsleser:innen in Fantasiewelten eintauchen und neue Lieblingsbücher entdecken. Der Laden zeichnet sich mit seinem reichen Sortiment an Kinder- und Jugendliteratur aus, sowie den zusätzlichen Angeboten für junge Literaturfreund:innen. Monatlich trifft sich hier der Kinder-Leseclub und tagt über den neusten Lesestoff. Der Nachwuchs kann im Buchladen sogar seine ersten eigenständigen Einkäufe wagen, denn es gibt die Möglichkeit, ein Bücherkonto zu eröffnen. Auch Erwachsene finden einiges für entspannte Lesestunden. *Dunckerstr. 72, 10437 Berlin-PB, T: 53090980, priorundmumpitz.de*

Purzelbuch

Die charmante Buchhandlung nahe des U-Bahnhofs Eisenacher Straße hat sich auf das geschriebene Wort für jüngere Buchliebhaber:innen spezialisiert. Das ausgewählte Sortiment weckt Begeisterung fürs Lesen und vermittelt über Zeilen und Bilder nicht selten auch wichtige Botschaften. Junge Leseratten zwischen zehn und 14 Jahren sind eingeladen, sich beim regelmäßigen Buchclub-Treff auszutauschen. *Apostel-Paulus-Str. 5, 10823 Berlin-SB, T: 78892929, purzelbuch.de*

Impressum

Erscheinungsdatum: 12.11.2021, Redaktionsschluss: 01.10.2021
1. Auflage, ISBN 978-3-8321-7904-5

Herausgeberin

HIMBEER Verlag UG, Käthe-Niederkirchner-Str. 7, 10407 Berlin, himbeer-verlag.com
Redaktionsleitung: Anja Ihlenfeld (V.i.S.d.P.), *Artdirektion:* Claudia Steigleder, *Anzeigenleitung:* Doro Boettcher, *Druck:* Thieme Meißen GmbH, Zeschendorfer Str. 91, 01662 Meißen

Mitwirkende

Grafik: Miriam Kadel, *Bildredaktion:* Gabriele Boulanger, *Foto:* Emily Kornya, Nina Lüth, Manuel Miethe, Text: Gabriele Boulanger, Anja Ihlenfeld, Juliane Jacoby, Antje Kölling, Sabine Neddermeyer, Kira Wybierek, Sales: Doro Boettcher, Jenny Garcia, Elisabeth Marohn, Nina Scheele, A-Na Van Thi, Wenke Vendt

Bildnachweise

Cover: © HIMBEER Verlag, Claudia Steigleder, 2: © Unsplash, Paul G., 3: u.l.: © Caroline Speisser, o.r.: © Emily Kornya, 4: o.l.: © Pexels, Maria Lindsey, u.r.: © visitBerlin, Wolfgang Scholvien, 5: u.l.: © MONKIND, o.r.: © Silke Weinsheimer, 6: © Adobe Stock, studiolaska, 7: © Stadtmuseum Berlin, Foto: Michael Setzpfandt, 8: o.: © DSK GmbH, Foto: Sebastian Steinberg, u.l.: © DSK GmbH, Foto: Anna Gumm, 9: l.: © Stadtgeschichtliches Museum Spandau, Zitadelle Spandau 2019, r.: © Stadtmuseum Berlin, Foto: Michael Setzpfandt, 10: © Bildarchiv Foto Marburg / SPSG / Andreas Lechtape, 11: o.r.: © SPSG, Foto: Daniel Lindner, u.r.: © SPSG, Foto: Peter Adamik, 12: o.r.: © Stiftung Humboldt Forum im Berliner Schloss, Foto: Alexander Schippel, m.r.: © Stiftung Humboldt Forum im Berliner Schloss, Foto: David von Becker, u.l.: © visitBerlin Wolfgang Scholvien, 13: © Alamy Stock Photo, Foto: imageBroker, 14: © visitBerlin, Foto: Dagmar Schwelle, 15: o. © Deutsches Spionagemuseum Berlin, u.: © Stiftung Haus der Geschichte, Foto: Axel Thünker, 16: © Pexels, Alex Green, o.r.: © Ökodorf Brodowin, Franziska Rutscher, m.r.: © Ökodorf Brodowin, Axel Schmidt, 18: o.l.: © Brix & Maas, u.l.: Hintergrund © Pixabay, Snarlingbunny, Vordergrund Kiste © Ökodorf Brodowin, Franziska Rutscher, 19: © Ökodorf Brodowin, Franziska Rutscher, 20: © Unsplash, Skylar Jay, 21: © Unsplash, National Cancer Institute, 22: © Pexels, Rodnae Productions, 23: © Christian Kruppa, EUREF AG, 24: © Nadine Stenzel, 25: o.: © Pexels, Tatjana Twinslol, u.: © Annette Riedel, 26: u.l.: © Katja Vogt für „Einfach Familie leben" und Original Unverpackt, u.r.: © Pexels, Markus Spiske, 27: © ADFC Berlin, 28-34: © Manuel Miethe, 35: © Pexels, Helena Lopes, 36: © Manuel Miethe, 37: m.l.: © Manuel Miethe, o.r.: © worknkid, 38-47: © Emily Kornya, 48: © Unsplash, Patricia Prudente, 49: © Selina Schrader, 50-52: © Claudia Steigleder, 53: © HIMBEER Verlag, Claudia Steigleder, 55: o. und m.l.: © Werkbundarchiv – Museum der Dinge, 59: © Pexels, cottonbro, 60: © David von Becker, 64: o.: © Pexels, Monstera, m.l.: © Jugend im Museum e.V., Julietta L. Wehr, 67: © Unsplash, Felix Koutchinski, 70: © ANOHA – Die Kinderwelt des Jüdischen Museums Berlin, Foto: Yves Sucksdorff, 74: o. und u.: © Sebastian Runge, 78/79: © Unsplash, Paul Hanaoka, 82: © Unsplash, Phil Hearing, 86: © Markus Lieberenz, 89: o. und u.: © Museumsstiftung Post und Telekommunikation, 92: © Ink Agop, 95: © HIMBEER Verlag, Claudia Steigleder, 97: o. und u.: © Unsplash, Markus Spiske, 100-101: © TVS, Peter Becker, 102: o.: © TVS, Peter Becker, u.: © 2021 Spreewelten GmbH, 105: © Unsplash, Ben Weber, 106: o. und u.: © Reiher & Seidel, 110: © Frank Sperling, 111: © Dominik Butzmann, 112: o.: © Frank Sperling, u.: © Dominik Butzmann, 117: © Unsplash, Laura Pluth, 120: o.und u.: © Naturschutzzentrum Ökowerk Berlin e.V., 122: © Nina Lüth, 123: © Unsplash, Jose Maria Sava, 124: o.: © Pixabay, Daniel Brachlow, u.: © Antje Kölling, w128: © Pexels, Duy Dinh, 133: Anzeige TMB: © TMB-Fotoarchiv, Julia Nimke, 134-139: © Manuel Miethe, 142/143: © Unsplash, Patricia Prudente, 144: o.: © Unsplash, Michael Heise, u.: © Silke Weinsheimer, 147, Eigenanzeige: © Rigg/Adobe Stock, 148: © Tom Radziwill, 149: © Spielzeugmuseum im Havelland, 150: o.: © Tourismusverband Havelland e.V., Steven Ritzer, u.l.: © Doreen Neumann, 152: © himmelbeet gGmbH, 156/157: © Touristinformation Lychen, 158: o.: © 2021 by Ahoi SUP, u.: © Unsplash, Kristiana Pinne, 161: © HIMBEER Verlag, Claudia Steigleder, 163: © Unsplash, Charles Deluvio, 166/167: © Nina Lüth, 170: © Pexels, Katerina Holmes, 173: © Lena Scherer, 176/177: © Nina Lüth, 180: © Unsplash, Cristina Taranovici, 183: © Anne Freitag, 184/185: © Nina Lüth, 188: o.l.: ©HappyCITYKids, o.m.: © Kundschafter, o.r.: © Lunettes Selection, m.l.: © Stapelsteine, m.m.: © woom, m.r.: © Leclerc Baby, u.l.: ©nuukk.com, u.m.: © Haenska, u.r. © Jellycat, 189: o.: © YvonneMostFotografie, m.l.: © Studio Roof, m.m.: © wooden story, m.r.: © ECO Brotbox, u.l.: © Ina Hattenauer, u.m.: © Canopist, u.r.: © ekomia, 193: © Unsplash, Hannah Tasker, 196: Patrycia Lukas, 198/199: © Nina Lüth, 204: l.: © Markus Post, r.o.: © Luzie Müller, r.u.: © Juliane Jacoby, 205: l.o.: © Hannah Klischat, l.u.: © Marius Mestermann, r.m.: © Claudia Steigleder.

Wir

Dieser Guide ist das Gemeinschaftswerk toller Menschen, die mit Kamera, Kreativität und Können daran mitgewirkt haben. Danke auch an Nina Lüth, die lieber hinter als vor der Kamera steht.

Sabine Neddermeyer

Was die freie Journalistin vor allem auszeichnet, ist ihre unbändige Neugier, mit der sie sich auf immer neue Themen und Gesprächspartner:innen einlässt. Dabei findet sie die besten Storys oft bei den normalsten Leuten ums Eck – dafür braucht man gar nicht unbedingt quer über den Globus zu reisen. Obwohl sie das sehr gerne tut. *sabko.de*

Manuel Miethe

Der Berliner ist für uns immer wieder der richtige Fotograf, egal ob wir ihn ins Grüne oder zu Babys schicken. Verwurzelt in der freien Kunst- und Musikszene hat der vielseitig begabte Jazzsaxophonist stets einen erfrischenden Blick auf alles, was ihm vor die Kamera kommt. Und nicht zuletzt ist Manuel ein wahnsinnig angenehmer Mensch, den wir gerne um uns haben. *manuelmiethe.de*

Unser fantastisches HIMBEER Team

Immer mit Spaß an der Arbeit dabei: Anett Regensburger, Jenny Garcia, Gabriele Boulanger, Juliane Jacoby, Elisabeth Marohn, Doro Boettcher, A-Na Van Thi und Wenke Vendt (es fehlen Antje Kölling und Nina Scheele)

Miriam Kadel

Dass Miriam prima zu uns passt, war schnell klar – die freie Grafikerin, Web und Motion-Designerin teilt nicht nur unsere Leidenschaft für gutes Essen, sondern auch für schöne Gestaltung, ob digital oder analog. Ihr bereitet es Freude, sich unterschiedlichsten Aufgaben und Themen zu widmen. Momentan arbeitet sie nebenher an einem freien Projekt über queere Tiere und lernt Farsi. Und wer sich ebenfalls für schöne Buchgestaltung interessiert: Miriam gibt auch Buchbinde-Workshops. *miriamkadel.de*

Kira Wybierek

Die einstige HIMBEER-Redaktionspraktikantin studiert inzwischen im Master Erziehungswissenschaften in Halle, wo sie das Stadt- und Student:innenleben sowie die Beschäftigung mit Gesellschaftstheorie sehr genießt. In ihrer Freizeit erwandert sie nahe und ferne Länder und legt in den Semesterferien immer einen Zwischenstopp in Berlin ein, um die Adressen im Guide auf den aktuellen Stand zu bringen.

Emily Kornya

Wenn die gebürtige Kanadierin nicht gerade für uns Kinder casted, stylt und an Lieblingsorten in ihrer Wahlheimat Berlin ablichtet, fotografiert Emily für internationale Mode- und Spielzeug-Designer:innen sowie auf Kindermodemessen wie der Pitti Bimbo. In der Mode- und Designwelt ist sie zu Hause und bereist für ihre Jobs ebenso wie privat gerne viele Länder. Man sieht es ihren Bildern an: Emily liebt Fashion und die Arbeit mit Kindern von ganzem Herzen. Und kaum ein:e andere:r Fotograf:in vermag Kinder so stilsicher zu stylen wie sie. Darüber hinaus engagiert Emily sich für Kids Mental Health-Projekte wie „YourMomCares". *emilykornya.com*

Index

R

S

T

U

V

W

Y

Z